U0137519

无证之罪

修订新版

紫金陈 ▶ 作品

湖南文艺出版社
HUNAN LITERATURE AND ART PUBLISHING HOUSE

博集天卷
CS-BOOKY

目录

CONTENTS

请来抓我

1

现场都是人，五辆警车好不容易找到位置停下。

杭市刑侦支队长赵铁民刚打开车门，探出脑袋准备下车，面前突然伸过来一根黑漆漆的棍状物把他顶了回去。

"搞什么！"他叫了声，懊恼地按住被戳痛的额头重新站出来，面前立刻冒出了一排长柄话筒，把他拦住，后面跟着一堆摄像机，还没等他找出用话筒戳他的"肇事者"，话筒另一端的记者们就开始七嘴八舌地提问：

"听说这是第五起命案了，警方这次有把握抓住凶手吗？"

"凶手再次留下'请来抓我'的字条，公安局怎么看？"

"关于这起案件，能否为我们简单介绍一下？"

…………

赵铁民抿了抿嘴，脸上透着几分不悦，刚出了这大案子，他正急着进现场查看，这帮记者实在烦人。

如果换作他刚当警察那会儿，面对这些人，他一定是不耐烦地嚷道："我都没到过现场，我知道个屁啊！"那样做的结果，就是当晚的新闻节目上会出现诸如"警察对命案线索一无所知""命案现场突现警方'咆哮帝'"此类的标题。

现在的他自然不会这么做，作为市刑侦支队长，现场警方级别最高的领导，保持形象很重要。

赵铁民用力咳嗽一声，拍拍手，大声道："各位，关于案件的具体情况，请大家联系市公安局的宣传部门。其他信息，无可奉告。"

他懒得跟记者纠缠，挥挥手，手下一群警察立刻上前驱散人群，层层叠叠的围观者像摩西分海般被分到两边，赵铁民带着十多个刑警快速穿过警戒线，守在里面的区公安分局的刑警连忙迎上来打招呼。

赵铁民面无表情地朝他点点头，问了句："老陈到了吗？"

"早来了，陈法医在里面验尸。"

"嗯，"他挥下手，"那么你们的人跟我的人做一下工作交接，这案子由市局直接处理，你们分局不用管了。"

赵铁民抬眼望着四周，这里是文一西路旁的一块宽幅绿地，绿地后面是一处水泥空地，空地正中架着一个临时遮阳帐篷，里面隐约躺着一个人。帐篷旁还有几个警察在勘查。

赵铁民走到帐篷前，里面躺着一个胖子。胖子身上贴了很多测量标签。

胖子双目圆睁突出，布满血丝，意味着眼部的毛细血管全部破裂。他的上半身赤裸，胸口和手臂上有文身，显示此人大概是个"混社会"的家伙。此外，他的舌头微微向外吐出，肥厚的嘴唇中间插着一根香烟。

"查得怎么样了？"赵铁民瞧了眼蹲在尸体旁的陈法医。

陈法医用戴着手套的手，抬起尸体的下巴，指着脖子上的一道淤青，道："这是勒痕，结合尸体双目圆睁突出、舌头外吐等特征，可以判断是被人用绳子勒死的。凶手从背后勒住被害人，勒痕显示凶手左手力量更大，是个左撇子。死亡时间在昨晚11点到深夜1点间，回去做解剖之后，时间能更精确些。不过得抓紧了。"他抬头看了眼天空，9月的烈日正照得厉害，"这气温，现在就开始臭了。"

赵铁民摸了下鼻子，今年夏天特别热，死亡才八九个钟头，尸体就隐隐散发出一股臭味。

接着，陈法医伸手拿过一只透明物证袋，小心地取下插在尸体嘴上的那根香烟。

赵铁民皱眉道："又是……"

"对，又是利群牌香烟，"陈法医苦笑着摇摇头，"所有情况和前四起案子几乎一样。在离这里五六百米的草丛里，找到了凶器——一根绳子，依旧是学生体育课常用的跳绳，两头有木柄，木柄上有凶手留下的指纹。凶手用这根绳子从被害人身后袭击，勒死对方。杀死对方后，拿出一根利群烟，插入死者口中。随后留下一张打印出来的A4纸，印着'请来抓我'。相关物证都已经装好了。"

赵铁民抿抿嘴，默不作声。

通常命案发生后，都是由属地的公安分局负责的。

之所以这案子第一时间就从分局转给市局，并由赵铁民这个级别的领导亲自督办，是因为分局的警察一到现场，就看到了尸体旁有张印着"请来抓我"的打印纸，又发现尸体嘴里插着根利群烟，马上想到了这是那个近三年未破的连环命案的第五起，连忙报到市局，市局和省厅的领导紧急电话沟通后，决定让赵铁民负责这次的案子。

这起连环命案非常出名，影响极其恶劣。

早在两年多前，第一起命案发生时，现场留下了"请来抓我"这张明目张胆挑衅警察的字条，瞬时引发轩然大波，媒体一度大量报道，引起省、市两级领导的震怒，省厅领导拍桌下令必须抓到凶手。

随后，省、市两级立刻成立联合专案组进行调查，结果半年后，由于案件侦破毫无进展，专案组只能解散。

谁知专案组刚解散不久，又出了第二起，除了死者和犯罪地点不同外，几乎重复了第一起案子的情节，同样，第二次组建的专案组最后也解散了。

就这样，专案组成立四次，解散四次，累计投入了几千人次的警力进行侦查，至今连凶手的基本轮廓都没有。当初领导拍桌查案也不了了之，到最后，也没领导敢拍桌了。

而到今天的第五起命案发生，赵铁民成了专案组组长。

这起连环命案的犯罪过程基本相同，凶手都是用一根学生用的跳绳，从背后勒死被害人，随后在案发现场附近随手丢弃绳子，绳子的木柄上都采集到了凶手的指纹。

前几次办案过程中，警方对周边居民采集了大量指纹进行比对，始终未找到凶手。而案发地都处在郊区，附近监控本来就少，在对监控的排查中，尽管发现了几个"可疑人员"，但经调查均排除了其犯罪可能。

此外，最令人百思不得其解的是，凶手每次杀完人后，都会在死者嘴里插上一根没抽过的利群烟。

凶手为什么每次杀完人后都往死者嘴里塞上一根利群烟？

这个举动有什么意义？

凶手想传达吸烟有害健康的观点，还是凶手是利群公司的形象代言人？

这个问题以往专案组讨论过无数次，始终没有结论。

陈法医看着赵铁民的表情，知道他心里正在烦恼，前四次专案组同样声势浩大，却都未能破案，这次轮到他就一定能破吗？

陈法医咳嗽一声，提醒道："这次的案子和前四起还是有几点不同的。"

"是什么？"赵铁民睁大了眼睛。

2

陈法医指了指死者右手边的地面。

赵铁民顺着指示望去，意外道："地上有字？凶手写的？"

陈法医摇头："看情形应该是被害人生前最后挣扎的时刻写下的，我翻开死者右手时，看到他手里握着一块小石子，随后发现地上划的字。"

赵铁民皱着眉，凝神看了一阵，缓缓道："木……土……也，这是什么意思？"

陈法医道："不是木土也，一共是三个字，这三个字写的时候重叠在一起了。我估计当时情况是凶手用绳子勒住被害人，被害人拼命挣扎，最后感觉逃脱不了，于是随手抓起一块石子，靠着感觉留下这最后三个字。这三个字应该是'本地人'。"

"本地人？"赵铁民又看了一阵，连连点头，"没错，是'本地人'三个字叠一起了。既然是被害人留下的，莫非是说凶手是杭市本地人？"

陈法医道："我也是这么想的。从死者身上找到的身份证显示，死者名叫孙红运，是山东人，具体身份还有待调查。既然死者不是这里人，那么'本地人'这三个字显然是指凶手的身份了。"

赵铁民思索片刻，道："相比前四次的线索，这次如果能确认凶手是本地人，那么排查的范围也能缩小不少。"

杭市是省会大城市，外来人口的比例很大，如果能明确凶手是本地人，那么调查范围就能缩小一半。

陈法医道："另外，我认为，这条线索暴露了凶手很可能与死者认识。"

赵铁民摇摇头，道："未必，从前四起命案的调查结果看，凶手和死者是熟人的可能性几乎不存在。死者留下'本地人'这三个字，有两种可能：一是死者确实和凶手认识，但关系很浅，连名字都叫不出，只知道对方是本地人，否则他大可以写下对方的名字，而不是写'本地人'；二是死者和凶手不认识，凶手在杀人过程中，说了杭市本地的方言，所以死者才知道他是本地人。"

陈法医继续道："除了死者留下了字外，还有个地方和前四起案子不同。现在死者躺的这个位置，并不是凶手一开始下手的地方。"

赵铁民眼中露出兴奋的光芒，道："你是说，凶手杀人后再移尸到这里？"

如果是杀人后再移尸，整个犯罪过程就包括了杀人和移动尸体两个过程，那样调查下来的线索会比单纯原地杀人多得多，案子自然也更容易破。

陈法医摇摇头，道："人就是在这个位置被杀的，这点错不了，因为死者死前在这里写字了嘛。根据现场情况，我大约还原了一下昨晚的案发经过。昨晚 11 点到深夜 1 点间，被害人走在外面的马路上，他来到绿化带旁边开始小便，此时，凶手突然从背后用绳子套住被害人，把他往这里拉，一直拖到此处，才把人勒死。前面的绿化带旁发现了尿液残留，是不是死者的尿，回去验一下就知道了。死者的裤子拉链处于拉开状态，说明他还没把拉链拉上就被袭击了。但这里还有个问题，凶手从绿化带旁把人拖到这里，中间穿过了整个绿化带草地，有几十米，绿地上的拖行痕迹一目了然，不过很古怪，绿地上只有死者的脚印，居然找不到凶手的一个脚印。"

"什么！"赵铁民睁大眼睛叫了起来，"你没开玩笑？凶手把人拖过绿地，居然地上没他的脚印？"

陈法医略显无奈地点点头："我也觉得很怪，可是找来找去，只找到死者在被拖过来的过程中一路上挣扎留下的脚印，凶手的一个脚印都没找到。"

赵铁民倒抽了一口冷气。凶手把人拖了几十米，居然不留脚印，难道凶手走路可以脚不沾地？难道他会飞？

他感觉浑身一阵不自在。

3

8月已经过去，酷暑丝毫未减。

晚上7点，天光依旧大亮。

郭羽疲倦地下了公交车，往租住的小区走去。他戴着一副略显沉重的黑框眼镜，面色黯淡，身形清瘦，一看就是长期加班的苦命人。

自从大学毕业后，他到了一家私企成为一名程序员，一干就是三年。

他不是技术牛人，只是底层的小程序员。每天工作繁重，经常加班，唯一值得他欣慰的一点，是每个月银行卡里会打进六千多元的工资。

在这个城市生存并不容易。尽管他租的只是一套市郊的三四十平方米的小房子，但每个月依旧要为此支出一千五百元，此外，他还要拿出几千元给农村的父母。当初他考上了一所三本大学，家里为了供他读书，借了几万元。去年父亲干活出了意外，也花了好几万元。他还有个残疾的妹妹在家需要照顾。

什么都要钱，每个月的工资总是入不敷出，他也想过以后在这个城市买房买车，安身立命，可是每次想了一阵，他都苦笑一番，那纯粹是做梦。

有些人生来就可以衣食无忧，有些人注定一出生就背负了诸多压力。

所以他很珍惜手里的这份工作，他太需要一份稳定的工作了，尽管加班很辛苦，可是他能力有限，想要跳槽去大公司几乎是遥不可及的梦想。

从公交车站穿过一条街后，是小区侧门的一条路。

不远处，两个二十岁左右的当地小流氓用铁丝系住了一条土狗，那条狗就四五个月大，脖子被铁丝缠住，铁丝上连着电线，两个小流氓拉着电线的另一头，开始拖着狗跑来跑去，肆意地笑着。

而那条狗的嘴巴和四肢很快就磨出了血，它发出刺耳的哀叫，眼中充满惊恐。

很快，两人的行径引来了不少人的围观，众人纷纷斥责："喂，你们干吗？这样弄狗干吗，快把狗放了啊！"

那个头上染了一撮黄的小流氓不屑地回应："这是我自己家的狗，爱怎么着怎么着，谁他妈规定我不能弄自己家的狗了！"

郭羽经常见到这两个小流氓，据说都是本地人，原是附近的农民，前几年拆迁，家里都分了几套房，从此更是游手好闲，经常在周边惹是生非，派出所也进去过几次，但因他们没犯大事，最多只是治安处罚。

郭羽出身农村，从小家里就养狗，他也很喜欢狗，若是手里有吃的，常会分一些给流浪狗。对于这两个小流氓残忍地拖行小狗的行径，他心中泛起一阵怒火，可他是个内向胆怯的人，从不多管闲事，又身在异乡，更不敢当出头鸟，所以他也只是暗自愤慨，站在人群中，当一个旁观者。

这时，一位当地的老大爷实在看不下去了，大声呵斥："你们两个干吗？！有这样弄狗的吗？！你是不是张家的小子？你再弄叫你爸来了!"

两个小流氓尽管已二十岁出头,但都没工作,生活尚靠父母,所以对父母仍有些忌惮,见更多人围拢过来,不敢惹众怒,遂放下绳子,末了还踢了狗一脚,强撑面子骂骂咧咧几句,慢慢走开。

人群中马上跑出一个二十多岁的姑娘,冲到奄奄一息的小狗旁,抱起狗并解开铁丝,查看伤口情况。其他路过的好心人也纷纷上前帮忙。

郭羽认得这个姑娘,她和她哥哥在小区门口开了家面馆,郭羽几乎每天都去她店里吃,能看到她的身影,是郭羽每天最期待的事,只是他从来不曾向她吐露过喜欢之类的话,因为他认为现在的自己没能力让女生依靠。他只是把这一份感情悄悄地放在心里。每天看到她,偶尔说上几句话,就足够了。

站在不远处的那个黄毛小流氓对同伴道:"这小婊子多管闲事,等下再去她店里找她!"

同伴揶揄地笑着:"你想干吗?上了她?"

他歪嘴邪笑:"早晚的事,上次要睡她,她居然不肯。哼,这小婊子长得确实挺性感的,老子肯定要睡了她!"

4

夏季的白天总是格外长,晚上7点,日头恋恋不舍地抛下最后一片余晖,一天的燥热正在慢慢冷却。

城西的一条河边,此刻,几个老人正坐在小板凳上纳凉闲话。前面，一对年轻夫妇牵着一条贵宾犬，慢吞吞地闲逛。旁边有个四五岁的小女孩看到小狗，想跑过去逗它玩，被她严肃的母亲喝止住了。再往前，公交车站旁有对大学生情侣似乎正在闹矛盾。

整个城市的生活因夜的到来而放慢了节奏。

骆闻斜背着一个挎包，不紧不慢地按着他固有的节奏低头往前走，与散步的行人擦肩而过，他一次都没抬头，穿着清凉、露出秀美身材的年轻女人在旁边谈笑风生，他同样视若无睹，仿佛一切事都惊不起他情绪上的一点波澜。

不远处是一个安置小区，也就是通常说的城中村，这里租金相对便宜，很多刚参加工作的年轻人都会选择租在这里。

小区外的一排沿街店面大都开着各种餐馆和水果店。

骆闻和平时一样，走到一家名叫"重庆面馆"的店里坐下，叫了一碗片儿川。

面馆是一对来自重庆的兄妹开的，哥哥叫朱福来，个子瘦小，还是个瘸子，平时不太说话，只负责做面点。妹妹叫朱慧如，人如其名，是一个聪慧开朗的女生，帮着店里招呼客人、送外卖、做些杂活。

等面的时候，骆闻掏出口袋里的钱包，翻开，里面夹着一张三口之家的照片。照片里的男人自然是骆闻，不过比现在的骆闻看上去年轻多了，还有一个算不上漂亮可他深爱着的妻子，两人中间有个四岁的小女孩耷拉着脸，似乎一点都不想拍照。

看着女儿的古怪表情，骆闻不禁莞尔一笑，但很快笑容就收敛了，只剩下不可捉摸的一脸阴郁。

他把钱包收回口袋，微微皱着眉抬头看向空中。

算起来她们失踪已经整整八年了，现在到底还活着吗？如果女儿还在人世，此刻都已经上小学六年级了。

为了寻找妻女，八年来他一直苦苦追寻着点滴线索，不放过任何蛛丝马迹。他放弃了工作和事业，放弃了宁市公安局刑技处长的身份，放弃了法医和物鉴两个部门双料主管的职务，放弃了省公安厅刑侦专家的头衔，只为寻找那一个答案。

沿着妻女失踪的那些支离破碎的线索，他从宁市一路追查到了杭市，在杭市一住就是三年，他不知道这样的日子还要过多久。反正，即便只有万分之一的希望，他也要追查下去。

可是如果没有希望了呢？他略显无奈地苦笑一下。

这时，他背后传来一个声音："哥，我捡来一条小狗。"

朱慧如神色慌张地抱着一条浑身是血的黄色小土狗跑进店里。小土狗眼神中布满惊慌，身体瑟瑟发抖。

朱福来站在厨房里向外张望了一眼，埋怨道："脏死了，你抱这样的狗回来干吗呀，快扔掉。"

"不行！"朱慧如似乎早料到她哥一定会这么说，道，"那两个流氓用铁丝缠着小狗拖来拖去，小狗差点被他们弄死了。"

"哪个流氓？你可别去惹事啊。"朱福来担忧地看着她。

"就是住小区里的那两个，可坏透了！"

"那两个？"朱福来皱眉道，"你干吗去招惹他们啊。"

朱慧如生气地分辩："不是我去招惹他们，他们要把小狗弄死了，很多人都看不下去！"

这时，郭羽也来到店里，叫了一碗面，他听见兄妹两人的争吵，偷偷抬眼瞧着朱慧如，并未说话。

朱福来从厨房里端出一碗面，拿给骆闻，随后转头打量了几眼小狗，皱眉坚决地道："你快点把狗扔了，以后别去惹那几个人！"

朱慧如不满道："我哪里会去惹他们啊！再说了，这狗我也没想一直养着，看到了总不能见死不救吧？现在小狗这样了，扔了它肯定要死的，等把它养大点再送人吧。"

"别人怎么不抱回家，就你多事！"

"那总得有人管吧。"

"你管不着！"朱福来生气地转过身，回到厨房继续煮面。

朱慧如气呼呼地把小狗放在地上，小狗艰难地想站起来，却马上倒下趴在地上，然后又费力地朝骆闻的桌子下爬了几步，缩在角落，恐惧地打量着周围。

骆闻低下头，瞧了眼狗，那条狗的目光也正好对向了他。这是条很普通的小土狗，灰黄的毛，两只眼睛中间有撮白毛，像是第三只眼。

骆闻愣了一下，随即，汹涌的回忆向他袭来。

八年前，他下班回家，看到家里多了条小土狗，女儿正在逗狗玩。他不是个动物爱好者，就把女儿拉到一旁，说狗很脏，不要跟它玩，要把狗扔出去。女儿急得哇哇大哭，妻子也阻止了他，说这条狗是刚刚从路边捡来的，只有几个月大，大概被车撞了，站不起来，所以先抱回家。从来没近距离接触过小动物的女儿显然对小狗非常喜欢，一定要把狗留下来。骆闻只好无奈答应，又发挥了他医生的才能，帮小狗治好了伤。

可是几个月后妻女失踪时，连那条狗也一并消失了。

他记得很清楚，那条狗也是黄色的毛，眼睛中间有一撮白毛，像极了这条狗。

看着小狗的眼神，骆闻不禁心中一颤，夹起碗里的一片肉，弯下腰递到小狗嘴前，小狗犹豫了一下，马上把肉吃了。

骆闻笑了一下，转头对朱慧如道："能把小狗给我吗？"

朱慧如认得他是店里的常客，只是向来只吃面，从没说过话，她犹豫地道："你要养着它吗？"

骆闻点点头："我会把它治好，养起来的。"

还没等朱慧如回答，里头的朱福来连忙答应："那好啊，慧如，你给找个纸盒子，方便这位老板带回去。"

朱慧如想了一下，还是点了点头，毕竟店里确实不适合养狗。

做完这个决定后，骆闻突然又开始后悔刚刚的举动，现在应该专注做自己的事，哪儿有精力管狗呢？可是低头看到缩在角落的小狗的眼神，他又笑了笑，如果女儿在旁边，她一定也会这么做的。

结账后，骆闻正要抱起纸盒子离开，那两个小流氓闯进了店里，带头的黄毛瞪着朱慧如道："喂，你把我的狗拿哪儿去了？"随即他看到了地上纸盒子里的狗，冷笑道："原来在这里啊！"

他正要去抱起纸盒子，骆闻伸出脚把纸盒子往自己这边一钩。

小流氓怒道："你要干吗？"

骆闻平静地问："狗是你的？"

"当然，快还我！"

"哦，原来是你的。那么，卖给我好了。"

"卖给你？"小流氓看对方是个中年人，也不敢太放肆，想了想，道，"好啊，三百元行吗？这是我家母狗生的，已经养了好几个月，喂得很壮——"

还没等他把优点夸完，骆闻打断道："没问题，三百元是吧？"说着就拿出钱包，干脆地掏给他三百元。

小流氓看着对方爽快地掏出三百元买了这条土狗，颇为惊讶，接过钱后才后悔没多要点，估计开口要五百元，这傻瓜也会给的。平白得了一个傻瓜的三百元，两人得意地往旁边桌上一坐，张口叫道："来两碗爆鳝面！"

朱慧如生气地道："不煮，你们前几次都没付钱！"

"我×——"

朱福来害怕妹妹生事，连忙瘸着腿跑出来道："没事的，没事的，慧如，你到里面去！——我马上煮，你们稍等啊。"

"哥！不要煮！"朱慧如怒道，"干吗让他们白吃！这都好几次了！上次我送外卖，他不但没给钱，还……还对我……"

"对你怎么样啊？不就摸了几下嘛，哈哈，别说你没被男人碰过哟。"黄毛马上露出了无赖的嘴脸。

朱福来露出疼惜又无奈的眼神，可是他是个瘸子，从小到大都受同龄人欺负，已习惯了忍气吞声，他只能咬咬牙，轻轻拉着妹妹的手臂，阻止她和对方继续起冲突。

这时，听到朱慧如受辱，在旁边桌子吃面的郭羽再也忍不住了，一把放下筷子，拍在桌上，紧鼓着嘴，愤怒地瞪着这两个流氓。

听到声响，黄毛转过头去，发现郭羽瞪着他们，立马站起身："看什么看，小子！"他径直走上去，指着郭羽的鼻子问："你他妈想出头吗？"

郭羽抿抿嘴，他只是一时激动而已，怯弱的他马上被对方吓住了，慌忙把头低下。

"没种就别他妈乱瞪眼，知道吗？"那流氓瞧着他的模样，就知道他好欺负，更是重重地拍了一下郭羽的后脑勺，随后趾高气扬地坐回位子上。

"你……你没事吧？"朱慧如跑过去，关切地问，同时怨恨地瞪着那流氓，那流氓丝毫不以为意。

郭羽憋红着脸，低头道："没……没关系。"

骆闻坐在位子上，一言不发地看着整场冲突的开始和落幕，随后，盯着那小流氓看了几秒，摇头笑了下，抱起纸盒子离开了。

5

市公安局的一间办公室里，坐着本次专案组的核心成员。

侦查员杨学军正向众人说明最新调查结果："案发时间经陈法医确认，是在昨晚 11 点到 12 点间。被害人孙红运，四十五岁，山东人，曾有多次犯罪前科，三次服刑记录。十九岁时因盗窃罪在老家判了四年，二十五岁因故意伤害罪在老家判了七年。出狱后第二年来到杭市，一待就是十多年，据说起先贩卖些赃物等，这几年纠集了一批人，在城西一带经营货运，通过威胁等非法手段垄断了一个钢材市场的物流，前年因纠纷把一名货车司机打成重伤，今年刚出狱。据说为人很凶狠。他在这里有两个姘头，我们初步侦查过，两人均对他昨日的行踪不知情。调查了他手下多人，都说他平时作息时间不固定。他昨晚与朋友在城西一条街上吃完夜宵后，到文一西路上与众人分手，独自回家。他走到那块绿化带旁时，开始小便，此时被凶手从背后袭击，一路拖行至绿化带后的水泥地中间勒死。绿化带旁的尿液经过鉴定，是他本人的。而昨晚和他在一块的人，均未发现有异常表现，我们接下来还会逐个调查，确认他们是否有犯罪嫌疑。"

赵铁民吸了口气，道："他昨晚走文一西路独自回家，有没有人事先知道？"

杨学军摇头："我们问了昨晚和他一起吃夜宵的朋友，说吃夜宵是临时提议的，事先并无安排，几点吃完、他是否会独自回家，以及会走哪条路，这些都无法预料。"

赵铁民点点头："那意味着凶手是一路尾随跟踪了他，而不是事先就在绿化带附近蹲点守候的。"

杨学军道："我想也是如此，但据其他人回忆，当时他们均未感觉到有人跟踪，看来凶手跟踪时很小心。这个路段探头不是很多，我已经跟交警调了监控，正在查，看看能否发现可疑人员。"

赵铁民道："前四起案子里，监控都没发现可疑对象，这次案发路段的几个监控都是拍马路的，人行道和绿化带等区域存在大量死角，我个人对监控的结果不太乐观。不过嘛，监控还是要查的。"

赵铁民转向陈法医，道："老陈，现场都查过了，还是没找到凶手脚印？"

"水泥地本来就不太容易保存脚印，而且还存在凶手故意破坏部分现场的情况。绿化带上的足迹倒是保存得很完整，可居然没有凶手的。"

赵铁民抿抿嘴，看向其他人："凶手把死者拖行几十米，却没留下脚印，大家怎么看？"

众人面面相觑，因为按常理，这根本是不可能发生的，除非凶手会飞。

赵铁民摸了摸下巴，众人对这个问题的沉默，在他意料之中，他也想不明白凶手是怎么做到的。

沉吟半晌，他对大家道："这个细节，大家一定要保密，每个人都跟手下人员通知一遍，除了专案组成员，这个细节不要对任何人提起，包括非专案组的其他警务人员。"

他看众人脸上的表情里写着不解，解释道："这件事如果传出去，凶手把死者拖行几十米却不留下脚印，又加上这起连环命案我们查了三年，到现在都对凶手的情况一无所知，恐怕社会上会出现类似'凶手不是人，会飞'等谣言，尤其一经某些网民渲染，很容易造成恐慌情绪，也会给我们办案增加很大的舆论压力。"

大家纷纷点头，在这里开会的都是老刑警，他们都是唯物论者，知道凶手肯定不会飞，是个正常人，一定是用了某种手段而已。但社会上的普通人不一定会这么理性，各种传言一散播，就会给警方接下来的工作带来各种麻烦——当然，最主要的还是案子传得越玄，上级领导对限期破案的要求自然越强烈，他们的办案压力也更大了。

赵铁民已经是支队长了，手下直接管着几百号人，这案子即使破不了，他也不过是面上无光，倒不至于受处分，不过他一直想进省公安厅的领导岗位，案子尽快告破的话，能为他的前途加分不少。所以在案子趋于明朗前，他不想舆论方面压力太大。

赵铁民接着道："这件事暂且放到一边，大家回去都想想，看看有哪些办法能做到不留脚印。现在我们先综合分析一下五起案子的共同点。第一个共同点，加上今天这个，五名被害人均为刑释人员，而且犯的罪都不轻，有强奸的，有盗窃的，有故意伤害的。"

一名老刑警道："赵队，你的意思是……凶手是在法外制裁犯人？"

赵铁民道："通常命案的犯罪动机，无非是过失杀人、劫财、仇杀。这五起案子显然不是过失杀人。而所有死者身上财物完好，自然也不是劫财。看样子似乎就剩下仇杀了。可是根据之前的调查，几名死者完全互不相识，也找不出有任何可疑人员是跟他们全都结仇的。所以仇杀的动机也站不住脚。排除这三个常规犯罪动机，再结合五名被害人均是刑释人员，我认为凶手想替天行道，法外制裁的可能性很大。"

杨学军道："可是我看过五名被害人的资料，他们当初犯罪被抓判刑时，量刑基本合理，并没有被轻判啊。"

赵铁民道："也许在凶手看来，他们所犯的罪应该被判死刑。"

一名犯罪心理学专家点头认同："从犯罪心理学的意义上说，这名凶手自认为是正义的化身，想要替天行道。他不屑法律的判决，而是依照自己心目中的量刑标准行事。"

另一名老刑警不以为然道："可是其中有名被害人只是个盗窃犯。盗个窃也该被判死刑，凶手是不是疯了？"

赵铁民思索了一下，觉得他说得也有几分道理，便道："那杀人动机这个问题权且先放一边，对犯罪动机的分析对这次的案情帮助不大，光凭动机我们无法勾画出凶手的具体特征。再来说说五起案件的第二个共同点，凶手每次犯罪后均在现场不远处丢弃了作案工具，而且每次都用绳子作案。凶手为什么每次都用绳，而不用刀具？用刀具杀人更快吧，而用绳勒死对方，如果被害人反抗能力强，凶手很可能会失败。"

手下均摇摇头，表示不解。如果成心要谋杀，用刀具是最快捷、成功率最高的手段，干吗每次都把人勒死？

赵铁民继续道："第三个共同点，凶手每次用的都是两头带木柄的体育课跳绳，均在上面找到了凶手的指纹。难道凶手不怕指纹对自己构成威胁？"

杨学军道："或许此人并未意识到留下指纹是对他的威胁。"

"不，"赵铁民坚决地摇摇头，"从五起案件看，我们到现在对凶手的基本轮廓都没掌握，可见此人一定具备了相当的反侦查意识，不会没想到指纹对他的威胁。"

另一人道："我想此人在第一次犯罪时，经验不足，杀人后慌乱地丢弃了犯罪工具。此后犯罪中，他知道警方已经掌握了他的指纹，继续掩饰也没有必要，所以索性每次犯罪后都丢弃作案工具，把指纹给我们看。这也是另一种意义上的挑衅，和他留字条的行为一致。"

赵铁民道："这倒是有可能，只是我们在以往几次办案过程中，都采集了附近大量居民的指纹进行比对，始终找不出凶手。"

那人道："比对没办法把所有人的指纹都采集到，肯定有漏网之鱼，而且凶手是否住在附近也不好说。"

赵铁民道："我想凶手应该是住在城西附近的，因为五起命案均发生在城西一带，也都发生在晚上。如果凶手住在其他区域，总是晚上过来踩点，伺机袭击，就太费周折了。"

那个警察有些无奈："可现在人员流动性太大，如果凶手有心避开上门采集指纹的警察，也是很容易做到的。"

赵铁民点点头，继续道："第四个共同点，凶手每次犯罪完成后，都在现场留下了'请来抓我'的字条，足见他挑衅我们警方的意思。而他五次都把一根利群烟插进死者嘴里，这就更想不明白了。"

杨学军道："或许是凶手故意想留点莫名其妙的线索，误导我们的侦查方向呢。"

其他人也点头认同，道："只能这么解释了，否则留根香烟毫无意义。"

杨学军又道："那我们现在该怎么查下去？"

赵铁民道："接下去的侦查分几个方向同时进行。第一，学军，你的人负责调查监控和走访被害人的人际关系；第二，宋队，你安排人拿着凶器绳子，调查城西一带的文具店，看看能否找出来源，另外，'请来抓我'这张字条，让省厅的物鉴专家鉴定油墨和纸张，看看能否有所发现；第三，多派几队人马对文一西路一带的居民进行大量走访，询问昨晚是否有人见过异常的人或事，包括近期出现在附近的可疑人员。希望这三项工作能够有好消息，否则的话，只能用最后一招，广泛采集指纹比对了。这次死者留下了'本地人'三个字，大家要重点留意的是本地居民。"

散会后，赵铁民刚回办公室，一名手下跑进来，道："刚得到一条重要线索。"

昨天半夜城西当地派出所接到一名女性报案，说她从酒吧卜班回家时，被一名四十多岁的中年男子挟持，拉进附近的绿化带中进行猥亵。猥亵的时间与命案发生的时间重合。而猥亵的地点，就在案发点旁，离案发的那块水泥空地仅五六十米，中间隔了片景观绿地和几排树。

赵铁民顿时睁亮眼睛："难道昨晚猥亵女性的家伙就是凶手？"

他眯了下眼，看来有必要先对昨晚的猥亵案调查一番了。

<h1 style="text-align:center">6</h1>

一早，赵铁民刚到单位，杨学军就找上他："分局拿来了猥亵案的资料。据说这名四十多岁的中年男子过去几个月多次在半夜挟持猥亵女性，每次都是半夜把独自回家的女性强行拉进绿化带，持刀威胁，随后进行猥亵。猥亵完成后，还嚣张地恐吓几句，然后大摇大摆地走了。新闻也多次报道过。"

赵铁民瞪眼道："那怎么还没抓住？"

"那家伙都是在没人的路段蹲点等待夜晚独自回家的落单女性，伺机下手，所以一直没被当场抓获。分局一开始就立了案，但局里案子太多，那家伙没有把猥亵上升为强奸或造成其他的人身伤害，也并未抢劫女性的财物，没有引起局里足够的重视。但是近几个星期那家伙的作案频率明显增加了，平均每两三天就犯罪一次，立案在册的已有八名女受害人，所以分局加大了夜间的巡查力度，也通过周边监控查找嫌疑人。但此人始终戴着帽子，拍不到正面脸部特征，调查沿路监控后，还发现他有个怪癖。"

赵铁民瞧着杨学军脸有异色，奇怪地问："什么怪癖？"

杨学军歪歪嘴，道："沿路监控几次追踪到他半夜跑进一些小区，在小区的电梯里拉屎。"

赵铁民摸了摸额头，抬起眼皮道："跑进电梯里拉屎？单纯是拉屎？"

杨学军点点头："是啊，每次他都是戴个帽子，走进电梯，然后当着电梯监控的面，脱下裤子拉屎，还不擦屁股，拉完后又离开小区。"

这是什么心理？

赵铁民心里泛出一种怪怪的感觉。

看样子是个变态，这变态会是连环命案的凶手吗？他无法确定。

赵铁民接过分局的卷宗，浏览一遍，想了想，道："联系过前晚报案的女性了吗？"

"约过了，我准备等下就过去跟她详细了解情况。"

"好，她家住哪儿？"

"就在文一西路往北，位于浙大西南面的一个小区。"

"浙大？"赵铁民凝神站在原地，提到浙大，他想到了一位老朋友，那家伙应该有办法解释凶手没有留下脚印的问题。他顿了顿，道："好，待会儿我跟你一起过去。"

"你要亲自过去？"杨学军显得有些意外。

以往这种基础调查工作，几乎都是杨学军这些普通侦查员负责的，赵铁民是市刑侦支队长，相当于分局的正局长，这个级别的警官，很少亲自参与破案，大部分时间都是给予一些"理论指导"，做些"批示"，更不可能亲自去做基础调查了。

赵铁民点点头："对，一起去。"

一小时后，他们到了女孩家。

女孩姓刘，北方人，租在城西这套出租房里。

赵铁民看她的长相，尽管早上未化妆，但也算是个美女，着装也很显身材。

女孩自称在酒吧当服务员，所以基本上白天休息，晚上出去上班，通常半夜回家，回家时间多在深夜 12 点。由于前晚受了惊吓，她请了一天假，昨晚并未去上班。

对于女孩的基本情况，赵铁民就简单问了这么多，至于女孩单纯是酒吧的服务员，还是另外有兼职的生意做，与案情无关，他无意去探究。

了解大概情况后，赵铁民道："刘女士，关于前晚的情况，能否请你再详细地跟我们复述一遍？"

"真能抓到那个变态佬吗？"女孩回忆起前晚的场景，眉目中露出厌恶的神色。

杨学军愣了一下，对于是否一定能抓到嫌疑人，任何一个警察都不敢打包票。他正想着怎么应付，赵铁民直截了当地回答她："一定能。不过我们需要了解更多细节，你在派出所报案的笔录还不够详尽。"

"好吧。"女孩点点头，"前晚 12 点不到，我从公交车上下来，当时文一西路上没看到什么人，我往前走了一会儿……"

"大概走了多少米？"赵铁民问。

"就是从公交车站往前走到那块地方嘛，就一二百米。"

"嗯，好的，你接着说。"赵铁民在本子上记了一笔。

"这时迎面走来一个戴眼镜的四十多岁的男人，长得……嗯……脸就是普通的脸，有点偏长，脸上没什么皱纹，头发不长不短吧，看起来还挺干净的一个人。"

赵铁民又打断道："他戴帽子吗？"

女孩摇头："没有，不过他背着一个单肩包，好像……好像是个古驰的大皮包，总之，那人看起来挺有钱的样子，不是那种民工，当时我怎么也不会想到他会做那种事。后来我听派出所警察说监控里拍到那人戴帽子，我想应该是他把帽子藏包里了吧，如果他当时就戴个帽子出现在我面前，我可能还会有所防备。"

赵铁民点点头，大晚上四周没人，如果一个戴帽子的人向你走来，这副标准的坏蛋装扮，无疑会让被害人提高警惕。而对方没戴帽子，装扮很正常，看起来也挺干净，甚至还有其他被害人回忆起来，此人手上戴了串翡翠手链，整体印象都是他看起来挺有钱的样子，谁都想不到如此文质彬彬的一个中年男子，转头就会把被害人拖进绿化带进行猥亵。

女孩脸上露出惊恐的神色，继续道："我跟他擦肩而过，走了几步，突然听到背后脚步声很快追来，我还没反应过来，这畜生就把我的头发拉住，把我往绿化带里拖，他手里还拿了把刀，还说如果我喊出来，他就马上杀了我。"

尽管已经过了一天多，女孩想到当时的场景，依然会吓得瑟瑟发抖。

"根据你在派出所登记的情况，他猥亵你的方式是……"赵铁民咳嗽一声，还是把下面的话说了出来，"他猥亵的方式是让你帮他打飞机？"

女孩皱了皱眉，露出恶心的表情，低头道："不是，是他用刀逼着我，对着我打飞机。"

"不是你给他打飞机，而是他自己打飞机？"

"嗯。"女孩厌恶地点点头。

"持续了多久？"

"一下子就射了嘛。"说完，女孩顿觉不妥，瞥了眼警察，见两人表情都很认真，她忙补充一句，含蓄且温婉地解释，"一两分钟的事。"

赵铁民神色尴尬，他们没来得及叫上女警同行，这样当面问女受害人被猥亵的细节颇为不妥，但为了办案，还是坚持问下去："然后他就走了吗？"

"是啊，他……他弄完，显得很慌张的样子，马上逃走了，其实我更害怕，等他走了好一会儿才敢站起来，一直逃到小区门口，叫了保安，再报警，可是没能抓到他。"

赵铁民听了她的描述，隐隐感觉其中哪里不对，可一时偏偏想不出她的描述中到底哪里有问题。随后又确认了一遍犯罪地点，离命案现场仅五六十米，中间隔了些树和绿地。

调查完后，赵铁民让杨学军把警车开到了浙大，他决定找一位老朋友聊一聊。

PART

2

逻辑专家的悲剧

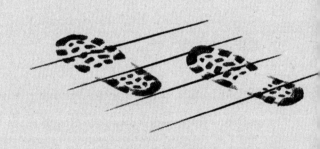

7

高温依旧在肆虐。

今天是浙大新学期上课的第一天，数学系老师严良站在教学楼下的电梯口，按下电梯。

烈日射进走廊，把他的背影钉在墙壁上，严良热得头皮发痒，只想赶快到教室吹空调。

"叮！"左侧的电梯门开了，严良急忙跨进去。

"——咦？"就在脚即将落地的一刹那，严良本能地把脚往更远处伸过去，因为他眼角余光瞥见脚下有堆东西。

等他又着两条腿，看清楚时，顿时倒抽了一口冷气，在他两腿中间的居然是坨大便！

他瞬时跳起来退出电梯，抬起脚反复确认，呼，没踩到，他劫后余生般庆幸，因为他穿的是凉鞋，这一脚要是踩下去了，不光鞋子毁了不说，这只脚都可以锯掉了。

这是什么情况？居然有人在电梯里拉了一坨屎！

光天化日之下，电梯里居然出现了一坨屎？

这不只是惊讶了，他头顶上方隐约浮现出一个惊叹号。

他一边摇头叹息着现在一些人的变态心理，一边继续按着电梯，想从右边的电梯进去。可右边电梯的数字一直显示停在 6 楼，他每按一下，左边这个有大便的电梯便自动开门。如果上面楼层没人下来，按电梯的程序设置，右边的电梯门是永远不会开了。

烈日照得他浑身冒汗，教室在 6 楼，这天气他可不想爬楼梯，反正忍一下就到了。他只好捂着鼻子走进左侧电梯，按了数字 6。

很快，电梯升到 6 楼，随着一声"叮"，意外发生了，电梯门并没有随之开启。

他再次按开门键，门晃了晃，还是没动。他连按开门键，结果，所有数字全亮，电梯却再也不动了。

要命，严良心里咒骂着，开学第一天就被关在电梯里，又是大热天，里面还有坨散发恶臭的大便，要窒息了。

他按住电梯里的报警按钮，对讲机响了很久，没人接听。

浑蛋，学校这帮管后勤的在搞什么！

足足等了几分钟，情况没有一点好转，他热得受不了，拉起衬衫猛扇。

必须想其他办法，他掏出手机，拨了班上学生的电话，让他们到门外开门，结果还是开不了，学生们转而去找保安，直到上课铃响后，保安总算赶到，打开了应急开关，让他重见天日。

严良挥动手臂，大步走出电梯，用力吸了一口外面的新鲜空气，看着保安和七八个学生，表示了一番感谢，叹息道："这是一段痛苦的经历，不过好在出来了，啊，憋死我了，上课铃响过了吧？我们先去上课。"

他招呼学生们去上课，可他向前迈出几步后却发现身旁的学生们都驻足不动，他停下步伐，奇怪地回头看，学生们的表情出奇一致，张圆了嘴，目光直盯着电梯门内的那坨大便。

严良愣了一下，瞬时反应过来，大声道："等一下，这个——我能解释一下吗？"

下一秒，周围的空气在一片死寂中重新流动起来，保安显得很机智，连忙替他解围："没关系没关系，老师你先去上课吧，等下我让清洁工处理一下就好。"

学生们也是颇为理解的样子："老师放心，我们不会说出去的。"

"对，人之常情。关了这么久，换我也憋不住。"

"嗯，老师也是人嘛。"

…………

"这根本不是说不说出去的问题，我刚刚说'憋死我了'，不是这个意思——"

学生们纷纷安慰他："没关系的，谁都有意外情况嘛，我们绝对理解，一定保密！"说着，学生们竟然全都当什么也没发生，集体往教室走去。临走时有个女生还塞了包纸巾到目瞪口呆的严良手里——因为电梯里没纸巾，学生们理所当然认为严良还没擦屁股。

严良夸张地瞪着两眼，愣在原地，看着自己皱褶的衬衫和松垮的裤带，现在就算他全身长满嘴也没法解释了。

第一天上课就遭遇这种事，严良的心情被破坏殆尽。

原本开学第一堂课，他照例准备了一番题外话，打算用他风趣诙谐的风格，来表达"数学是一切学科的爸爸"这个主题。

现在呢，不需要题外话了，学生们已经觉得他很幽默了。

他兴致全无，只能干瘪枯燥地上了两节数理逻辑，总算熬到下课，只想快点离开。

一名男学生一边整理书包准备走，一边看着手机读着："今天的杭市新闻说，城西一带近期出现一名变态男子，多次在半夜将独自回家的年轻女性挟持，拉进绿化带中进行猥亵。据受害人描述，此人四十多岁，头发较短，戴一副眼镜，外表看似斯文。记者从西湖区公安分局了解到，警方已经掌握了此人的更多特征，通过排查周边监控，发现此人多次半夜在附近小区的电梯里拉屎，行为怪异，警方正在抓紧搜捕，同时也会加强附近区域夜间的巡防力度……"

读着读着，所有学生的目光都开始看向严良。

四十多岁，头发较短，戴眼镜，外表斯文，重点是——在电梯里拉屎……不会吧，完全一样？

严良正收拾着讲义，突觉气氛异常，他眼睛余光瞥到学生们的异样，脸忍不住变得滚烫，更显窘迫。天哪，今天真有这么倒霉吗？

可是，没有很倒霉，只有更倒霉。

这时，一个本已离开教室的女生又跑了回来，喊道："严老师，外面……外面有警察找你。"

所有学生都看向了教室门口，那里站着两个警察，赵铁民鼓嘴瞪眼，一脸严肃地看着严良，不耐烦地喊了句："快点吧，找你很久了。"

学生们的目光又回到严良脸上，充满震惊的表情里都写着"真相大白",脑海中纷纷涌现严良被戴上手铐拉走的场景。

严良瞬时像被冰冻住了,他看了一眼赵铁民,把最后一张讲义狠狠塞进了皮包,随后紧闭着嘴,更显做贼心虚地低头朝门口走去。

8

严良紧咬着牙关,走到门口,瞪着赵铁民,低声怒斥:"你穿警服跑学校来干吗!"瞥到教学楼下停着一辆 PTU 机动警车,这是抓捕犯人常用的车,他更是吐血,"噫,居然还开 PTU 车子来,我一身清白算是毁于一旦了!"

赵铁民满脸无辜:"什么清白毁于一旦?我刚去办案了,就在文一西路上,还没来得及换衣服,想到你了,就顺道过来。"

"好吧好吧,有什么事吗?工作上的事不要找我,请我吃饭的话,改天等你换身衣服再来吧。"他快步向前走,一点都不想和这个警察接触。

赵铁民跟在他身后,微微笑道:"行,那就一起去吃饭,我去车里换件衣服。"

严良转身道:"老兄,你到底找我什么事?你不像单纯找我吃饭的样子。"

赵铁民抿抿嘴,低声道:"其实是有个案子。"

严良面无表情道:"那没必要谈下去了,我五年前就辞职了,早就不是警察,我现在只是个老师,不想和警察有任何瓜葛。"

"嗯……我知道你的想法。不过你也肯定想得到,普通的案子我根本不会来找你。只是这次的案子有点棘手，前天文一西路刚出的命案你听说了吗？"

"没听过，也不关心。"

"喀喀，"赵铁民干嗽一声，"以前媒体也报道过，城西一带这三年来发生了多起命案，每次案发现场凶手都留下了'请来抓我'的字条，这你总听说过吧？"

"第五起了？"严良冷笑一声，幸灾乐祸地看着他，"不过，这又关我什么事呢？"

"你以前毕竟当过刑警，还是省厅的专家组成员。"

"不要跟我提以前。如果没其他事的话，我就先走了，你办案忙，也别在我这边浪费时间。"严良转头就走。

赵铁民拉住他，凑过来道："不谈案子也行，我就问你一件事。如果凶手把另一个人在泥地上拖了几十米，凶手有没有办法不留下他自己的脚印？"

"泥地上不留下脚印？这倒从未见过嘛。"严良好奇地皱起了眉头，不过马上又恢复刚刚的冷漠，道，"破案是你们警察的事，与我无关。"

赵铁民道："你可以暂时不把我当警察，仅作为我们私下的聊天。"

严良想了想，道："你就这一个问题吗？"

赵铁民点头道："对，就问你这一个问题。"

"告诉你答案你就走，不再骚扰我？"

赵铁民笑着回答道："行，不再骚扰你。"

严良道："可我有个条件。"

"尽管提。"赵铁民很爽快。

严良道："你是大领导，有话语权。我希望你能给西湖分局施加压力，让他们花点力气，早点抓到城西的一个变态佬。"

赵铁民瞬时脸色一变，肃然道："你是指新闻里说的那个？"

"对。"

赵铁民严肃道："你有什么线索？"

严良指着电梯，道："左边这部电梯里，早上有坨屎，我看新闻里说的，可能是那个变态佬拉的吧。"

赵铁民连忙转身叫过杨学军，对他吩咐了一阵，让他去学校保安部门调电梯监控回来查，随后对严良道："你放心吧，这家伙我一定很快抓出来。这个变态佬的案子从昨天开始已经不归分局管了，直接由我处理。"

严良颇显意外道："你负责这种小案子？"

赵铁民很认真地点点头，道："因为我们怀疑这名变态男子和杀害五人的连环命案的凶手是同一个人。"

严良一声冷笑："哈哈，是吗？"

"现在还不确定，前晚变态佬猥亵女性的地方就在命案现场旁，而且时间很接近，所以抓住变态佬是我们的当务之急。嗯，不过我挺好奇的，你怎么对这个案子这么关心？"

严良面露窘态，含糊道："没什么，早上我进了左边这部电梯，出来时刚好遇着人，发生了点误会。"他连忙补充道："仅仅是一点点误会，你别想太多，我早就解释清楚了，你瞧，我怎么看也不像那种人对吧，我是去上课，怎么可能会……"

赵铁民第一次见到说话这么啰唆的严良，他强忍着心中的大笑，拉过他来，道："好吧，我不会想太多，我们先去吃个饭。"

9

"时间过得真够快的，一晃你去学校教书都五年了。先是你，后来是宁市的刑技处长骆闻，都走了。这几年新出来的人，我始终觉得比不上你们两个。"赵铁民喝了口水，看着严良。

严良微眯了一下眼："你是说骆闻不当警察了？"

赵铁民略显惊讶："你不知道吗？哦，对，你比骆闻更早辞职，看来你果真对警察的事不闻不问了。"

"骆闻去哪儿了？"

赵铁民摇摇头："不清楚，我听宁市的朋友说，他辞职去做生意了，算起来也有三年多了吧。"

"他都会辞职去做生意？"

"是啊，现在个个都想着多赚钱，听说当时他打辞职报告后，他们市局的领导各种挽留，还给他申请了高级别的人才住房，结果他还是去意已决。好像说他手里有几项专利，又有几项专家级的职称，辞职出去，光是拿职称和专利挂靠给别人，就能赚好多钱。"

严良叹息一声，点点头："他大部分专利都是以单位名义申请的，不过他保留了几项微测量的个人专利，嗯……不过我一直以为他是个淡泊名利的人，他选择当法医是出于对这份工作的热爱，我想他辞职应该还有其他原因吧——也许就像我一样。算起来，自从我离开省厅

后，就再没和他见过面了。他辞职了，嗯，可惜……真可惜。"

赵铁民接口道："是，大好的专业知识，不用来解决实际问题，却窝在学校里教书，实在可惜了。"

严良瞧了他一眼，笑起来："你都学会挖苦人了？"

"认识你这么久，多少也学会一点。"赵铁民拍了下手，道，"好吧，言归正传，你提的抓变态佬的要求，我答应了。现在你帮我想想凶手是怎样不留下脚印的。"随即，他把现场的细节逐一告诉严良。

听完，严良沉默了很久，终于抬起头，看着赵铁民，道："没想到你会遇上这样的对手。"

赵铁民微微皱眉："怎么？"

"专案组成立四次解散四次，投入这么多警力查了快三年，到现在连凶手的基本轮廓都没有，这家伙的反侦查能力不是一般强。"

"是的，要不然我也用不着找你了。"

"可是他却偏偏留下一张'请来抓我'的字条挑衅警方。"

"很嚣张。"

严良摇摇头："我认为仅仅定义凶手嚣张，是片面的。凶手犯罪用了很多反侦查手段，显然是不想被警方抓住。一起谋杀案中，如果凶手不想被抓，通常他的犯罪手段越低调越好。他如果不留下这张字条，恐怕也只是普通的命案，不会惊动到省、市两级警察，也不会由像你这个级别的领导负责督办，投入的警力规格自然也少，对凶手本人来说自然也更安全。"

赵铁民点点头："如果不是那张'请来抓我'的字条，这案子大概就由区分局负责，不会专门成立省市两级联合专案组。"

"他用了很多反侦查手段，显然不想被抓。可他留下这张字条，引起警方重视，显然又会增加他被抓的概率。这不是矛盾的吗？"

赵铁民思索片刻，道："你有什么看法？"

严良道："我不知道，以现有的线索无法进行推理，只能猜测，而猜测不是我的强项。总之，警方如此高规格的阵容，三年时间抓不到他，显然他是个高明的对手。高明的对手在犯罪中的每个动作，一定都有他的用意。"

赵铁民摸了摸下巴，道："先不管他的用意了，我需要先弄清楚他是怎么把人拖过绿化带而不留脚印的。"

严良道："把人拖行几十米不留下脚印，倒不是没有办法，只不过，我想不明白凶手为什么非要把事情搞得这么复杂。"

"你有什么办法？"

"现场的限制条件很多。首先，凶手是人，不会飞。其次，绿化带是泥地，只要踩上去，必然会留下脚印。凶手拖行尸体而没有留下脚印只有两种可能：一是，凶手确实从绿化带上走了；二是，凶手并没有从绿化带中经过。"

"没从绿化带中经过，这怎么可能？"赵铁民摇摇头。

严良道："如果凶手勒住被害人后，再拿一条长绳系住被害人，然后把长绳的另一端扔到绿化带后面，然后他绕着绿化带走到后面，捡起长绳把人拖过来，这是可行的。但这样做有两个问题：一是被害人当时还没死，如果凶手这么做，那被害人可能会逃跑；二是他绕过绿化带跑到后面，要浪费很多时间，如果刚巧此时有车辆经过，那么犯罪行为就会当场被发现。"

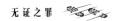

赵铁民想了想，道："如果凶手是两个人呢？一个人控制死者，另一个人在绿化带另一面拉人。"

严良果断地摇头："不可能。你说这案子不为钱财，也不是仇杀。而团伙犯罪要么是为财，要么是有共同仇人，反之，缺乏团伙犯罪必备的共同利益基础，团伙犯罪的前提就不存在。并且你们五次命案调查，得到的线索都有限，指纹也是同一个人的，而团伙犯罪通常会留下更多的证据。另外，即便凶手有两个人，也没必要搞这套。"

赵铁民点点头，道："那你说说另一种可能，凶手确实走过了绿化带，可是没留脚印，这是怎么做到的？"

"很简单，凶手穿了被害人的鞋子。拖行痕迹上不是有被害人的脚印吗？你们认为是被害人被人拖着，挣扎时留下的，也许这脚印压根不是死者的，而是凶手的。凶手不但穿了被害人的鞋子，而且在拖行过程中，模仿了被害人挣扎留下的那种脚印特征。"

赵铁民道："可是如果是那样，凶手穿了被害人的鞋子，被害人是赤脚挣扎，那也会留下赤脚的脚印啊。"

严良目光微微一收缩，道："如果被害人当时已经死了呢？"

"可是死者后来还在水泥地上写了字，说明之前他还没死。"

"你们确定字是死者留下的吗？"

赵铁民想了想，道："这还得回去做更细致的调查。不过如果字是凶手留的，他留下字有什么意义？"

严良摇摇头："那我就不清楚了，这该是你们警察思考的事。总之，根据你提供的线索，不管凶手采用哪种拖行方法，我能得出的结论只有一条，就是孙红运在绿化带旁时就已经死了，而不是被拖到水泥地后才被杀的，水泥地上的字一定是凶手留下的。我建议你回去之后一是对水泥地上的字做笔迹鉴定；二是找省厅的足迹鉴定专家看看，留在地上的脚印到底是谁的。"

严良神色笃定，显然对自己的判断很有信心。

赵铁民缓缓点头："好！"

严良又道："可是凶手为什么要这么做，这是个大问题。"

"什么意思？"

严良解释道："对凶手来说，最干脆的做法是，在绿化带旁袭击死者时，直接把他杀死，随后往绿化带树丛里一扔，走人。这才是对凶手来说最安全的做法。他何必把人拖到水泥地上，费这么大周折，还制造出一场不留脚印的犯罪？他一定有他的犯罪逻辑，只不过我想不明白。"他抿抿嘴："所以呀，赵领导，三年时间，专案组成立四次解散四次，不是单纯因为警方运气不好，一直没抓到凶手，而是这个凶手绝对不简单，你要做好心理准备。"

赵铁民吸了口气，神色更显凝重。

严良笑了笑，缓和下气氛，道："对了，你之前说变态佬涉嫌这起连环命案？"

赵铁民恢复了平常神色，点头道："没错。"

"关于变态佬有哪些线索？"

"我们掌握的直接线索和新闻里说的差不多。这个男人四十多岁，戴眼镜，身高体形都中等，嗯……就像你这样。"他瞧着严良脸上的苦色，笑了笑，继续道，"近几个月来，此人多次在城西一带半夜挟持独自回家的年轻女性，将其拉到附近的草丛等角落进行猥亵。犯罪时通常戴着个帽子，所以监控并没有拍到他的真实长相。根据受害人的事后回忆也只能得到个大概轮廓，五官并无大的辨别特征。此人多次作案后，派出所调取了附近的沿线监控，结果意外发现此人还好几次半夜跑到附近小区的电梯里拉大便。真是个标准的变态男。"

"你说猥亵是指……哪种程度？"

赵铁民皱皱眉，道："就是掏出生殖器，当着女人的面，打飞机。"

"强迫受害人替他打飞机？"

"不，他自己打飞机，只是当着受害人的面，最后射到了受害人身上，除此之外，他没有对受害人进行性侵，也没拿走受害人的财物。"

严良咂嘴："真是够奇怪的。不过，凭什么认为他和命案有关？"

"前天晚上12点不到，城西一个辖区的派出所接到一名女性报案，说她被人猥亵。那名女性在酒吧上班，当晚下班回家，坐末班公交车到站后，她独自一人沿着马路向前走，迎面走来一个戴眼镜的中年男子。那名男子一开始没有异常，刚擦肩而过，走了几步，男子突然回过头向她冲来，掏出一把刀，把她拉进了绿化带，随后进行猥亵。而我们的命案现场，离前晚报案的事发地点仅隔了几十米，法医尸检结果判断被害人的死亡时间和猥亵发生的时间接近，所以我们有理由怀疑那起命案是那个变态男干的。"

严良笑了笑，道："我个人认为，可能性接近于零。"

赵铁民张嘴问："为什么这么说？"

"我听你说，凶手的前四次犯罪中，你们调查了监控，都没发现他。也就是说，凶手把犯罪地点周边的监控都避开了？"

"对，尽管监控有很多盲区，但每次犯罪都能把所有监控避开，显然凶手在犯罪前做足了功课。"

严良道："命案的凶手是个高水平的家伙，神出鬼没，没人见过他。而那个变态男，没被抓住纯粹是因为他运气好，如果他猥亵女性时刚好遇到路人，说不定此刻已经在公安局里了。尽管他犯罪时戴了帽子，但连在电梯里大便的事都被你们查到了，显然这家伙并没有多少反侦查意识。这两个人的水平差太多了。"

"你说得有道理，"赵铁民抿抿嘴，"那你说该怎么查？"

"具体的细节我不想过问，但既然你说被害人的死亡时间和变态男的猥亵时间相近，我想，抓住变态男或许是个突破口。以目前的情况看，似乎也只能这样了。"

赵铁民笑了笑，望着他说："谢谢你。"

严良道："今天我谈了这么多我本职工作外的话题，单纯是因为你答应抓变态佬。仅此一次，下不为例，我希望我们下次见面纯粹是吃饭，我不想再谈案件的话题了。"

赵铁民叹息一声，不过还是点点头，尊重严良的选择。

他今天回去多了两件事：一是让人核对笔迹，看看"本地人"三个字是否确实是孙红运本人写的；二是针对拖行痕迹中孙红运的脚印，做一下身高、体重的鉴定，如果一致，那么脚印确实是孙红运的，如果不一致，那意味着脚印是凶手穿了孙红运的鞋子留下的，也就是严良判断的那样。

无证之罪

10

今天一直加班到晚上9点多，郭羽才下班。

他拖着疲倦的身子上了公交车，坐了半个多小时才下车，向前走了一段，路边是片大排档。

此时，昨天的那个黄毛和几个混混模样的年轻人围着一张露天桌子坐着，吃着烧烤，喝着啤酒。

郭羽一看到他们，就侧头往边上走，他可不想惹上这些人，昨天被狠狠打了一记后脑勺的事他犹记在心，说实话，当时他很害怕，怕被那两个流氓殴打。

那几个小流氓今天倒没注意到他，因为黄毛的视线被路过的一个漂亮女生吸引住了。那姑娘穿着黑色的超短裙，大腿纤长，上半身穿了一件白色短袖小衬衣，看着像是个公司的销售人员。

在酒精的刺激下，黄毛不管女孩旁边还有个男朋友模样的人，肆无忌惮地对同伴大声笑道："身材真好，屁股又圆又大，摸起来肯定很舒服啊！"同伴大笑起来，对着那个陌生女生吹口哨。

女生厌恶地瞪他们一眼，咒骂了句："神经病！"

"哈哈，嘴巴好泼辣，我喜欢。"小混混叫着。

旁边的男朋友对她道："走吧，别理这些傻 ×。"

正当两人要走的时候，谁知刚刚她男朋友说的话稍大声了些，传入了这群流氓的耳朵里。黄毛当即站起来，喝道："你妈 ×，你他妈骂谁傻 ×？"

她男朋友并不想惹事，看着对方人多又来势汹汹，自己先胆怯了，但在公开场合，又在女朋友面前，不想丢了面子，他低声朝向空气说了句："我又没说你。"

"那你他妈的嘴里嘀咕个 ××？"黄毛冲到他面前，点着他的鼻子质问。

女孩连忙拉过她男朋友，嘴里冷哼一声，转头就快步走。

"没种就别他妈跑！"黄毛见对方退了，以胜利者的口吻叫嚣一句，顺道又拍了一下那男人的后脑勺。

男人当即回过身，道："你干吗？"

黄毛见对方居然还敢回身，于是走上前两步继续指着那个男的，道："你他妈再多说一句？你他妈再多说一句试试看？"黄毛的同伙也纷纷站起身，走到了他们旁边。

周围人见起了纠纷，也都聚拢过来，口中劝着："算了算了，没事的，大事化小，小事化了，双方都消消气。"

男人面对五六个混混模样的人，有些胆怯，不知所措。女朋友也害怕了，赶紧拉他："算了，快走吧。"

男人冷哼了声，转头要走。

谁知，黄毛突然飞起一脚直踹那个男人的腰部："你他妈跟谁哼呢！"

黄毛的同伙见对方怯了，本来准备坐回去继续喝啤酒，不想黄毛这么忍不住气，对方都要走了，还扑上去踹一脚，怕闹出事，毕竟杭市城西一带的治安一向管得很严，连忙上去拉住他，口中也劝着"算了""继续喝酒"等等。

男人在女朋友害怕的哭声中爬起来，什么话也不敢说，低着头，和女朋友快速走开。

一旁看着的郭羽叹口气，这种流氓简直是社会的垃圾，但他对此什么也做不了，只能多叮嘱自己几句，下回遇到这几个人，更要小心点，千万不要招惹。万一惹了这种人，他把你暴揍一顿，就算派出所抓了他，也只能按治安管理处罚条例关个一两天，他出来后还会找你麻烦。

这时，突然有人走到他身旁问了句："这几个家伙一直都这么坏吗？"

郭羽转头一看，是昨天面馆里那个收养小狗的中年大叔，他点点头，语气显得有几分无奈。"这一片他们算是出了名的。那个人，"他示意黄毛，"好像叫小太保，算是他们的头儿了，经常这样。"

"哦。"骆闻点点头，朝他微笑了一下，转身离去。

"对了，师傅，你昨天带回去的狗怎么样了？"

骆闻转回身，道："我看了下似乎都是皮外伤，应该过几天就能恢复过来了。不过我想它大概是受了惊吓，反正到现在都缩在窝里，基本不太动，给它买了牛肉条，好像也不太喜欢吃，水也没喝过，嗯……真有点麻烦。"骆闻淡淡笑了下。

"你以前养过狗吗?"

"以前?"骆闻想起了八年前那条狗,不过那时他和那条狗接触的时间很短,他点点头,道,"养过几个月,后来狗丢了。"

郭羽道:"狗不吃不喝,我觉得应该是到了陌生环境感到害怕,以前我养的狗都是这样的,到新家头儿天都胆子很小,过个三四天,狗习惯了就会又吃又喝,而且你这条有点像土狗杂交的,以后食量可大得很呢。"

"哈哈,是吗?我养狗经验少,以后还要向你请教。"

"我也很喜欢狗,只是现在住这里不方便养,回头等狗伤好了,你把狗拉出来玩玩吧,我会教狗一些起立、坐下、叼东西的动作,训好后可有趣了。"

骆闻在杭市三年,除了单位里的同事,很少跟其他人接触,也没有什么朋友。听郭羽这么说,骆闻有一种温馨的感觉,朝他笑了笑:"好的,如果真能那样,就太感谢了。"随后,骆闻转过身,扫了一眼那个黄毛,面无表情地走了。

11

郭羽像往常一样来到"重庆面馆",看时间已经是晚上 10 点,店里没其他客人,朱家兄妹正在收拾店面准备打烊。

郭羽正要离开,朱慧如看见了他,跑过来招呼道:"你要吃面吗?"

"呃……你们关门的话就算了。"他微微侧过头,面对朱慧如,他

总是害羞，不敢直视。

"没关系，不差这么一会儿。"朱慧如很热情。

"嗯，那请给我来一碗馄饨面。"

朱福来进厨房煮面，朱慧如坐到了他面前，好奇地问道："你今天怎么这么晚？好像经常挺晚的？"

郭羽感觉自己的脸有些红，他略低着头，像是面对老板，老实地回答着："公司有时候要加班，没办法。"

"你是做什么工作的？"

"开发……呃……就是程序员，电脑里编程序写代码的。"

朱慧如拿出手机，把玩着道："像手机里的游戏，就是用代码写出来的？"

"嗯，不过我不是做手机这块的，我做的是网页上的一些程序，就是你电脑上网时会用到的。"

"哇，好厉害，我就是以前不会读书，觉得读书好难，你肯定是学了很多才这么厉害的。"

第一次有人夸自己"厉害"，郭羽笑着低下头。

两人聊了一阵，很快面做好了。朱慧如一直坐在他对面，他吃得很忐忑，似乎生怕大口吃，会有难看的吃相落入她的眼里。他感觉这一刻很温馨，也许……也许她对自己也有好感？可是他始终不敢吐露自己的真实想法，因为现在的他，养活自己尚且紧巴巴的，对于未来，他没有太多的想法。

这时，黄毛独自走到了店门口，朝朱慧如道："喂，美女，弄个蛋炒饭，待会儿你送到河边公园那儿来。"

朱慧如看到这家伙，当即皱起眉头，表示出了厌恶："我们店关门了，今天不做了。"

黄毛瞪着眼指着郭羽："这不刚做了吗？怎么轮到我就不做了，什么意思啊？"

"今天饭没了，没法做蛋炒饭。"

"饭没了面也行，赶快送来。"

"面也没了。"朱慧如显然不想做他这单大概率不付钱的生意。

黄毛怒道："你什么意思啊，你！"

朱福来闻声连忙跛着脚从里屋跑出来，连声道："有的有的，您稍等，我去做。"

"哥！"朱慧如重重叫了声。

黄毛抛下一句："美女，我有事先走，等下你给我送到河边的公园来，一定要你送来。放心，不会少你钱，顺便把前几次的钱一起付了。"说着，他掏出一张百元钞票，放在桌上，又道："多的零头下次吃面时算。"说完就走了。

朱慧如不情愿地站起身，拿过一百元，放进抽屉里，抱怨道："哥，这神经病烦死了！"

朱福来劝慰着："唉，没办法，做生意只能多忍着点。你要不愿送，等下我送过去吧。"

"算了算了，你腿脚——"朱慧如看着哥哥的瘸腿，道，"你还是留在店里整理一下吧，我送去好了。"

郭羽凝神了片刻，小心地低声问："他为什么要你把外卖送到河边的公园那里？"

"谁知道他搞什么鬼。"朱慧如嘀咕一声，想起前几次送外卖，这黄毛对自己动手动脚的，送到河边，万一他想……应该不至于吧，这流氓是本地人，不会这么大胆吧？还是以防万一的好，朱慧如系上腰包，然后走到抽屉那儿，为了不让哥哥担心，她偷偷地拿出一把水果刀，放进了腰包里。

很快，蛋炒饭做好了，朱慧如熟练地打包完，拎着外卖往西面一条河旁的公园走去。

郭羽心中担忧，她一个女生送外卖到那么偏僻的地方给一个流氓，他不放心，可是他又保护得了她吗？想了一阵，他还是鼓起勇气，把面钱留在桌上，也往河边的公园快速走去。

12

面馆门前这条路往西走到底，七八百米的路程，是条景观河，河两边都是草地和人工种植的树木。那个所谓的公园其实只是社区架了一些钢质的健身器材，供市民锻炼。冬天来这里玩的人比较多，夏天的河边蚊虫很多，尤其晚上更甚，所以很少有人来。此刻夜已深，这里更是阒无人声。

朱慧如独自提着外卖，走到公园处，看到黄毛正踩在扭腰器上左右晃着，她没好气地叫道："喂，外卖给你送来了。"她放下塑料袋就准备走。

"别呀，美女。"黄毛叫道，他一只手握着一听啤酒，一只手拎着一个塑料袋走过来，"今天难得凉爽，咱们一起喝喝酒，聊聊天好不好？"

朱慧如懒得搭理他："我没空，要回去睡觉了。"

"别这么不给面子嘛，就聊一小时好啦，你看得出，我很喜欢你的。"黄毛觍着脸，一副油腔滑调的样子。

"我真的走了。"朱慧如皱眉抛下一句，她一点都不想跟这流氓纠缠。

"哎呀，你这么不给面子吗？"他走上来，拉着她手臂，"一起喝点酒，你看我买了一袋啤酒，就是想跟你多聊聊。"

"放开我！"朱慧如叫着，开始挣脱。

黄毛咯咯笑着，把她往里面的草地上拉。

朱慧如用力地拍打他的手："放开！放开！你这样我报警了！"

黄毛的手被她拍得发痛，又加上酒精刺激，他恼怒道："我跟你说了这么多遍，一起喝酒聊聊怎么了！你别这么跩，我告诉你！你坐下！"

朱慧如用力扭动手臂，挣脱开，正要逃，黄毛抛下啤酒，两只手一起抓住她："今天老子非亲亲你不可！"说着，嘴巴就往她脸上凑。

"你放手！你放手！"朱慧如用尽全身力气挣扎，拉开腰包，掏出水果刀，顶到他胸前，"你再弄！你再弄我捅过去了！"

黄毛退后一步，浑身散发着酒气，冷笑着看她："有性格，漂亮！"说着，又开始向前逼近，想要把刀夺过来。

朱慧如慢慢后退，和他保持距离，眼中充满惊恐："你……你再过来，我真不客气了。"

黄毛依旧嬉皮笑脸："你这样是想谋杀亲夫吗？哈哈，把刀给我

吧，坐下来一起喝酒，哥哥会很疼你的。"

"别过来，你别过来。"

突然，黄毛猛地向前冲，朱慧如因为害怕而本能地闭上眼睛，拿着水果刀向前乱刺。下一秒，她感觉手上有一股热流，睁开眼，赫然看到黄毛的胸口和肚子上有三个血洞，其中胸口的那个血洞正一股股往外喷血，甚至溅了她一身。

朱慧如"啊"一声叫，慌忙推了黄毛一下，颤抖地往后逃了几步，黄毛整个身体竟直直向后仰面躺下，只发出几声沉闷的呻吟。他倒下后，出现在朱慧如面前的，是瞪大眼睛的郭羽，他手里还举着一块石头，看到黄毛倒在血泊中，郭羽霎时吓得面无血色。

"怎么……怎么会这样？"郭羽眼皮颤抖着望着在地上扭动的黄毛。

他做梦也没想到是这个结果。他眼见朱慧如受辱，想上前帮忙，可他从小到大都没打过架。他是个怯弱的人，不敢跟黄毛对打，鼓足了所有勇气，抛开了黄毛日后找他麻烦、报复他的惧怕念头，才捡起一块石头从旁边跳出来，冲上去砸黄毛的脑袋。

可这一砸，使得黄毛向前扑去。朱慧如以为黄毛要强行夺刀，本能地一顿乱刺，结果把黄毛扎出了三个血洞。

这一秒，空气中安静得能听见蚊子的嗡鸣声，两人都愣在原地，完全不知所措地看着面前的一切。

这一切发生得太快了，他们心中没有一点预期和准备。

他俩都想着快点摆脱黄毛，谁也没想到会酿成如此惨剧。

黄毛会死吗？即便不死，以后的日子他肯定也会报复啊。而且，这……这要赔多少钱？

可就在两人瞪大眼睛，头脑一片空白之际，朱慧如瞥见了草地前此刻正站着一个人，她瞬间吓呆了。

那人在原地停留了片刻，随即朝他们跑过来。

13

骆闻站在草地前停留了片刻，随即快步跑了过来，看到躺在地上满身是血、手脚尚在一阵阵抽搐着的黄毛，愣了几秒，转头对这对早已吓傻的男女厉声叫道："你们都做了什么啊！"

朱慧如一言不发，脸色惨白，瞪大了眼睛。

郭羽抽动着嘴巴，颤声道："快……快送医院。"

骆闻蹲下身，看了黄毛几眼，叹口气："心脏破了，救不活了。"

"救不活了……"郭羽重复着这句话，看着黄毛的手脚渐渐停止不动，眼泪忍不住直流下来。

骆闻看着他们两人低头哭泣，抿抿嘴，道："你们还是快点报警自首吧。"

"报警自首……"郭羽愣了一下，随即站立不稳，一下跌倒，"是……是他先要来非礼她的，这个应该算正当防卫吧？这样……这样要坐牢吗？要……要赔多少钱？"他显得头脑混乱，彻底不知所措。

骆闻认真地看着他："你想听真话吗？"

他一脸痴呆地点点头。

"我看到尸体头上有破口，身上被扎了三刀，并且一刀扎破肋骨，刺入心脏。通常情况下，肋骨很坚硬，很不容易被刺穿。死者头上被砸，身上又被刺了三刀，甚至被刺破肋骨，有这样的正当防卫吗？恐怕连过失杀人都算不上了。"

郭羽痛苦地叫道："可是……可是事实就是这样啊，就是他先非礼她的，这怎么不是正当防卫啊！"

骆闻无情地摇摇头："警察是看证据的，在尸体的直接证据面前，是否会采信你的单方面口供，不好说。"

"这！"郭羽感觉想呕吐，他紧紧闭上了嘴，感觉整个世界一片灰暗。他想起他微薄的收入，想起他在农村的父母，想起他那个残疾在家、需要人照顾的妹妹。他感觉人生突然失去了颜色。

骆闻看着两人，暗自叹息一声，撇着嘴摇摇头。

突然，郭羽睁大眼睛，望着骆闻，道："人是我杀的，我看到他要非礼她，就跑去砸了他的头，又捅了他几刀，不关她的事！"

这句话说完，骆闻大吃一惊，因为他看到此刻刀还在朱慧如手里，朱慧如手上和衣服上都是血，而郭羽身上和手上没有半点血。他要替她扛罪吗？

朱慧如同样惊讶地看着郭羽："你……你为什么……为什么要这样说？"

"没……没为什么，就是我干的，不关你的事，你要好好生活。"他慌张地低着头，摸出手机，"我……我现在就报警，我……我现在就自首。"

"不不，根本不是这样的！人明明是我杀的，不是你杀的！"朱慧如连忙叫道，同时，脸上更是泪如雨下。

"小伙子，等一下。"骆闻冷静地叫住他，"你说人是你杀的，刀为什么在她那儿，她身上为什么都是血，而你身上没有？"

"这……"郭羽一下子愣住，反应过来，即便自己这么说，警察也不会相信的。

这时，朱慧如突然停止哭泣，缓缓道："人是我杀的，大叔也看见了，可以做证，刀在我手里，我身上全是血，不关你的事，你走吧。"

骆闻再次大吃一惊，尽管他刚刚并没有看见他们杀人的那一幕，不过以他的专业眼光看得出，小流氓被杀与两个人都有关系，并不是某一个人单方面所为。

他看向两人："你们都想包庇对方？"

两人都闭嘴没回答。

"你们是男女朋友关系？"

郭羽微红着脸，摇摇头："不是。"朱慧如同样予以否认。

骆闻看着郭羽："那么，你很喜欢她？"

郭羽一愣，随即低下头，然后，极缓慢地点了一下头。

朱慧如愈发惊讶地看着他："你喜欢我？为什么你没告诉过我？"

"我……"郭羽说不出话。

"我明白了。"骆闻叹口气，"人是你们两个一起杀的，尽管是场意外，对吗？但我实话实说，这样的现场不可能让警察认为是正当防卫，不过早点报警自首，把当时的情况向警方说清楚，也许可以被判过失杀人，或许……应该会减免一些刑责。我需要提醒你们，不要想着替对方揽罪，那纯属徒劳，而且那样一来，即使你们之后再把当时的情况说出来，警方也会怀疑真实性。"说完，他转过身，迈着沉重的脚步离开，他不想多惹事。

走出几步后，他听到郭羽低声痛苦地念叨着："为什么是这样？为什么是这样！"他回头，看到两人呆坐在原地，眼中充满了绝望，他有点唏嘘，又继续向前走，再走出几步后，回头看，两人依旧如此，他又咬咬牙，再向前走出几步回头看，两人还是如此，他的心突然重重收缩了一下。

两个年轻人的人生轨迹，就因这个晚上的一场意外，就因一个小流氓的寻衅滋事，而彻底改写了吗？

即便轻判，关个七八年，可是他们这个年纪，最珍贵的青春，就因此蹉跎，出狱后的日子，又该如何度过呢？

他心中突然有一种莫名的冲动，纠结了几下后，终于冲动战胜了理智，他骤然转过身，快步走到他们两个面前，停顿了一下，还是开口道："如果……如果还有其他的办法挽回，你们想尝试吗？"

说完这句，骆闻自己心中也咯噔了一下。

曾经的省厅刑侦专家组成员，宁市公安局的刑技处长，四十多岁就荣获公安部物鉴学科研进步一等奖的天才，法医和物鉴两项业务的双料全能专家，这一次，决定用自己的能力，改写两个年轻人无助的命运，他准备制造一场无证之罪，一个永远破不了的案。

14

"什么办法？"郭羽急迫地问。

"嗯，"骆闻犹豫了一下，还是说出口，"比如，把现场处理一下，来证明这个人的死和你们俩没有关系，你们可以继续过你们的生活。"

"这个……真的可以吗？"一瞬间，郭羽心中害怕、犹豫、茫然、憧憬，各种情绪交织在了一起。他想到在农村的父母，还有残疾的妹妹，如果他入狱，家中就没有了主要收入来源，出狱后，他也完全无法继续做程序员的工作，到时还能怎么赚钱？回家种田吗？更何况，他记得看过的新闻，出了这种事，民事赔偿对他来说恐怕也是个天文数字，一辈子都看不到头的天文数字。如果……如果真的可以不用承担责任……他真希望这几分钟的时光可以倒流一遍。

朱慧如睁大了眼睛："您是说，我们逃走躲起来？"

骆闻摇摇头："不是逃走，而是把现场与你们有关的一切因素都处理一下，而知道你们杀人的，只有你们俩和我，如果我们仨都不说，警察就查不出来了。"

郭羽还在权衡着，不置可否："如果最后警察还是查出来了，那我们本来是过失杀人，不就变成故意杀人了？到时再也说不清了。"

骆闻点头道："没错，确实是这样。但警察最后查出是你们杀人的唯一可能就是——你们俩自己告诉警察了。"他看了眼两人，两人都全神贯注地看着他，他继续道："只要你们俩坚决保密，那么这个案子警察将永远查不出。"

郭羽吞吞吐吐道："你……你为什么这么肯定？"

骆闻很认真地道："因为我曾是一名法医，我对警察怎么查案一清二楚，我有能力改变案发现场。"

郭羽和朱慧如面面相觑，两人都拿不定主意。郭羽心中想着如果自首，要坐七八年牢，还有对他而言天文数字般的民事赔偿，这辈子

就看不到生活的希望了，再糟糕还能怎样？不如一试。可是他心里又有个疑问，这个陌生的中年大叔仅仅和自己说过几句话而已，为什么要帮他们，便问："你为什么要帮我们？"

"我觉得你们不该遭受这种磨难。"骆闻平静地笑了下，道，他又看了眼朱慧如，"谢谢你送的小狗。"

郭羽还在犹豫不决，朱慧如突然抬头道："请告诉我们接下来该怎么做。"

骆闻严肃地道："在你们下决定之前，我请你们最后再考虑清楚一个问题。如果未来警察找到你们，你们敢不敢对着警察撒谎？"

"对警……警察撒谎？"郭羽结巴地重复他的话，他从没接触过警察，在他的概念里，警察是天神般英明的存在，对警察撒谎都是会被识破的。

朱慧如却毫不犹豫地直接问："怎么撒谎？"

骆闻道："怎么撒谎是技术层面的考虑，我自有安排。关键问题是你们敢不敢撒谎。如果不敢，或者觉得自己到时一定会怯场，请忘掉我们刚才的对话，去自首吧。因为我并不想做一场无用功，否则唯一的结果是，你们俩判得更重，我也会被拖累进去。我们三个，都会被判刑。"

两人都沉默了片刻，朱慧如坚定地看着骆闻，道："我敢！"她瞧向了郭羽。

郭羽咬咬牙，道："我也敢。"

"决定了？"

"决定了。"两人异口同声地回答。倘若现在自首，这辈子的人生就注定毁了。如果冒险一试，说不定就会有转机。再糟糕也无非是多坐几年牢的问题。人生只能活一次，年纪轻轻就将未来的大门全部关上，那么人生还有什么意义可言？两个年轻人都不想自己的人生因此而突然画上句号。

"好！"骆闻看了眼手表，"我们的对话已经浪费了四分钟，幸好这四分钟里没有行人走近这里。接下来马上动手，我需要你们完全听我的指挥。"

15

骆闻问清了两人的名字，从挎包里拿出一副黑色的胶皮手套，套在自己手上，随后道："我把尸体拖到旁边的树丛里，避免尸体过早被人发现。"

郭羽忙说："我帮你一起抬吧？"

"不，一起抬就会出问题了。"他解释道，"因为现在尸体在的位置，地上流了很多血，案发地点是无法改变的，如果两人一起把尸体抬到树丛里，从案发地点到树丛，没有拖行痕迹，警察会发现是两个人一起抬的尸体，有理由判断此案凶手有同伙。而我一个人拖过去，故意留下明显的拖拽尸体的痕迹，就能避开这一点。"

郭羽和朱慧如连连点头，此刻郭羽心里才逐渐相信这人比他们"专业"。

骆闻又道："郭羽，你找块石头，把有血的草地先翻过来，不要让人一眼就看到这里有很多血。"

"这是为什么？警察最后还是会发现这里的血的吧？"郭羽不解。

"你们知道太多细节的话，在将来面对警方问询时，可能会吐露出你们不该知道的信息，所以我不打算告诉你们。"

朱慧如道："那我做什么？"

骆闻道："你手上有不少血，不要碰任何东西，你先到河边洗干净。"

"我身上的衣服怎么办？"朱慧如的紫色小衬衣上也有不少血，尽管晚上看不太出来，但近看会很清楚。

"不急，等下我自有办法。快，你们两人必须争取时间。"

骆闻刚准备把尸体拖起来，朝树丛方向拉，郭羽关切地道："您……这样直接走进去，会留下您的脚印吧？"

骆闻边拖边回答："你不用管，我有别的处理办法。"

他们争分夺秒地行动着，骆闻还在树丛里检查尸体，朱慧如洗完手跑了过来，道："我洗好手了。"

骆闻从尸体口袋中找出一个手机，低头专注地看着，嘴里道："我记得外边的草地上有盒外卖，是你送来的吧，你去把外卖拿过来，还有这家伙的一袋啤酒和地上的一个空啤酒罐。你走到草地外围时小心点，如果外面路上有人经过，就先不要过去，等人走了再过去拿。"

朱慧如连忙按吩咐照做。她拿了那袋没被动过的外卖后，又捡起那袋啤酒，把地上的那个空啤酒罐扔进袋子里，提着跑过来，结果因树丛距离路边太远，路灯根本照不到，几乎完全漆黑，朱慧如又太过紧张，快到骆闻跟前时，脚上绊了一下，摔倒了。那袋啤酒全部滚了出来，朱慧如连忙伸手捡。

骆闻道："不要捡。"

朱慧如立即停下来，可是已经来不及了，她的手已经碰过了好几个啤酒罐。

骆闻道："也没关系。你碰过啤酒罐，会留下指纹，等下我会抹干净的，不必担心。"

"我记不清摸过哪几个了。"

"我会把每个都处理好。"

他们好像并未注意到，有一个啤酒罐滚到了一棵树后面。

这时，郭羽道："我处理好了。"

骆闻停下看手机，站起身，快步走出树丛，看了一下地面，觉得已经差不多，道："那把水果刀交给我处理。"

朱慧如把刀交给了他。

骆闻又道："从刚刚意外发生到现在，大概十分钟了，你们的时间很紧张，必须抓紧，一些该让你们知道的信息暂时不解释了。你们来这里是走的哪条路？面馆门前的这条路？"

"对。"两人都点点头。

"这段路就中间一个十字路口有个监控，我不清楚监控的具体覆盖范围，但要做好最坏打算——监控把你们过来的情景拍下来了。你们回去如果避开了监控，反而会显得可疑，还是按正常的路线回去为好。朱慧如衣服上有血，尽管晚上远看看不出，但仍需防备路过的人注意到。所以郭羽你背朱慧如回去，这样她胸口上的血就不会被发现。你背她的理由是她的腿受伤了，为防警察调查，必须假戏真做。朱慧如，现在我需要把你的腿弄伤，请你准备好。"

"啊，一定要这样吗？"郭羽脸上露出了痛惜的神情。

反而是朱慧如微微皱了下眉后，马上点点头，坚定地道："没关系，我忍着。"

"好，得罪了。"骆闻很果断地捡起地上一块石头，直接朝她膝盖上重重刮了过去。瞬时，刮破一层皮，血快速渗了出来。接着，他又拿起这块石头狠狠地在朱慧如脚腕处敲击了一下。朱慧如闷哼了一声，不过坚强地忍住了痛。

骆闻把石头交给郭羽，道："你们走到草地外围时，寻个容易摔跤的坡地，把石头放在坡地上，不管谁问，都说是在那个地方摔的。现在，郭羽，你背起朱慧如，按原路走回去。对了，朱慧如，到家时你要避开你哥，先去换好衣服，不要让你哥知道这件事。一方面他会担心，一方面多一个人知道就多一分危险。有办法做到吗？"

朱慧如道："可以，我先给我哥打个电话，说我摔了一跤，先不去店里，直接回家换衣服。"

"嗯，那样最好。到家后，郭羽，你去小区侧门的那家二十四小时便利店，给她买点基本的药品包扎一下，记住，一定要去那家便利店，最好多说几句话，让营业员对你印象深刻。"

郭羽忐忑道："这样……这样就完了？"

"当然没有，我这里还需要再处理点别的，你们先回去。你们俩都住小区里的吧？"

"对。"两人异口同声地回答。

骆闻道："告诉我你们各自住几幢几单元，凌晨 2 点整，我会开车来接你们去我家，跟你们讲如何应付接下来的调查。你们下楼时不要惊动任何人，可以吗？"

两人都把住址留给了骆闻，心中虽然还有不少的疑虑，但看到这个中年大叔让人充满信赖的眼神和眉宇间隐隐的一份自信，他们也安心了不少。

但愿这一切能如大叔说的那样吧。

两人走后，骆闻抿了抿嘴，对于现场的处理，他有十足的把握，唯独担心两人太嫩，在接下来面对警察的调查时会露出马脚。那样一来，连他自己都会被牵扯进去。自己那个做了多年的计划也会面临破产。

帮助这对与自己无关的陌生男女，是否太多事了？

骆闻心中也感觉一阵莫名和怅然，也许是觉得他们的遭遇其实是自己的错？也许是因为自己犯罪太多，所以想做件好事吧？可是这件所谓的"好事"，也是一种犯罪。

算了，反正帮都帮了，那就帮到底吧，给他们换一个崭新的未来。

16

凌晨 2 点，骆闻开着他的奥迪越野车，依次载了郭羽和朱慧如，离开他们的小区，避开监控，开往自己所住的小区。

"这奥迪 Q7，要一百多万元吧？"郭羽坐上车后，左顾右盼。

"嗯。"骆闻应了声。

"这……这是你的车？"郭羽很惊讶这个帮助他们的中年大叔居然

这么有钱。

"嗯。"

"真有钱。"郭羽显得有些自卑地低下头。

骆闻苦笑一下，没说什么。

他向来是个对物质利益看得很淡的人，不在乎开什么车，住什么房子。以前他还是个法医时，由于他有高级技术职称，属于技术性人才，收入比普通警察高得多，还有公安部和省厅的特殊津贴，可他一直都生活得平平淡淡，从来不去想怎么花钱。按他的级别，单位可以给他配辆高级车，但他谢绝了，因为他不会开车。单位领导甚至说给他单独配个司机，他也谢绝了，因为他不想招摇。直到三年前辞职后，他才特地去学了车，又买了这辆车。

很快，车子开进了一个当地有名的高档小区。在地下车库停好车后，骆闻道："下车后，你们跟着我走，必须跟在我身后。因为地下车库里有几个监控，我知道监控位置，会带你们绕开监控区域。待会儿我坐电梯，你们不要坐电梯，我家在七楼，你们俩从楼梯走上来。同样，电梯里也有监控，不能让监控拍到你们。尽管警方最后查到这里的监控的可能性极小，但如果出现万一，查到我们三人半夜在一起就会无法解释。所以，谨慎起见，还是多费些工夫吧。"

"您为什么对哪里有监控都一清二楚？"郭羽问道，他想起之前骆闻说面馆门口那条路上，只有十字路口有唯一一个监控，叮嘱他一定要背着朱慧如走过去。

骆闻敷衍地笑了下："大概是职业病吧。"

郭羽和朱慧如愈发感觉面前是个深不可测的人，他想到的事，他们根本想都没想过，便不再有疑惑，完全按照骆闻的指示做。

郭羽和朱慧如从楼梯走到了七楼，坐电梯上来的骆闻已经打开了门，伸手示意请两人进去。

房子很大，显然要花不少钱，不过装修简单得几乎可以用寒碜来形容。地上铺着常见的廉价白色大瓷砖，墙面是最简单的白色涂料粉刷的，没有贴过墙纸，连通常的背景墙、张贴画都没挂，网线、电视线随意铺在地上，沙发等家具也都是很普通的布艺材料，窗帘用的是办公室里常见的单调的遮光帘，卧室的门敞开着，里面只有一张床和两个床头柜，连台电视机也不放，床上只有一床被子，客厅里倒有台电视机和电脑。

郭羽看了一圈，好奇道："这房子是您刚买的吗？"

"也不算吧，买了好几年了。"

"那……那怎么不装修一下？"

骆闻尴尬道："这不是装修过了吗？"

"这个……"两个人都有点无语，这装修和他们出租房的差不多，甚至比出租房的还差。

骆闻挠挠头笑道："我不太懂这些，反正我一个人住，能住就行了。"

朱慧如打量着房子，她很快注意到了墙上的唯一一件装饰物，是个很简单的相框，里面塞着一张小照片，照片上是一家三口的合影，里面的男人是这大叔年轻十岁的模样。朱慧如指着照片道："这……这是您太太和女儿吧，她们怎么不在家？"

她刚问完又觉后悔，她看到卧室床上只有一床被子，其他房间都

空着，就说明他太太和孩子并不在这房子里住。也许是离婚了吧，这样问难免有探听他人隐私的嫌疑。

谈及妻女，骆闻目光黯淡了一下，道："我老婆和女儿多年前失踪了，到现在也没找到。"他背过身，吸了口气，随即又道："不聊这些了，我给你们倒杯水，等下还有重要事情要说。"

骆闻走进厨房，随即传来他惊慌失措的声音："哎呀！"郭羽和朱慧如都大惊，忙一起跑过去看。

骆闻一脸苦涩地望着地面："这……这小狗，怎么又到处乱拉？"

那条小土狗，此刻正缩在一角，紧张地望着三个人，地上到处是东一摊、西一块的大小便。

骆闻不知所措地站在一旁，似乎他只会处理犯罪现场，对动物的"犯罪现场"，他压根束手无策。

郭羽和朱慧如都笑了起来，朱慧如马上找来纸巾，帮着打扫，郭羽则说了小狗崽的脾性以及如何训练定点大小便的问题。骆闻连声道谢，在两人的帮助下处理完毕后，才算恢复了平日里的淡定，引两人到客厅坐下后，开始了今晚的主题。

17

骆闻先看向朱慧如道："那把水果刀哪儿来的？"

"店……店里的。"思绪回到今晚的事后，朱慧如难免再次惶恐不安。

骆闻很平静地道："我看那把刀好像挺新的，是什么时候在哪里买的知道吗？"

朱慧如回忆了一下，道："大概一个月前，我哥在店对面的小超市买的。"

"一共买了几把？"

"就这一把，买来削水果的，没用过几次。"

"这把刀通常放在外面，还是放在抽屉里？"

"抽屉里。"

"你哥平时用这把刀吗？"

"没怎么用过。"

"今晚你带刀他知道吗？"

"他应该没看到。"

"那他知道这把刀放在抽屉里吗？"

"知道，不过我想他不太注意这些小事的。"

"哦。"骆闻点了点头，便不再问水果刀的事，接着，他又让两人把今晚事情的前后经过详细说了一遍，思索片刻，道："那时小流氓是一个人来到店里，叫你送一份外卖到河边？"

"是的。"朱慧如点点头。

"情况似乎比我预期的要更好些，照此情况来看，知道小流氓要你送外卖这件事的人，除了我们三个，还有一个你哥。"他抿抿嘴，继续道，"不过不能抱有侥幸。郭羽，你说之前你看到他和另外几个人一起在吃夜宵？"

"对。"

"那么也有可能，他和几个朋友吃夜宵时，曾说过待会儿要来找

你。这样的话，如果警察问起，你说昨晚没见过这人，就很容易引起怀疑并被揭穿了。所以，如果警察问起，你要完全一五一十地照实说。"

"完全照实说？"朱慧如微微张着嘴。

"对，如果警察将来调查到你们两人，所有的事全部照实说，唯一要撒谎的，仅仅是杀人这个片段。郭羽，你喜欢她吧？"骆闻看向郭羽。

郭羽红着脸，低下头，一言不发。今晚之前，他从来没有向朱慧如表示过半分好感，现在这大叔却这么直白地问。

骆闻笑了下，道："对，就是这个状态，警察如果问了，你也最好是这个状态，心里喜欢，却害羞，说不出口。"

朱慧如忍不住笑了起来。

骆闻很认真地道："如果你直接承认，就不符合你的性格了，有经验的警察会通过调查你周围的人，来了解你的性格习惯，你表现得不正常，就会引起怀疑。所以，你们两人要说的所有的话，包括撒谎的话，都要保持平时的状态，不要故意添油加醋。"

两人都点点头。

骆闻继续道："我先把整件事的基本经过讲一遍，稍后我会把每一处的细节，包括警方可能问到的所有问题全部告诉你们，教你们该如何回答，不光是内容，还有回答时的语气。这些都很重要，虽然很烦琐，但是必需的。我看得出你们两个都是脑子灵活的人，脑子很死的那种人，教一千遍一万遍也不会明白的。"

两人都笑了起来。朱慧如想着他哥应该算是大叔口中的永远教不会的那种人吧。

骆闻道："晚上 10 点多，那个小流氓到你们面馆，要你送一份外卖到河边。你虽不情愿，但为了不惹麻烦，还是去了。此时郭羽在吃面，由于他心里偷偷喜欢你，听到了小流氓的话，担心你出意外，所以在你走后，他想了一阵，决定跟过去看看。你把外卖送到河边后，小流氓想非礼你，你挣扎逃脱，结果摔了一跤，这时郭羽路过，小流氓看到有人来了，就逃回河边去了。你的腿摔破了一层皮，并且扭到筋了，很痛，试了很久，发现根本没法走路，郭羽只好把你背回去，后来又去便利店买了药水和纱布。整件事就是这样。"

"这样就好了？"郭羽觉得有些不可思议。

"这只是基本的情况。具体细节和各种可能问题的应答，我稍后再教你们，"骆闻拍了下头，道，"对了，差点忘了一件事。"

他戴上一副胶皮手套，返身拉开单肩包，从里面拿出两沓半的百元大钞，又拿出两副崭新的胶皮手套，看了眼完全不解的郭羽和朱慧如，道："这里一共是两万五千元，你们两人帮忙，戴上手套，把每张钱都折成一个桃心。我不会折纸，我想你们应该会。这是很重要的一环，你们不需要知道为什么，只需照做就行。戴上手套是为了钱上不留你们的指纹，一张人民币上有很多人的指纹，但为了最大限度地不留瑕疵，一个指纹不留才最安全。"

他们俩面面相觑，根本不明白骆闻的用意。

骆闻解释道："这有关犯罪现场的处理，不过我并不打算告诉你们原因。如果你们知道了太多的细节，当面对警察的问询时，就可能透露出你们不该知道的信息，那样将非常危险。你们两人只需要知道我告诉你们的这段撒谎的话，以及与之有关的各种问题的回答，你们不要试图去探听案情。尤其明天尸体被人发现后，附近一定有许多人在谈。你们只需记着街头巷尾议论中的故事版本，而不要去想真相。"

他进一步解释道："大凡任何一起命案，警方要查出真相，都无外乎三要素：人证、物证、口供。所谓的完美犯罪，通常情况下属于零人证、零物证、零嫌疑人的口供。今晚的事，人证，只有我，只要我不说，就没有第二个人证。物证，我已经完全消除了，只剩把钱折成桃心这一项。所以，最大的风险还是在于口供。

"倘若将来某一天，警察亲自向你们两人进行问询，有经验的警察会各种套话，把你们两人各自说的话汇总起来，看看是否有矛盾的地方。在有同伙的共同犯罪中，通常情况下，伪造的串供很容易被警察发现。"

郭羽和朱慧如都脸色一变，充满了紧张。

骆闻笑了笑，道："我们稍加反向思考一下，为什么伪造的串供很容易被警察发现，把源头堵上不就可以了吗？第一种情况，你们两人各自的口供合并到一处，有逻辑漏洞，比如两人回忆出来的事情发生的时间、先后顺序不一样。我给你们的口供不存在这个问题，只要你们将事发前的经过完全按照实际情况描述，事发阶段的口供完全按我提供给你们的版本去讲，不要自己添油加醋，也不要自己发挥任何想象，记住，不要添加任何想象，所有的想象都是多余的，只会带来麻烦。不知道就回答不知道，和你所知情况不同的时候，不要试图替警察思考。警察问一条，你答一条，千万不要警察问一条，你答上三条，话多了很危险。第二种情况，警方通常会说同伙已经招了，此时，心理素质不好的犯罪者，往往就会心理防线瓦解，在警方的一番'早点交代可以从宽处理'的诱导下，很快露出马脚。我之所以选择帮助你们两人，一个重要原因是你们两人都有为对方替罪的心。不像其他共同犯罪者，当警方欺骗其中一人说对方已经招了，并且说对了几处犯罪细节后，他就心理崩溃，拆对方台交代了。记住，你们两人既然都想保护对方，那么无论警方怎么问，你们都不能坦白。即使警方说对方已经交代，甚至很多犯罪细节也说对了，你们依旧不要相信。你们要相信彼此，对方一定会坚决不说的，你只有不说才能保护对方。否则，一个人交代，我们三个都完蛋。"

骆闻极其郑重地看着他们，他们两人也认真地点点头。骆闻知道，这一环是最危险的一环。只要这一环过去了，他们两人都将平安无事。

郭羽问道："警察什么时候会找到我们？"

骆闻笑了笑，道："也许会找，也许不会找，也许即便找到你们，也是把你们当成普通周边群众了解一下有没有线索，而不会把你们当成嫌疑人。"

"如果……如果其他人知道我给那个流氓送了外卖，警察……会不会很严重地怀疑我？"朱慧如有点忐忑不安。

骆闻道："一开始有可能会，但很快就会放弃——如果他们是合格的警察的话。"

"为什么？"朱慧如很好奇。

骆闻神秘地笑了笑："如果他们业务素质够高，就会发现你们俩有不在场证明，以及你们根本没有足够的犯罪时间。如果是那样的话，他们根本不会把你们当成嫌疑人。"

"什么?!"两人都睁大了眼睛。两人明明去了现场，而且骆闻说他们俩被监控拍进去了，怎么还会有不在场证明?

天才设计的不在场证明

18

早上9点，河边公园外的人行道上，站了不少围观群众。

区公安分局刑侦二中队的队长林奇带人穿过警戒线，一到现场，他就对先来的手下吼了起来："搞什么！你们怎么保护现场的啊！"

整片草地上到处都是烟头，还有各种各样的脚印，甚至石头都被翻起来了，还有不少从旁边树上折断的枝条。

侦查员小宋无奈道："我们来的时候就这样啦，各种乱七八糟的人都跑进来了，连乞丐都来了又走了好几拨，地上踩得一团糟，脚印根本没办法提取。"

"该不会这帮无知的老百姓连尸体都动过了吧？"

小宋道："那倒没有，我问了现场的目击者，尸体那块区域只有两个人走进去了，看到有具尸体连忙跑出来报警了，其他人没进去过。这些人都是来捡钱的。"

"捡钱的？"林奇茫然不解地瞪着眼睛。

小宋摊手道："是啊，最开始是早上4点40分，清洁工在附近扫地，从地上捡到了一个用一百元折起来的桃心，后来又接连捡到好几个，再后来发现这片草地上散落着很多用一百元折起来的桃心，还有一些硬币、五块十块的散钱，于是周围早起锻炼的、上班的、路过的人全都跑过来捡，有些钱是扔在树上的，还有的是塞在石头下面的，所以这片草地都快被他们翻个遍了。再后来有两个走到树林里的人弄开地上的落叶时，发现了下面盖着的尸体，吓得连忙跑出来报警了。"

"尸体是这样被发现的？"林奇瞠目结舌，他早上去单位上班的途中接到电话，直接赶到现场，对发现尸体的细节并不清楚。

"是啊，地上散落的这么多钱也许和案子有关系。钱全部折成桃心，或许是求爱表达用的，也许是这男的出轨了，女方杀了他，把当初的定情信物当场抛掉了。"小宋充分发挥了言情剧观众的想象力，把现场的线索"完美"地串联在一起。

如果骆闻听到这话，想必也会很吃惊，他压根没想过这套剧情，之所以要把钱折成桃心，散落在四周，是想让路人找得吃力些，人一多，乱翻乱走，就把现场彻底破坏了。如果直接扔整张的百元大钞，不经折叠，说不定第一个见到钱的清洁工很快就把所有钱都找到了，现场也只多了清洁工一人的脚印，破坏很不彻底。那样，这两万五千元就真打水漂了。为了保险起见，他不但把一些钱扔到树上，塞进草丛石头缝里，还扔了些散钱，这样一来，想把所有钱都捡完，就不是一时半会儿的事了。并且，能在地上白捡钞票——没有什么事比这更能让早起的路人、锻炼的大妈大爷疯狂了，一个人捡钱，马上就会引来一大群人。

郭羽和朱慧如做梦都想不到，骆闻竟然会用两万五千元的真金白银为他们两个陌生人伪造现场。

林奇瞪了他一眼，小宋是个新警察，没接触过几次大案，想法莫名其妙也不足为奇。他冷哼了声，领着法医到了树林前。法医拿出专业设备，对附近地上的各种信息拍了照，确认了一遍，没有遗漏信息，两人一起走了进去。

尸体旁有两名警员在看护，现在是夏季，只过了一夜，尸体就已经发出一阵难闻的恶臭。当然，林奇这种老刑警对此早有了免疫力，司空见惯了。可是走到尸体旁，林奇仍然忍不住打了个寒战："好凶狠，这得多大的仇啊！"

尸体的无袖衫被割破，扔在了一旁，凶手心脏处有个破口，大量血渍在周边凝固，腹部还有两个刺口，能隐约看见肠子。可还远远不止这些，尸体整个腹部、胸口，以及两条手臂上，都是用利刃割出的一圈圈血条，所有血条的间距几乎相等，很匀称。远看仿佛尸体穿了一件条纹状的衣服。

法医看了眼林奇，哈了下嘴，似乎有些幸灾乐祸的样子："林队，今天你摊上大案咯。"

林奇皱皱眉，表情颇有几分无奈。如果单纯是发现了一具尸体，那是普通的凶杀案。而现在尸体上有一圈圈的血条，很明显，这是凶手杀人后，费了好大劲慢慢在尸体身上割出来的，这是社会影响极其恶劣的恐怖凶杀案，容易引发人民群众的恐慌心理，案件性质恶劣得多，也意味着破案压力大得多。

法医接着一边检查，一边道："死亡时间是昨晚，具体时间嘛，等解剖结果比较靠谱，现在气温太高了，肉眼不太好判断。嗯……死者手机钱包都在呀，呵呵，林队，是仇杀，钱包里有死者信息，待会儿你让手下去查吧。"

法医又抬起死者的手臂检查，咂嘴道："怎么指甲里全是泥？……嗯，现在全身检查过了，身上这些血条嘛，刻得很均匀，显然是人死了之后才刻的，从血迹看，是死后不久就开始刻的，如果死后的时间隔得长了，血液凝固，刻出的血条不是这样的。致命伤是心脏这块，看着像匕首刺的，回去解剖了能整理出凶器的横截面图像。肚子上的两刀都不致命。此外死者后脑有被钝器敲打过的痕迹，具体现场能还原到什么程度，我还要等下再查看周围的信息。不过不太乐观啊，你看现场都被破坏成这样了。"

林奇无奈地撇撇嘴："反正你看着办呗。"这时，他注意到尸体旁的几个啤酒罐，道："老古，你看看这地上的易拉罐。"

这位姓古的法医脱掉沾了血渍的手套，重新换了一双，捡起地上的一个易拉罐，在避光处用专门的放大镜检查了一遍，眉头微微皱了起来。

"怎么？"林奇发现了他眼神中的不对劲。

古法医郑重地抬起头，看着他，道："林队，这案子可能比我刚才想的还要复杂。本来我以为是普通的凶杀案，凶手和死者结了很大仇，所以不但杀人，还要割尸体，那样的话，即便我这边工作帮助不大，你手下通过调查死者的人际关系网，相信也能很快发现嫌疑人。但这个易拉罐却……却明显被擦过了，上面没有半个指纹。"

林奇不以为意道："现在的凶手刑侦节目看得多了，犯罪分子都知道不留指纹，像现在的小偷，撬门时手上还包块毛巾……"他话说到一半，停住了，愣了一下，随即道："这不是普通凶杀案，是谋杀案！如果嫌疑人通过死者的人际关系网就能找出来，他压根没必要去清理指纹。结合刚刚的情况，刚刚地上都是钱……如果这钱是凶手留下的，而他的目的根本就是要让无关的路人踩进现场，破坏现场，那么……"他倒抽一口冷气。

"在地上撒钱故意引无关的人进来破坏现场的凶手你见过吗？"古法医很严肃地问。

林奇瞪着眼缓缓摇头："没有，从来没有。从来没有凶手会这样想，会这样做。"

古法医吸口气，点点头，道："但愿是我们把凶手想得太高端了吧，应该不至于这么聪明。"

林奇也点头安慰自己，因为从警十多年，接触过大大小小几十起命案，基本上凶手都是些文化程度比较低的人，尽管也有些看电视学杀人手法的，但电视里那一套在警方眼里压根弱智得很。

随后，古法医和其他工作人员把现场的易拉罐一个个装进物证袋里，他以为装完时，手下一人道："古老师，那里还有个易拉罐。"

古法医这才注意到树丛，在一棵和易拉罐同样粗的树后，还躺着一个罐子。他趴着伸手探进去摸出易拉罐，本以为和其他罐子一样，上面没有指纹，随便看了眼，却叫了出来："这个有指纹！"

19

傍晚，林奇坐在办公室里，两名侦查员提着工具箱走进来，一人道："林队，我们在附近走访了一遍，死者的大致情况弄清楚了。死者叫徐添丁，是旁边一个农民房小区的拆迁户，他妈听到消息昏过去了，我们给他爸做了基本的笔录。另外通过他的亲友和附近居民了解到，这家伙是个有名的混混，绰号小太保，从初中开始到现在，派出所不知进过多少次了。过去他常去旁边学校收学生保护费，这几年打击严了，据说偷偷收，更多时候是在附近瞎混，打架斗殴是家常便饭。他在外结交了很多小混混，和他关系最好的是个跟他从小玩到大的小流氓，叫张兵。据张兵说，昨晚他们俩以及另外三个小流氓一起吃了夜宵，吃完后大约晚上 10 点，他说他再去旁边逛逛，就一个人走了。后经案发地附近的一家小超市了解到，徐添丁在 10 点多去买了六听啤酒，就是案发地留下的那些。其中一听他喝了大部分，还有五听他没动过。"

林奇思索片刻，道："他一个人买这么多酒干吗？想找人一起喝？"

侦查员摇头道："不清楚，问了昨天他那几个同伙，均说他没提起过喝酒的原因，在小超市买酒时，他也没说。"

林奇皱眉道："从现场迹象看，凶手对死者有极大的仇恨，肯定是仇杀。他的人际关系网中，结仇的情况怎么样？"

侦查员笑道："和他结仇的，整条街都是。附近居民都表示这家伙就是个人渣，像旁边开店的多是外地人，他常常赊账不付钱，外地人做点小生意不愿惹地头蛇，再说欠的钱也不是很多，所以都忍着。此外，他行为不端，有时外地打工妹走过，他也要去戏弄一下。打架更是家常便饭，昨晚就因为一个女人差点跟人打了一架。"

"昨天晚上？"

"对。"侦查员将昨天徐添丁调戏那名美女，又揍她男朋友的事说了一遍。

林奇冷笑一声，显出几分无奈道："结仇这么多，仇杀这块人际调查的可疑对象估计得列好几页了。"

"好几页也未必列得完，能知道的都是他和其他混混一起干坏事惹的人，谁知道他一个人走在外面时还欺负过谁呢。"

"好吧，"林奇想了想，道，"明天你们再继续走访周边群众，看看有哪些可疑程度高些的嫌疑人，咋天被打的那对男女重点查一下。另外，旁边有监控吗？"

"河边这条路上没有，过去半条街的十字路口上有一个。"

"行，那把监控调过来看看。嗯，我先去找古法医问问情况。"

林奇转到法医实验室，古法医正在吃面条，旁边垃圾桶里还扔着带血的手套。林奇咽了下唾沫，道："老古，查得怎么样了？"

古法医拍拍手站起来，笑着揶揄道："徐添丁胃里有不少东西，有没有兴趣看看？"

林奇咳嗽一声，他和古法医认识好多年了，最受不了他的这种幽默，皱眉道："免了，我刚吃了饭，可没你这么好胃口，你直接说吧。"他看了眼面条，又看到垃圾桶里的血手套，连忙转过身去。他心理素质也不算差，毕竟当刑警这么多年，尸体见得多了，只不过他从来没有在尸体旁吃饭的经历，也不想有。

古法医哈哈一笑，接着道："这家伙可真能吃，别看这么瘦，十足一个大胃王。他肚子里除了没消化掉的烤肉外，还有很多啤酒，另外，还有不少蛋炒饭。不过蛋炒饭只有部分在胃里，另有部分还在他的食道上，这有两种可能。一种是他呕吐，没吐出来。吐的原因也有两种，一是他酒喝多了吐，二是他被凶手袭击时后脑被石头敲了下，造成自主神经紊乱而呕吐。另一种不是他呕吐，而是他在吃蛋炒饭时，被凶手袭击了，所以饭还没来得及完全咽下去。不过随便哪种可能都和案件没太大关系，重点是，胃里留下的饭基本未消化，这显示他吃蛋炒饭的时间与被害时间非常接近。"

"蛋炒饭？"林奇道，"蛋炒饭他从哪里买的？"

"我从他胃里发现蛋炒饭后，专门让人去案发地找，在树丛外的草地上发现了一个外卖盒，里面还有大半盒蛋炒饭。另外树林里并不是直接案发现场，案发现场是外面的草地，也就是蛋炒饭外卖盒的旁边。那里的泥土下发现了大量血迹，但泥土是被人翻过掩盖起来的。案发点到发现尸体的树丛这段几十米的路，尽管早上被很多路人踩过了，但依然看得出一条明显的拖行痕迹。也就是说，凶手在草地上把人杀死后，把尸体拖到树丛里暂时藏起来。不过由于现场脚印太混乱，凶手的脚印已经完全没办法看清楚了。尤其是树丛里，凶手显然还破坏了地面。"

"这是为什么？"林奇微微不解。

"我认为，凶手在地上撒钱引路人踩乱现场，目的自然是破坏现场痕迹，包括他的脚印。但他肯定也想过，树丛中未必有很多人走进来，所以树丛里的那块区域，他自己破坏了地面，使脚印保留不下来。"

"案发时间呢？"

"从了解到的昨晚徐添丁吃夜宵的时间和解剖结果两方面综合判断，死亡时间是在昨晚 10 点到 11 点半间。但我们通过他的手机找到了一条通话记录。徐添丁在 10 点 50 分，打了一个电话给张兵，我让小宋去问了张兵，张兵说当时徐添丁就说了一句，'明天一起吃午饭吧'，随后突然传来一声'啊啊'的叫声，不知道出了什么事，随即电话被挂断了。张兵再打过去没人接，然后很快就关机了。张兵并没想到徐添丁会被害，所以当时也没当回事。看来案发时间就是在 10点 50 分徐添丁打电话的时候了。"

林奇点点头，案发时间已经能够精确到分钟了，这对接下来的侦查有很大帮助。他接着道："老古，你看凶手会不会是徐添丁的熟人？"

"熟人？为什么这么判断？"

林奇道："昨晚徐添丁在旁边小超市买了六听啤酒，他一个人显然喝不完，带着六听啤酒来到草地上，照理说应该是找什么人一起喝吧？但他那几个狐朋狗友都说不知道这件事。"

古法医点点头，道："很有道理。不过我在想，河边蚊子这么多，他一个人跑那儿去干吗？"

林奇微微眯了下眼："对，一般情况下就算找朋友喝酒，也不会挑到处有蚊虫的河边，现阶段搞清楚这一点很重要！不过他蛋炒饭倒是只要了一份，没给潜在的同伴买。嗯，明天我想让人调查清楚他在几点、在哪家店买的蛋炒饭，说不定会有相关线索。"

古法医补充道："另外，调查时最好问一下周围群众，那天晚上是否看到一个人身上沾了血。"

"凶手身上有血？"

古法医点头："这是很显然的结果。死者身上的三刀是连续刺的，尤其心脏那一刀，必定在拔刀时喷出了一股鲜血，凶手手上、衣服上必定沾了不少血。"

林奇缓缓点头。

20

今天赵铁民接到了四个不好的消息。

其一是文一西路案发地附近的几个监控查了个遍，没有发现嫌疑人，因为马路监控有很多死角，比如绿化带和人行道都拍不到，凶手前四次犯罪都有意识地避开监控了，此次也不例外。尽管这在赵铁民的预期内，他还是感觉很失望。

其二是人际关系排查毫无结果，没人事先知道孙红运当晚会独自经过那条路，还会停留在绿化带旁小便，可见凶手是尾随跟踪，而不是固定蹲点伺机下手，但当晚没人看到有跟踪者，表明对方跟踪时很小心。而在孙红运的人际关系网中，几个潜在结仇的人经过初步调查，都排除了犯罪可能，并且结合前四起案子，警方也不太相信是死者的熟人干的。

其三是凶手留字的这张纸，经省厅的物证专家鉴定，所用的是最普通的A4纸，最普通的油墨，最普通的打印机。全国这种打印机、这种油墨至少有几百万用户，根本没法查来源。

其四是附近居民的走访工作也陷入僵局，问了几个当晚路过的人，他们并未注意到有异常的人和事。这点很容易理解，平时生活中一个陌生人从你身旁经过，除非长得像外星人，否则谁也不会没事留意对方长什么样，是否有异常。不过这块的工作还是要靠基层民警继续做下去，也许有人注意到了呢，只是还没问到这个人。

这四方面的调查工作仅仅一天时间，几乎全面沦陷，让赵铁民颇感沮丧。

不过，关于凶器绳子的调查，倒让他多了几分思考。

刑警带着绳子走访了城西很多家文具店，结果得知，这牌子的绳子早已经停产了，最后一批两三年前就断货了。

这个消息让赵铁民颇感震惊，这意味着绳子是凶手两三年前就买好了的，难道他在三年前第一次犯罪之初，就打算犯下这一连环命案吗？

赵铁民顿时感觉有些不寒而栗。

他检查了很多遍绳子，绳子非常新，肯定是凶手买来的，而不是从垃圾堆里捡到别人丢弃的。他翻阅前四起案子的卷宗，从照片里仔细观察每次凶手犯罪所用的凶器绳子，发现绳子都很新，但彼此之间有差别，说明不是同一个厂家生产的绳子。这表明凶手应该不是去同一家文具店一口气买很多根绳子，而是这家店买一根，另一家店买一根，如此购买，根本不会引起任何人的注意。可见凶手行事之缜密。

绳子是凶手几年前买的，追查凶器来源也成了不可能的事。

现在还能怎么往下查？

赵铁民笔直地躺在办公椅里，仰头瞪着天花板。命案发生后才第三天，警方调查的方向几乎就被堵死了。难道都第五次犯罪了，还抓不住他吗？

　　难道只能再靠大海捞针般登记附近居民指纹，再逐一比对？

　　这时，陈法医走进办公室，手里拿着一份文件，道："省厅的笔迹鉴定专家核对过地上的'本地人'三个字了。"

　　赵铁民顿时立直身体，道："什么结果？"

　　陈法医摊了下手："无法确定是否孙红运本人的笔迹。"

　　"为什么？"

　　"本来孙红运写过的字就很少，在他家里找来找去，只找到几张收货单上有他写的几十个字。拿给省厅的笔迹鉴定专家后，专家说地面上刻的字和收货单上的字显然不是同一种字体，不过这也不能判断'本地人'三个字不是孙红运写的，因为他在危急情况下，根本看不见自己写的字，他一边挣扎，一边凭感觉在地上划，换成任何一个人这么做，划在地上的字显然都会和平时正常写的完全不同。"

　　赵铁民无奈地抿抿嘴，道："那留在绿化带里的脚印，能否确认是孙红运本人的，还是凶手穿上孙红运的鞋子留下的？"

　　"这次的脚印情况较复杂，我们做不了这方面的鉴定工作，已经联系了浙大的力学课题组，请他们帮忙通过实验确定。"

　　赵铁民点点头，道："好，那就等学校那边的消息。"

　　陈法医犹豫了一下，还是开口道："我听小杨说，另外几块常规的侦查工作都遇到了些麻烦？"

　　赵铁民吐口气，岂止遇到麻烦，几乎没查到任何线索。

　　他思索片刻，道："还有个突破口，抓到那个变态佬或许有新线索。明天我重新安排一下人手，早点把变态佬抓了再说。"

21

日头逐渐西沉，面馆门外这条街上，骆闻斜背着他的挎包，不急不慢地踱步向前。

来到面馆前，他稍做停留，驻足看了眼里面。

此刻，郭羽正在靠里的一张桌子上吃面，朱慧如在收银台边上打杂，两人同时看到了他，都停下手中的动作，脸上露出了一丝紧张。

骆闻避开他们的视线，又看了眼街上周边，随后佯装不经意地走进店里，却没有坐郭羽的那张桌子，而是坐到了一张空桌上，抬头望着墙上的菜单。

朱慧如连忙走到他身旁，道："要吃点什么？"接着又低声道："怎么……怎么不坐他那桌，他说要跟您说情况。"

听到郭羽要跟自己说情况，骆闻丝毫不紧张，他深信现场处理已经完全把警方骗过去了，如果真有情况，郭羽现在应该在公安局，而不是好端端地坐着吃面。

"嗯……我看看，番茄鸡蛋面？哦，番茄鸡蛋面最近吃了好多次了，等等，我再想想——"骆闻同样压低声音道，"有空桌不坐，挤到他旁边不自然。"他又放开声音道："那就牛肉盖浇面吧。"

"哦。"朱慧如应了声，正要转身走。

骆闻低声道："你想个办法呗。"

骆闻的眼神飘向了收银台后挂着的面筛。

朱慧如马上心领神会，进去跟哥哥说来碗牛肉盖浇面后，拿下面筛，对骆闻抱歉地道："我要晾下年糕，能否麻烦您坐旁边那桌？"

骆闻爽快地起身坐到了郭羽的对面。郭羽放下筷子，正要说话，骆闻连忙手捂着嘴巴，低声道："继续吃，边吃边说。"

郭羽对他言听计从，马上重新拿起筷子，装作吃面，同时悄悄道："朱慧如说今天白天看到警察在附近走过，好像进了一些店铺问些什么，不过没来过这里。"他笑了下，似乎显得有一丝轻松。

骆闻一点都不意外："第一天嘛，他们只是做些最基础的调查工作。不过我想最近一两天内警察一定会找到店里的。"

"啊，这么快？"

骆闻悄悄道："不要紧张，只是例行调查。警察只是想知道那人几点在这里要了外卖，朱慧如又是什么时候送过去的。按我说的回答就不会有任何问题。"

"哦。"郭羽忐忑不安地点点头。

"她什么时候告诉你刚才的情况的？"

"就刚刚，我刚来面馆的时候。"

骆闻叮嘱一句："小心点，尤其你们两人在手机上不要谈任何有关信息，包括电话和短信。"

"嗯，我知道，凡是您交代的，我们都牢牢记下了。"

这时，朱慧如给骆闻端来了面条。

骆闻拿起旁边的调料，当着朱慧如的面把醋全部倒进面里，随后道："小姑娘，醋没了，再给我弄点来。"

朱慧如马上心领神会，跑进厨房拿了醋，走过来，故意很慢地倒进调料罐。

骆闻在旁偷偷道:"今天我看到你们有点问题,记住,你们和我是陌生人,以后见到我不要有任何不自然的表情。还有,你的腿已经扭伤了,要多表现出走路困难的样子。对了,你那件衣服洗了几遍?"

"按您说的,用洗衣粉洗了十多遍,完全看不出了。"朱慧如的演技更好,她的嘴巴几乎不动却照样能说话。

"看不出不代表就一定行了,血液试剂很灵敏的,你再多用水加洗衣粉泡几遍。"

朱慧如倒好醋,正要走,骆闻又道:"再多倒点。"随即很快地从包里拿出一把水果刀,偷偷放在朱慧如身体下方,道:"新买的,一模一样,拿去收好。另外,一两天内警方会到店里问那人叫外卖的事,一切按计划进行。"

朱慧如点点头表示知道了,两人都对骆闻产生了越来越强烈的信赖感。

吃完,骆闻起身付钱,朱慧如却拒不肯收,骆闻微微一笑,低声道:"记住,你我是陌生人。"他大声说一句:"老板,找钱!"

22

第二天早上9点,朱福来出去买菜了,朱慧如正在面馆里收拾着,为中午的开张做准备。

小宋和小李两个警察走进店里:"哎,老板娘,请问一下,最近见过这个人吗?"小宋掏出了一张照片。

朱慧如看到警察，微微一愣，随即马上镇定下来，凑上去看照片，照片里的人正是死去的黄毛。"见……"她感觉喉咙有点发干，咳嗽一声，道，"见过，这人好像是住小区里的，怎么了？"

"你不知道他出事了吗？"小宋有点意外，因为面馆离案发地不到一千米，昨天案子发生后，他们去其他店里问时，几乎都知道死的是他。

"出……出什么事了？"朱慧如有些紧张，骆闻教她的是警方各种关键问题怎么回答，他不是神仙，不可能预料到警方的普通对白会怎么问，只是告诉朱慧如，要保持自然状态，不要害怕，随机应变，话可以说得慢些，但一定要想好了再说，不要说错话。可是朱慧如毕竟是生平第一次接触警察，紧张也是在所难免。

由于徐添丁的死附近居民大都知道，这也不是什么秘密，所以两个警察大方地告诉她："昨天河边的事你知道吧？躺里面的就是他，外号小太保。"

"原来死的是他？"朱慧如一副恍然大悟的表情，同时按照骆闻的吩咐，嘴角上挂出了一抹笑意。

小宋跟小李对视一眼，道："你认识他？"

朱慧如冷哼一声，道："不认识，就记得他常常吃饭不给钱，还总是平白无故捉弄人。"

徐添丁劣迹斑斑的情况警察早已知道，对朱慧如的表现就不觉得意外了，反而感觉很正常，因为走访下来发现，附近的一些居民大都对他的死抱着幸灾乐祸的态度——当然，除了家属，尽管徐添丁在外是个人见人恨的小流氓，周围商户巴不得他每天被车撞一遍，但在家长眼里，他还是个顽皮的孩子。尤其是他奶奶，在小区里哭得死去活来，可惜其他居民少有人上去安慰。

小李道："你最后一次见到他大概是什么时候？"

"最后一次？"朱慧如眉头皱了一下，脱口而出，"前天晚上。"

"前天晚上什么时候？"

"我们快收摊的时候，这人过来要吃蛋炒饭，我不想给他做，说饭没了，但他表现得很凶，我哥怕他，于是——"

还没等她说完，小宋就张大了嘴："蛋炒饭是你们店里做的？"

"对啊。"朱慧如回答得很理所当然。

小宋连忙道："后来怎么样？"

朱慧如道："我不想做他的生意，但我哥怕惹恼他，还是做了。他说他先走了，等蛋炒饭做好，送到河边的公园去。"

"他叫你把蛋炒饭做好后，送到河边的公园去？"两个警察互看一眼，显然是发现新线索了。

"对呀。"朱慧如很坦然地看着他们。

小宋继续问："他一共要了几份蛋炒饭？"

"就一份啊。"

"然后你照做了吗？"

朱慧如抿抿嘴，道："我当然不想送了，但我哥不想惹事，说我不送的话，他去送。我哥从小腿脚有毛病，走路不方便，平时都是我送外卖的，没办法，我只好送过去。"

"你把外卖送到河边后的情况怎么样？"

"他……他……"朱慧如欲言又止。

两个警察顿时打起精神，知道肯定有情况，小宋连忙问："发生了什么？"

朱慧如神色扭捏地道："他一个人在公园那儿喝酒，手里还拎着一袋啤酒，见到我后……见到我后，他上来拉我，要……要我陪他一起喝酒，还对……还对我……"

"对你怎么样？"小李急忙问。

"没……没什么……"朱慧如似乎很不想说。

小宋收敛起表情，严肃起来："女士，我们是在调查案子，请你如实告诉我们当时的情况。"

朱慧如被他吓住了，犹豫片刻，这才结结巴巴地说道："他……他拉我要我一起喝酒，还……还对我动手动脚乱摸。"

"这样子！"小宋气愤地握了下拳，紧张地问，"然后怎么样了？"

"我要逃，他拉住我不放，一定要我陪他喝酒，我不知道他是真醉还是装醉。我大声喊救命，他还要捂我的嘴，我跟他对打了一下，费好大劲跑出来，跑到路边他才没追，结果害得我摔了一跤，腿上流了好多血，筋也扭到了，最后还是我一个朋友路过把我背回来的。差点……差点吓死我了。"她表情确实充满了恐惧，不过这也是骆闻教她的，在表现害怕的情绪时，脑子里想着刚把黄毛杀死的心情，那样的恐惧就会很真实。

两个警察打量了她一遍，她穿的是条牛仔裤，所以看不出腿上是否真受伤了，不过他们也不能为了验证她的话，当场就叫她把裤子脱掉吧。

两个警察又问了她一些关于当时的细节问题，不过并没有其他有

价值的线索了，两人商量一下，决定再去其他店里了解一下情况，回去汇报后再做打算。

23

"她的腿真的受伤了吗？"办公室里，林奇摩挲着下巴，打量着小宋和小李。

小宋道："看她走路的样子，有点一扭一扭的，不过还能走路，应该伤得不重吧。"

"不，"林奇摇摇头，踱了几步，道，"她说摔了一跤后，不但脚扭到了，腿上也流了好多血？"

"对，她是这么说的。"

"你们有见到她腿上的伤口吗？"

小宋摇头："没看到，她穿着牛仔裤。"

"长的牛仔裤？"

"对，有什么问题吗？"

林奇点点头，转身走了几步，皱眉道："这样倒是合理的。"

"什么意思？"两人都不解。

林奇道："现在是夏天，如果外伤破皮了，最好的办法是暴露出来，免得细菌感染发炎，这样才好得快。"

小李立即睁大眼睛道："你是说她腿上其实没伤，骗我们的？所以故意穿了长裤，让我们看不出是否有伤？"

林奇摇头否认："不不。如果她穿着裙子，让你们看到伤口了，这反而不合理。爱美是女孩子的天性，腿上破了皮，流了不少血，她却穿着裙子，露出有个丑陋伤疤的腿，这似乎是想故意把伤口给我们看。可是她穿了长裤，反而是合情合理的。"

林奇想了想，又道："你们问她当时的情况时，她是直接把徐添丁对她动手动脚的事告诉你们了，还是你们费了好大劲才问出来的？"

小宋回忆着说："一开始她不肯说，就说了送外卖的事，但我们觉得她话没说干净，所以追着问，她吞吞吐吐地才把这件事说出来。"

小李也道："是啊，当时宋哥瞪眼告诉她，我们是在调查案子，要她把实情通通说出来，她才交代的。"

林奇摸了摸鼻子，道："这也合理。遇到这种被骚扰的事，既然她当时没报警，事后肯定也不想被更多人知道。如果她一见你们，就把情况一口气说完了，反而像在演戏。"

小宋道："这么说，朱慧如没有嫌疑了？"

"那也不一定，"林奇目光投到窗外看了眼，又转过头，眼角微微收敛，道，"她的表现从表面上说没有任何问题，也很符合常理。可是，如果她的这番表现是在演戏呢？那说明她的想法已经走到了我们警察前面，而这个女人，就了不得了。"

小宋哈哈一笑，道："这不可能吧，这种细节我们俩也没想这么多，一个打工妹如果在警察面前都这么会演戏，那世上的罪犯都太厉害了啊，以后我们还怎么办案？"

小李也道："是啊，一个普通的打工妹哪儿有这么多反侦查意识，如果是她杀的人，就算她想掩饰，她肯定迫不及待想让我们看到她腿上的伤口，迫不及待说出前天晚上的事，让我们对她放弃怀疑呢，更不会反其道而行之了。"

小宋接着道:"我听古老师说,现场当时有很多张一百元折成桃心状,扔在案发地附近让人捡,很可能是为了破坏现场,估计有几万元。一个打工妹哪儿会舍得花这么多钱,还想出这么巧妙的办法破坏现场呢?而且凶手杀死徐添丁后,还在他身上割了很多刀,划出密密麻麻的血条,这种事一个小姑娘做不出来。"

林奇抿抿嘴,点点头道:"也对,换个角度看,朱慧如的嫌疑度不够。不过她是现在所知的,当晚最后和徐添丁发生纠纷的人。而徐添丁买这么多啤酒,不是约了其他人喝酒,而是想找朱慧如一起喝,好以此借酒精发生关系。至少,徐添丁当晚一个人出现在河边,又买了一堆啤酒,这两个动作都是为了朱慧如,而不是别人。啤酒罐上有被人擦去指纹的痕迹,显然指纹和凶手是有关的。那么在朱慧如走了以后,是什么人杀了徐添丁,并且还碰过啤酒罐呢?这很奇怪。"

小宋道:"不是还找到了一个啤酒罐,上面除了徐添丁自己的指纹外,还有另一个人的指纹吗?拿这个指纹跟朱慧如的比对下,不就知道是不是跟她有关了?"

林奇道:"不急,比对是肯定要做的,不过现在还无法肯定留下的指纹一定是凶手的,也许是卖酒给他的商店里的人的,也许是更早之前的啤酒运送员的。如果现在比对发现不是,容易影响我们对潜在嫌疑人的判断,主观上先否定了朱慧如涉案的可能。在这之前,我想再去找趟朱慧如,我要看看她的表现。你们先去把监控调出来,我要看看当晚朱慧如进出监控时的状态。"

24

一小时后，林奇站在刑技中心的一台电脑前，旁边的小宋指着电脑道："林哥，这段监控有点意思。10点19分，朱慧如提着外卖，经过监控，走向河边方向。10点20分，也就是她离开监控一分钟后，有个男人步伐很快地跑过监控，也朝河边方向去。10点42分，那个男的背着朱慧如再次出现在监控中，往小区的方向走。"

林奇微微眯着眼，转过身，计算了一番，道："监控到河边案发地的距离是五六百米，看着朱慧如的步行速度，走过这段路大约需要三分钟。扣除来回的两段三分钟，也就是说，朱慧如在河边大概待了十七分钟。嗯……待十七分钟，可真够长的啊。徐添丁对她动手动脚，两人发生纷争，怎么都用不了十七分钟吧。"

旁边的小李道："我记得她说脚摔伤后，在路边待了一阵子，也许是她在路旁看伤耗费了不少时间呢？"

林奇道："可是那样的话，路过的人应该会注意到路旁有个女人受伤了，可是你们走访的周边群众中，有人提到过这个情况吗？"

小李摇摇头："暂时还没有。不过，这也不能表明她撒谎啊，那个时间点本来经过那条路的人就很少。"

林奇道："既然人少，那就更容易注意到旁边有人受伤了。"

小李道："也许有看到的人，我们走访中还没问到。"

林奇道："和朱慧如在一起的这名男性你们有问过吗？"

小宋道："她早上说是一位朋友见她摔倒了，看她没法走路，把她背回家的，具体情况我们没详细问。"

林奇道："那名男子第一次出现在监控中时，步伐很快，仿佛急着去干什么事，嗯……这个男的需要好好调查一番。这案子的凶手把人捅了三刀，并且把尸体拖进树林里，还用了一些销毁证据的手段，本来我觉得一名女性做出这种事的可能性太低，现在加上这个男人，嗯……那就可以办到了。"

"不过这男的身上没血，"小李道，"古法医说凶手连续刺了死者三刀，其中一刀刺在心脏，拔刀时必然会有大量血液喷出，溅到他身上。"

林奇看了他一眼："监控里光线不好，你怎么看得出他衣服上没有血？"

小李道："如果他身上沾了血，从这条路上经过，肯定有路过的人会看到的呀。"

林奇点点头，身上沾了不少血，就算在晚上，也很容易被身旁路过的人注意到。随即，他的目光落在了朱慧如身上，她穿着件看着像黑色的小衬衣，不过她趴在那男子的背上，更无法判断她身上是否沾了血。

也许……也许她身上有血，所以才让男子背着，免得被人发现？

不过这样的一个女人，捅徐添丁三刀，不至于吧。

他正犹豫不决，背后传来一个声音："他们俩不可能是凶手。"

林奇转身，看到是古法医，随即问："为什么？"

"你忘了，徐添丁被杀的时间是 10 点 50 分，他打朋友张兵电话的时候。张兵很肯定，电话里的声音是徐添丁自己的，说明这个电话不是伪造的。而他们俩 10 点 42 分出现在监控里，此后并未折返。当然，他们也可以在经过监控后，再绕其他没有监控的路回到案发地杀人，但我刚看过地图，即便从旁边最近的路绕过去，除非是一路快跑，否则赶不及在 10 点 50 分重新回到现场杀人。也就是说，两人有不在场证明。"

林奇顿时闭了嘴，徐添丁被人袭击发生在打朋友张兵电话时，电话时间是 10 点 50 分，可是朱慧如和那个男人，在 10 点 42 分前就离开了，此后无论如何也来不及回去杀人。这几乎是个铁一般的不在场证明啊！

古法医接着道："那个男的身份还不知道，不过光从朱慧如的情况看，她缺乏这次犯罪的能力。这次犯罪中，凶手破坏了大部分现场遗留的证据，包括死者的指甲。你应该记得死者的指甲里全是泥吧？死者的指甲被凶手修剪过了，并且挖出了其中的泥垢，又插在泥中。这么做的原因，恐怕是因为徐添丁与凶手发生过肢体冲突，徐添丁的指甲抓到过凶手的皮肤组织，指甲中留有凶手的 DNA。但凶手清理了徐添丁的指甲后，我们就没办法提取了。最让我想不明白的是死者身上的血条，血条割得很精细，彼此间距差不多相等，这得花上凶手不少时间。我不理解的是，凶手杀人后留在案发现场，花费大量时间割划出的血条，是否包含着某种意义。"

林奇皱眉道："有可能是什么意义？"

古法医摇头，道："我不清楚。有些凶杀案现场，凶手会留下某些符号来传递某种信息，譬如电影里放的一些谋杀案，案发现场会留下一些具有宗教意义的符号或图腾。看最近的例子，市局一直在查的连环命案，死者口中都会插上一根利群烟。这次的死者上半身割满血条，我翻查过很多案例资料，没有类似记载，所以也无法判断其含义。"

林奇有些不甘心地点点头，道："尽管这样，明天我还是去找趟朱慧如吧，毕竟她在案发现场停留了大概17分钟，受伤后蹲路边却没有其他行人证明，我倒要看看她会怎么解释。对了，老古，凶器的形状确定了吗？"

古法医拿出一张照片，道："根据伤口的横截面图做出的凶器模型，看着像把普通的水果刀，不是专业的杀人匕首。"

"水果刀？"林奇拿着照片看了几眼，若有所思。

25

市公安局内，连环命案的调查依然在如火如荼地进行。

陈法医手拿一沓文件，走进赵铁民的办公室，道："学校的力学模拟结果出来了，草地上留下脚印的那个人，体重在120～150斤之间，而死者孙红运的体重有170多斤，所以脚印是凶手的，而不是孙红运挣扎所留下的。另外，学校方面说，从脚印的痕迹上看，也更像是拖行者的，而不是被拖行者挣扎留下的。这表明，凶手穿了孙红运的凉鞋，把人拖到水泥地中间后，再把凉鞋给死者穿回去，当然，他在一路拖动孙红运的过程中，走路时的足迹模仿了被拖行者挣扎的情况。既然能模仿得这么到位，看样子凶手相当专业，不只是杀人手法，还有对现场的处理水平。"

赵铁民拿过报告，看了一遍，眉头微微皱起，这结果居然完全被严良说中了。当时案子刚发生，严良仅凭拖行痕迹没凶手脚印一点，就下了这个判断，严良果然还是当年那个严良。

不过既然如此，那么严良的下一条判断也成立了，孙红运并不是被拖到水泥地后才被杀死的，而是一开始凶手就已经杀死了他，然后才把他的尸体拖到了水泥地中间。否则的话，如果孙红运在这期间还活着，那么拖行痕迹中，除了这个凶手自己模仿的脚印外，也会有孙红运赤脚挣扎的脚印。但事实是没有。

不过，凶手为何要这么做？

他想了想，道："那么凶手的体形特征也出来了？"

陈法医微微沮丧地摇摇头："留存的脚印太凌乱，并且是凶手在拖动一个大胖子的过程中留下的，学校方面说凶手穿过绿化带时，步履模仿了被拖行人挣扎的样子，而绿化带上的泥土，每天都会因水分含量的不同，导致受力状态不同，因为不是案发当天直接做的实验，所以只能得出凶手身高数据是170～180厘米之间，体重在120～150斤之间，这个结果实在太模糊了。"

赵铁民按住了额头，这个结果确实没多大帮助，大部分人的身高体重都落在这个区间内，这个结果只是排除了凶手是个矮子或大高个的可能。

陈法医又道："但还有个结果与我们已知的线索似乎不合。"

赵铁民肃然道："是什么？"

"我们在之前的调查中一直认为凶手是个左撇子。通常左撇子的人，左腿的力量也大过右腿，可是从现场的脚印看，右腿的着力点更深。"

赵铁民全神贯注地看着陈法医："那又意味着什么？"

"凶手也许不是一个左撇子，他在犯罪过程中故意显得自己左手力量比右手力量大，伪装自己是个左撇子。"

赵铁民不太相信地问："有这个必要吗？"

陈法医皱了皱眉，道："这只是我的一种猜测，通常情况下没必要。因为大部分人都是右撇子，国内外犯罪过程中，倒有不少左撇子的人，故意伪造现场装成右撇子的犯罪行为，这样能增加警方的搜查范围，并摆脱自己的嫌疑。可是从没见过本身就是右撇子的人，故意伪装成左撇子犯罪的。"

赵铁民思索片刻，道："你这个判断可靠吗？"

陈法医很干脆地摇头："不可靠，这算不上判断，只是我个人的一种猜测。左撇子的人也未必都左腿力量大过右腿。就像大部分人是右撇子，但其中也有人左腿比右腿强壮。"

赵铁民嘘了口气，这说来说去各种可能性都有，纯属扯淡，啥结论都没有嘛。

他想了想，又道："整个拖行痕迹中，只留下了一个人的脚印，现在证实这脚印是凶手的，而不是死者孙红运的。也就是说，孙红运在绿化带旁边小便时遭到袭击，此时他直接被凶手杀死了，否则拖行过程中肯定会留下他赤脚挣扎的脚印，而不是他被拖上水泥地后，才被杀死的。这个结论没问题吧？"

"没问题。"

"那么另一点，水泥地上刻着的字，压根不是孙红运留下的，而是凶手写的。凶手在水泥地上刻字，然后把石子塞入孙红运的手里，伪造成孙红运死前留下来的。"

陈法医想了想，点点头："没错。"

"新的疑问摆在我们面前了，凶手为何要借孙红运的手，写下'本地人'这三个字？"

陈法医茫然不解地摇摇头："不知道，这个问题就像凶手为何要在死者口中插根利群烟一样，想不出可能性。"

赵铁民叹口气，闭眼想了会儿，又睁眼道："我能想到的可能性有两种：一是凶手不是本地人，故意留下这三个字，让我们把侦查方向转向本地人，这样他会更安全；二是凶手就是本地人，他是个内心特别自大的疯子，觉得我们警方一直抓不到他，想给我们警方留些提示。嗯……这两个可能性也都是扯皮，说了等于没说。"

陈法医犹豫着道："那接下来我们怎么办？"

赵铁民颇显无奈道："还能怎么办？只能先找出当晚的那个变态佬，看看他会不会跟凶手有关了。"

打发走陈法医后，赵铁民重新陷入了思索，现在对直接抓捕凶手一点方向都没有。今天的调查结果显示，凶手对案发现场进行了多处伪造，能伪造现场留下的线索的凶手，那注定不是一般人了。

尽管几个点的伪造被他们识破了，可是发现的其他线索是不是伪造的呢？如果是……甚至如果发现的所有线索都是凶手伪造的——赵铁民倒抽了一口冷气。

他心情烦躁地抿抿嘴，转而重新翻看起关于变态佬的所有卷宗，又看了几遍他亲自去问的凶杀案当晚被猥亵的那名刘女士的笔录，那天他就有种感觉，这份笔录有问题，但想来想去想不出问题究竟在哪儿。现在他连看几遍，心中始终还是觉得不对劲。

他把卷宗放到一旁，把报案人做的每份笔录形成图像，在脑海中过了一遍。当再度回忆刘女士的笔录时，他一个激灵挺起身。

没错，笔录确实有问题！

他连忙把所有笔录翻开来再次比对，问题出现了！

以往的笔录中记载，那个变态佬每次猥亵完女性后，都拿着刀子对着受害人口头威胁一番，然后嚣张地大摇大摆地离去。唯独这最后一份，也就是案发当晚的那次，刘女士描述那个变态佬在猥亵完她后，显得很慌张的样子，连忙逃走了。

那个时候到底发生了什么事，才让他很慌张？

26

傍晚，骆闻背着他那个斜挎包，出现在面馆门口。朱慧如一看到他，就先装成不认识低下头，后一想，重新抬头，连忙朝他快速地使了个眼色。

骆闻没有直接去看朱慧如，而是不动声色地站在原地，朝附近打量了一圈，随后才往店里走去。

他站在墙壁的菜单前，佯装看菜单："嗯……吃个什么好呢？"

朱慧如凑过来，低声道："今天警察找过我了。"

骆闻微微一笑，点点头，随即叫道："还是牛肉面吧，嗯……不知道你们店送不送外卖？我现在还有点事，最好能做好送过来。"

朱慧如马上心领神会，道："没问题，您把地址告诉我，等下就送去。"

"哦，真是不好意思，麻烦了。"骆闻报了住址，随后走出了面馆。

回到家后，又过了十多分钟，门铃响起，骆闻开门，朱慧如拿着外卖站在门口。

骆闻招呼道："进来吧。"

这时，那条小土狗跑了过来，对她汪汪低叫了两声，又跑到沙发旁躲起来。

朱慧如开心地看着小狗："呀，它的伤完全好了啊，会跑了！"

骆闻微笑地望着小狗，道："是啊，好得很快，没几天就活蹦乱跳了。"说完，他背过身，目光有些黯淡。他想到八年前，几乎是完全相同的一条狗，也是受伤了，也是没过几天就痊愈了，活蹦乱跳的——就像现在这样。那时候他女儿可高兴了，跟着妈妈一起把小狗洗得干干净净，抱在手里玩。骆闻看到总是把小狗抢过来，说狗脏，小孩子抵抗力差，要生病的。他女儿最拿手的就是马上哇哇大哭，骆闻只好无奈地把小狗还给她。

他想起往事，各种情绪交织着，眼眶也不觉湿润。如果时光能定格，那该多好。

他轻声吐了口气，抿了抿嘴，把思绪拉回当下，收敛了情绪，给朱慧如倒了杯水，道："今天什么情况？你慢慢说。"

朱慧如把早上的对话尽可能详细地还原，告知骆闻。

听完，骆闻笑了笑，道："很好，就是这样说，你做得很对。对了，早上你也是穿的这条裤子吗？"

"是啊，是您让我这几天都穿长裤的。"骆闻当晚因时间紧迫，并

未把所有吩咐他们要去做的事的原因告诉他们，不过朱慧如和郭羽都一五一十、完完全全地照做了。

骆闻点头道："那就好，现在伤口怎么样了？"

"已经结痂了。"

"嗯……方便的话，能否让我看一眼？"

"当然。"朱慧如去卷裤脚，可是伤口在膝盖，牛仔裤卷不上去，朱慧如尴尬道："我……我去卫生间换一下裤子？"

骆闻连忙摇头，道："不用了，你一个女孩子在我房里换裤子，太不合时宜，否则我就成怪叔叔了。"骆闻做了个鬼脸，又道："裤脚卷起来，我看个大概就行。"

朱慧如露出一个温婉的笑容，她对这位中年大叔的信任更深了一层。因为她看得出，大叔的帮助并不附加其他龌龊的企图。

她尽量卷起裤子，骆闻看了眼大概，随即道："现在气温高，伤口愈合得比我想象中更快一些。对了，伤口发痒吗？"

"挺痒的，我又不敢挠，好难受。"

骆闻点点头，道："那么，从明天早上开始，你就穿短裙子吧，把膝盖露出来。不过明天你要包块纱布，不是把全部的伤口都包进去，而是要留出一截让别人能看到。后天纱布也不要包了，涂点消毒药水。"

"好的。"

"对了，你脚腕处的扭伤呢？"

"就是昨天还有点痛，今天几乎全好了，我感觉不到痛。"

骆闻叹息一声："真糟糕，好得太快了。都怪我那天下手不够重，最理想的情况是脚筋肿起来，这样更能解释当时走不了路，需要人背的状况。不过嘛，筋扭到了，子非鱼，安知鱼之乐，旁人不是你，也不知道你到底还痛不痛。那么你接下来这几天，尽量还是走路瘸着点，慢慢地好，你明白我的意思吗？"

朱慧如连连点头："我明白，不过我有点不懂，为什么这两天要穿长裤子，明天开始穿裙子？"

骆闻道："抱歉，那天没有足够的时间跟你解释。警察第一次找你时，你告诉他们你摔了一跤，流了不少血，警察一定会想看看你到底有没有受伤，来判断你是否撒谎。可是如果你穿了裙子，让警察一眼看到伤口，笨警察当然不会发现问题，但遇到敏感的警察，尤其如果是女警察，她们有生活经验，通常女生腿摔伤了，会穿长裤掩饰伤口。今天警察找过你了，看到你穿长裤，稍一想就会觉得你的状态很符合常理。而他们接下去再来找你时，你穿裙子，贴上纱布。这是因为夏天伤口愈合时会特别痒，穿长裤会非常难受。但纱布外依旧要暴露一点伤口，让他们看到你确实受伤了，没撒谎。再之后，伤口结痂开始脱落，自然用不到纱布，没几天就会好了。"

朱慧如不可思议地睁大眼睛："原来是这样！"

骆闻道："你今天见过郭羽吗？"

"刚才你走后不久他来的，我跟他说警察今天找过我了，我先来找你，他说他晚点再来吃夜宵跟我商量。"

骆闻道："好的，那么你待会儿转告他，警察未来几天内，很可能会分别找你俩了解情况，一切按计划进行。另外，再重复提醒一遍，你们两人不管有多紧急的事，都不要相互打电话或发短信。"

27

第二天早上，面馆刚开门，林奇就带着小宋走进店里。

朱福来看到他们，连忙迎出来："警察同志，我们店里没早点，等中午来吧。"

林奇笑了笑，道："我们不吃早点，我找朱慧如聊点情况。"

朱福来脸上顿时流露出了紧张："又是……又是那个小太保的事？哎哟，他的死跟我们没关系啊，那天晚上他要了份蛋炒饭，让我妹妹送去，我妹妹送去后，他动手动脚，还害得我妹妹逃跑时摔了一跤，摔得可厉害了。"

"是吗？"林奇不置可否地说了句，打量一眼朱福来，他的腿一条长一条短，是个瘸子，而且是个实实在在的瘸子，不可能是伪装的瘸子。这表明视频里的那个男子并不是朱福来。他是瘸子，也能解释为什么外卖是朱慧如送的，而不是他去送。

这时，朱慧如闻声从厨房里出来，看见他们，微微皱起眉头："警察同志，昨天还没问完吗？"

林奇微笑道："很抱歉又来打搅了，因为你是最后一个见过死者的，所以还有些细节要麻烦跟你核实一下。"他看到朱慧如脸上露出不悦，忙补充道："麻烦你真不好意思，不过配合我们警察的工作也是每个公民的义务嘛。"

朱慧如只好应道："那当然，那当然。"

"对了，今天能不能换个地方谈？"林奇尽管口中问得很客气，但脸上的神情却是不容对方拒绝的样子。

朱慧如小心道:"去哪儿?"

"嗯……就带我们去趟河边吧,把当时的情况详详细细地再跟我们说一遍,对我们的调查有帮助。"

"好吧。"朱慧如低着头,有些紧张地向外走。

"咦,"林奇好奇地打量着她,道,"你的腿好了?"

朱慧如本能地一顿,这才突然意识到她这几步路走得偏快,因为扭伤部位已经完全不痛了,她一时紧张,忘记了骆闻让她继续瘸几天。

从今天这警察一来他们店,她就感觉这人与昨天那两人完全不同。昨天那两人她很明显感觉到是两个经验不足的新手,可今天这个人,每次说话的举手投足,都让人感觉此人似乎什么都知道。而且今天这警察肩上的警衔,比昨天的高,尽管她看不懂警衔所代表的级别,不过她能肯定,这人一定比昨天那两个人级别高。看来这是个难应付的角色。

朱慧如不清楚是自己心虚还是正确的感觉,她觉得这人从一进店开始,就在观察试探她了。

如此想着,她心中更加紧张,但骆闻教她的无论在何种情况下,一定要表现自然的观念已经根植在心。

听到林奇这么问,她只好随机应变,转过身道:"脚脖子不太痛了,基本可以走了。"

林奇点点头:"那好得挺快的,大前天晚上扭的脚,那时都不会走路了,今天就不痛了嘛。"

朱慧如此刻压根不知道如何回答,只好敷衍地笑了一下。

林奇又道："你膝盖的伤怎么样了？"他注意到朱慧如膝盖上贴着纱布，纱布下方露出一小截已经结痂的伤口。

朱慧如按着骆闻的吩咐，原模原样回答："已经结痂了，估计这几天差不多就好了吧，现在不痛，就是很痒。"

她正警惕着林奇还会问什么，谁知林奇却不问了，只是说了句："行吧，我们先去河边，早点问完情况，我也不想多打搅你们做生意。"

说着，三人走出店，朝河边走去。沿路上，林奇并没问到具体案情，而是像聊天一样问她是哪儿的人，什么时候来杭市的，店开了多久，平时生意如何，等等。

到了河边，林奇停下脚步，回过身，眼睛直直地打量朱慧如。朱慧如胆怯地避开，又觉得这样不自然，只好把目光转向另一个警察小宋。

林奇道："朱女士，你能把当晚的情况再重复一遍吗？"

"嗯，我当时拿着外卖走到这里，看到那个小流……那个人就站在健身器材上，"她向前指着最近的一台扭腰器，这确实是徐添丁当时站的位置，她继续道，"我把外卖放地上，准备走——"

"等等，"林奇蕴含深意地笑了笑，"你忘记收钱了吧。"他注视着朱慧如的表情。

朱慧如没做停顿，回答道："他之前来我们店里要蛋炒饭时，我说他以前好几次没付钱，不送。他扔了一百元，说前几次包括那天的钱一起结了，非让我送过来。"

林奇点点头，看她的表情，似乎并不像撒谎的样子——当然了，朱慧如这番表述就是当晚的事实，她没有撒谎的必要。

"你接着说。"林奇示意。

"然后他就走过来，叫我先别急着走，到草地上坐坐，聊聊，一起喝啤酒，还说专门为了我买了啤酒。我不答应，他拉住我，强行把我往里面拖，我当然反抗了，但是他力气大，我没挣脱开，被他拉进里面的草地上。"

"具体哪里？"

朱慧如带他们走到草地上一处，这里是当晚案发点的另一个方向，指着道："大概这里。"

"好，你接着说。"

"然后他就对我动手动脚，我只能拼命反抗，和他打在一起。费了好大力气，我总算一把推开他，马上一边向路上逃，一边喊救命。他在后面追，这时幸好我一个朋友路过，他看我跑到人行道上了，又有人过来，就没继续追了。结果我快跑到马路边时，摔了一跤，就成了现在这样。之后他发生了什么，我就不知道了。"

"你和他发生冲突的时候，那盒外卖放在哪里？"

"我刚到这里的时候，就放地上了。"这当然也是实话。

"你摔倒的地方还记得吗？"

"当然，那里有块尖锐的石头绊了我一下。"朱慧如带他们走到一块薄片状的石头旁，石头插在泥土里，锋利的一侧朝上，这是当晚他们按照骆闻的吩咐做的。

林奇蹲下身，从口袋里摸出手套，把石头拔出来，仔细看了一圈，尖锐的锋口上隐约有血迹，他把石头装入物证袋，交给小宋，随后又道："你朋友叫什么名字？能把他的联系方式给我们吗？"

朱慧如照做，把郭羽的姓名和电话报给了小宋。

林奇又道："你记不记得，你和徐添丁发生冲突的时间，大概持续了多久？"

"大约……"朱慧如做出回忆状，"几分钟吧。"

"具体多久呢？"

"也许四五分钟这样。"

"你受伤后，你和你朋友直接回去了吗？"

"没有，那时我感觉脚扭了，而且膝盖流了不少血，走不了路。我又怕那个……那个人追来，所以就和郭羽一起到了马路对面先弄脚，后来才回去的。"

"你和郭羽在这里待了多久？"

"嗯……挺久的，有十来分钟吧。"

林奇微微咬了下牙齿，对方今天的回答似乎没有任何漏洞，她和徐添丁的冲突发生了四五分钟，在路旁跟郭羽一起待了十来分钟，这样合起来的时间刚好符合大概停留十七分钟的结果。难道她真和案子没一点关系？

他又问："既然小太保对你企图不轨，你当时为什么没报警？"

"报警？"朱慧如冷笑一声，"报警有什么用啊，就算派出所抓了他，没几天就放了。那个人过几天肯定要来店里捣乱报复的，我们做点小生意的，哪儿敢惹事，只能忍气吞声啊。"说着，露出一副可怜巴巴的模样。

林奇微微有些尴尬，老百姓遇事不敢报警，说到底，还是警察的问题咯。他想了想，道："对了，你和郭羽在路旁停留这么久，其间有其他人路过吗？"

"有啊。"

"你还记不记得有谁路过这里？"林奇心里想着，只要她说出谁路过，回头再核实一番，只要能确认朱慧如当晚确实受伤，在路边待了十多分钟，那么她的嫌疑就完全没有了。

朱慧如摇摇头："不记得了啊，没看到认识的人啊。"

林奇心里想着，这个回答也实属正常，因为如果一个陌生人从你身旁经过，别说几天后了，几小时后你就记不起来了。

他稍微思索片刻，马上心生一计，试探道："当晚路过的人里，有没有一个人牵着两条狗从你们旁边走过？因为我们调查问到一个居民，他说他当晚遛狗，看到路旁有一男一女，不知道是不是你们。"

林奇的这段话是捏造的，他在等待着朱慧如的回答。他们调查时根本没问到有一个人出来遛狗，如果朱慧如迎合他的提问，说好像看到了，那么朱慧如的嫌疑就很大了。

谁知骆闻早就反复叮嘱过她和郭羽，切记不要站在警察的角度思考问题，也不要去完善警察的疑问，知道就知道，不知道就不知道，对于无法判断的事，一律回答不知道。她想了想，道："好像没注意呀。"

林奇点点头，想起了唯一一个带有指纹的啤酒罐，最后问了句："你碰过徐添丁的啤酒吗？"

"没有，他要我喝，我一口都没喝过。"

"不，我是说，你的手碰到过啤酒罐吗？"

"没有。"

"对了，那天晚上你穿什么衣服？"

"嗯……紫色的小衬衣。"

朱慧如的这个回答也和监控里显示的一样，证明她没有撒谎。林奇想了想，道："能把衣服暂时借给我带回去看下吗？"

"这个……"她犹豫片刻，故意装出不解的样子。

"你放心，我们是例行调查，衣服会还你的。"

"那好吧。"

随后，林奇跟着她来到她小区的住所，拿了她那件衬衫，和小宋一起离开。

等走远后，小宋道："林队，朱慧如应该没嫌疑了吧？"

林奇撇撇嘴："回答得倒是滴水不漏啊。"

"这么说，你还在怀疑她？"

林奇也不置可否道："她刚刚表情一度有点怪，很不自然，我有种莫名的感觉，像是她在撒谎。"

小宋并不这么认为："面对警察的询问，大部分人都会紧张的吧，尤其这是命案，如果她一点都不紧张，那才更像装的呢。还有啊，现在基本情况已经清楚，徐添丁是为了调戏朱慧如，所以故意叫了外卖，还买了一袋啤酒，朱慧如对徐添丁的描述完全符合当前的调查结果。尸检结果显示，徐添丁胃里有蛋炒饭。朱慧如刚把蛋炒饭送来时，徐添丁既然想非礼她，那么他肯定不会去吃蛋炒饭。一定是等朱慧如走后，他自觉无聊，才开始吃的。并且朱慧如和郭羽在10点42分前已经离开现场，徐添丁死于10点50分，他们俩有不在场证明。"

林奇没有表态，只是道："好吧，那就接着去跟郭羽了解一下情况，如果两人的表述没出入，那么看来命案就跟他们俩没关系了。"

另一头，朱慧如独自走在回面馆的路上时，心脏剧烈跳动着，今天这一关看样子又闯过去了，但愿以后警察不会再来了吧。她在心里默默祈祷。

28

区公安分局的一间办公室内，小李道："古法医鉴定了朱慧如的衬衣，衣服上没找到血迹。"

"哦。"林奇点点头。

小李又递给他一份文件："这是整理后的郭羽的笔录，他和朱慧如的供述完全一致，没有任何出入。当晚他从公司加班回来——关于他加班这点，得到了单位的证实。后来他在面馆吃东西，其间徐添丁过来，扔下一百元钱，要朱慧如送一份蛋炒饭去河边——这点与朱福来的描述也是一致的。朱慧如离开后，他越想越替朱慧如担心，怕她出事，所以跟过去看看。刚到河边时，找了一圈没看到人，过了四五分钟看到朱慧如从里面草地上跑出来，徐添丁在后面追。快跑到路上时，朱慧如摔了一跤，他赶紧上去扶。徐添丁看到有人过来，就没继续追，退回草地后面了。因为朱慧如这一跤摔得很厉害，走不了路，两人待在对面马路边查看伤势，他说持续了十来分钟，朱慧如揉了很久脚脖子，还是走不了路，最后两人商量了一下，郭羽把她背回去了。这段时间内，他说肯定有人经过，不过他不记得具体是谁，因为路过的人他都不认识。他们俩都是外地人，原本附近认识的人就很少。"

"是吗？"林奇思索了一下，道，"他是朱慧如的男朋友？"

"不是。"

"不是？那他跟到河边去干吗？又把她背回来？"林奇道。

小李道："根据其他人对他的描述，郭羽平时就是个胆子比较小的人，我们跟他面对面交流时也感觉到这点。他一开始说只是单纯的普通朋友，后来在我们再三追问下，他才吞吞吐吐地说他喜欢朱慧如，请我们保密，不要告诉她。"

林奇道："你觉得他的解释靠谱吗？"

"靠谱，我们跟他同事侧面了解过，他就是这么个性格。另外，我们根据他的口供，又去调查过了，案发当晚大概11点，郭羽去了小区旁一家二十四小时便利店，买了纱布和跌打药水，这也和朱慧如的受伤情况相符。而古法医说凶手杀死徐添丁后，花了至少有半小时在尸体上割出血条，这种事，朱慧如这个女孩子肯定做不出，郭羽11点左右在便利店买纱布和跌打药水，有店内监控做证，显然他没犯罪时间。"

林奇点点头，没再说什么，两个人的调查看似都没问题，唯独朱慧如早上一瞬间不自然的表情让他印象深刻，这只是因为面对警察盘讯而紧张吗，还是因为心里有鬼？

小李道："林队，这两人口供与事实相符，并且两人没有犯罪时间，这条线可以先放下了吧？"

林奇只能应道："暂时考虑其他可疑人选吧。"

这时，手下另一小组的人走进办公室，一人道："林队，我们拿古法医给的凶器横截面图找了一圈，找到了这种水果刀。"他把手里的一把刀递给林奇:"这种水果刀在案发地附近几个小超市和小卖部都有售,没法追查销售记录。"

林奇接过刀,看了几眼,放到桌上,抬头道:"最近和徐添丁有过矛盾的人选调查得怎么样?"

"我们主要问了徐添丁的好朋友张兵和另外几个小流氓,这几个人几乎天天跟徐添丁一起玩。据他们的回忆,我们大致列了一些近期跟徐添丁结仇的人选,有十七八个。徐添丁这小子真是不安分,这十七八个人里,有被他打的,有被他欠钱不还的,甚至还有徐添丁虐待一条狗,那条狗被几个好心人救下来,最后徐添丁开口要三百元才肯把狗卖给对方,这样的人也登记了。这只是最近的,久一点的比如徐添丁收了谁保护费,打了谁,去吃饭不给钱这种事,根本没办法统计了。"

林奇皱着眉道:"这人际关系真够复杂的,没办法,我们只能一个个去核实了。"

"现在调查下来,我个人觉得最可疑的是当晚大排档前被徐添丁打过的一名男子,我们找他谈过,他说当晚回家后,自己一直待在家里,但能证实这点的只有他女朋友一人。可他态度很坚决,说自己不可能为了这么一件小事而去杀人。林队,你看是否有必要把他带到局里来审?"

林奇无奈道:"无凭无据就把人带局里来,那名单上的所有人都可以带回来了。如果案子和他无关,小心他投诉我们。"

那人无奈道:"那怎么办?"

"还是靠侧面调查,从他女朋友着手问,如果他是在撒谎,就把你们的预审经验用上，谎言很容易被揭穿的。"

"也只能这么办了。"

林奇拍拍手，道："行吧，大家今天都累了，已经到下班时间了，先回去休息吧。"

打发完其他人后，他带上那把水果刀，离开了办公室。

29

傍晚，正是饭点，是城中村周围小饭店生意最好的时候。

骆闻背着个斜挎包，来到面馆门口。店里生意很好，已经坐满了人，他正想离开，看到郭羽正坐在里面，朝他使眼色。他照例站在原地，仿佛不经意地巡视一遍四周，没有发现异常，也没人跟踪，他若无其事地步入面馆，叫了一碗面，随后坐到郭羽的旁边。

他刚坐下，郭羽就迫不及待道："今天警察找过我了。"

骆闻不动声色地笑了下，他知道郭羽这一关已经过去了，否则就不会在这里吃面了，随即低声道："今天警察也找过我了。"

郭羽大惊："怎么……怎么会找到你？"

骆闻连忙使个眼色让他别激动，平静地笑了笑："警察正在围绕那个人的人际关系做调查，想摸排一下最近跟他结仇的人。"

没等骆闻说完，郭羽就打断道："你……你怎么会跟他结仇？"

"你忘了吗？那天我买了那个人的狗，花了三百元。"

"这……这也算结仇？"

"那一定是警察让那个人的同伴尽可能回忆潜在的结仇对象。警察大概是觉得我花了三百元买狗很亏，说不定心里会记恨，随后找到了我。"

"他们怎么找到你的？"

骆闻道："我问警察是怎么联系到我的，他们说问了朱福来，当天朱福来也在场，肯定记得我，而且我叫过几次外卖，留了电话。"

郭羽紧张道："他们找到你，你怎么说的？"

骆闻很轻松地道："那时我刚好在家，就约了他们到我家小区楼下见面。他们问我案发那天晚上在哪儿，我回忆着说应该在外面闲逛。我明白他们的来意，直接挑明告诉他们，花三百元买狗，不是那小子强卖给我的，而是我自己主动提出的，这点现场所有人都可以证实。另外，我跟那个人无冤无仇，而且收入还不错，不可能为了三百元怀恨在心，就不要浪费彼此时间了。我给他们看了我的工作证，他们马上信服了。"尽管郭羽不知道骆闻的工作到底是什么，不过看他这么有钱，单位一定是很好的，所以警察看一眼他的工作证，就相信他不可能为了三百元冤枉钱杀人。

骆闻又道："你呢，你那边怎么样？"

郭羽道："一切按您说的办，他们也相信了。"

"他们问了你和朱慧如的关系吗？"

"问了。我按您说的，先说是普通朋友，在他们的追问下，才说我喜欢她，请替我保密。听说他们后来还找我同事了解情况，问的大致是我的性格之类的。"

骆闻笑着看他一眼："你说话的情绪到位吗？"

郭羽总算笑了出来："我觉得我表现不错。"

骆闻点点头："那很好，估计接下来就没事了。"

郭羽有些难以置信："这……这就结束了吗？"

"对，我想今后警察应该不会再找你们了。即便还来问，依旧回答这番话就行。对了，朱慧如呢，送外卖去了吗？"

"是的，我刚来时她在的，后来出去送外卖了。她跟我简短说了下，她那边也过关了。"郭羽脸上露出了开心的笑。

骆闻道："别笑得这么明显。"

"哦，是的。"郭羽连忙收敛了笑容。

这时，门口走进来一个人，不过那人穿着便服，骆闻和郭羽并不知道他是警察。

30

林奇下班后，换上便服，独自再度来到案发地点，望着散发臭味的小河，心中百感交集。

一起原本稀松平常的小流氓被杀案，搞得他异常头大，各种线索交织在一起，他觉得整个脑子被填满了。

以往他也处理过几起流氓混混被杀案，几乎都是几天内就顺利破案，并抓获凶手的。一般这种案子，凶手的水平低得很，现场粗陋，线索一大堆，就算是在线索少的情况下，通过人际关系排查和问询，也会在极短时间内确定嫌疑人，这类嫌疑人的心理素质很低，看到警察找上门，马上就露出要被抓到的表情。

可是这次案子的对手，显然不同。

首先，对方舍得用几万元当诱饵，吸引路人进来破坏案发现场，这种手法他从未见过，甚至从未听说过。

其次，凶手在杀人后，还把尸体拖入树丛，停留在现场至少半小时，精细地用刀在死者身体上割出一圈圈血条。这有什么目的不可知，但仅凭凶手杀人成功后，还在原地停留半小时以上，足以证明对方心理素质极其好。

凶手把脚印清理了，同时，他还擦去了啤酒罐上的指纹。这动作显示啤酒罐上本来应该有凶手的指纹，所以他才有必要这么做。可是这啤酒是徐添丁买来准备勾引朱慧如用的，并不准备招待其他人，朱慧如走后，到底是什么人来到徐添丁面前，在什么情况下碰触了这些没喝过的啤酒罐呢？他想象不出任何一种可能的场景。

如果朱慧如是凶手，倒是容易解释啤酒罐这一点，她在和徐添丁发生争执时，碰触过了啤酒罐，事后自然要擦掉指纹。可是徐添丁是在朱慧如离开后才被杀的，监控探头不会骗人，她和郭羽都有完全的不在场证明，并且郭羽 11 点左右还去过便利店，连割血条的时间都没有，他们俩的口供没看出任何问题。

案发当晚到底发生了什么？

对此，林奇百思不得其解。无奈，他在河边站了一会儿后，感觉肚子有点饿，转头朝城中村方向走去，他知道那里有很多小饭店。

来到"重庆面馆"外，林奇走了进去，店里只有朱福来一人在忙，虽然郭羽也在里面坐着，不过给郭羽做笔录的是林奇的手下，林奇并不认识他。

朱福来看到林奇，认得他是早上的警察，连忙跛着脚走过去，有些惊慌，道："警察同志，您是吃点什么，还是……还是要问……"

郭羽和骆闻听到"警察"两个字，都不禁偷偷朝对方瞧去。

林奇道："来碗肉丝面吧。"他刚想找个位置坐下，突然想起一件事，抱着碰碰运气的想法，拿出一把水果刀，道："老板，帮忙看一下，你见过这种刀吗？"

朱福来看了一眼水果刀，脸上露出了一丝警觉："这……这不就是普通的水果刀吗？问这个做什么……是……是和案子有关？"

林奇微眯着眼打量他："嗯，有没有在哪里看过这种刀？"

骆闻心中暗笑，只要朱福来把店里的水果刀拿给对方，那么朱慧如的嫌疑就更能彻底排除了。

因为店里的水果刀是骆闻事后重新买来给朱慧如的，杀人的刀由于刺入了人体肋骨，刀刃上必然有磨损，和新的水果刀在专业人士眼里是完全不同的。

由朱福来这个毫不相干的人提供给警察这条线索，最好不过。

谁知朱福来接下去的回答让骆闻大跌眼镜："从没看到过。"

林奇盯着他的表情半天，最后和气地笑了笑，在骆闻他们旁边的一张桌子上找个位子坐了下去。

正当骆闻想不明白朱福来干吗要撒谎时，送完外卖的朱慧如回到了店里，她还没走到里面，林奇就站起身，把她拉到一旁，道："朱女士，你有没有见过这种水果刀？"

朱慧如故作不解道："这和案子有关吗？这就是普通的水果刀啊。"

"嗯，凶器就是这个，我们正在周边走访，碰运气找找这种水果刀的来源。"林奇看了她一眼。

她微微眯着眼："嗯……看着挺常见的，哦，对了，好像我哥以前买的差不多就是这样的，应该放在抽屉里吧。"

顿时，骆闻紧闭着嘴，脸色很难看。

朱慧如转身来到抽屉旁，翻找了一阵，很快就拿出了一把一模一样的水果刀，正是骆闻给她的那把。

骆闻心中叹息，糟了，这下兄妹两人的答案闹矛盾了。

林奇接过她的这把刀，简单看了几下，刀口崭新，毫无磨损，凭他的经验立即就能判断这把绝不是凶器，不过这兄妹俩的回答……他微微眯眼，道："你们这把刀好像没用过？"

朱慧如道："是啊，以前买来是想削水果的，后来好像就一直扔抽屉里没用过。"

"这把刀什么时候买来的？"

"嗯……一两个月前了吧，我哥买的，我问下他——哥，你出来一下，这把刀什么时候买来的？"

骆闻一听，顿时觉得更糟糕了，朱福来自己买的刀，怎么会说从没见过呢？

朱福来从厨房里出来，脸上表情明显带着几分尴尬，他咳嗽一声，道："这刀哪儿找来的？"

朱慧如道："抽屉里的呀？"

朱福来连忙道："哦，对的，这刀是我从对面小超市买的吧，好像买来有两个月了，一直放着没动过，我都忘了。"

"这样啊。"林奇饱含深意地笑着点点头，把刀还给了朱慧如，又

坐回了位子上。

这时，骆闻吃完面条，站起身，走到朱慧如旁，道："老板，多少钱？十元是吧，给。今天面真不错，晚点我再叫份外卖。"

31

骆闻打开门后，朱慧如战战兢兢地站在门口，显得很紧张。骆闻朝她点下头，道："进来吧。"

进门后，朱慧如一直低着头，不敢坐下。

骆闻给她倒了杯水，耐心道："怎么了？你哥今天是什么情况？"

"我……我也是后来等警察走后才知道的，我哥……我哥说他以为小流氓是我杀的。"

"怎么会这样？"骆闻皱起眉头。

"他说那天晚上我过了这么久才回来，而且又摔伤了，第二天知道小流氓在那里死了，被刀捅死的，他说……他其实看到我出去时拿走水果刀了，又见警察找了我，他以为……他以为人是我杀的。所以他想替我掩饰，故意说没见过这把刀，才……才反而弄巧成拙，都怪我不好，对不起，都怪我不好！"说着，朱慧如抽泣了起来。

骆闻抿着嘴唇，来回走动了几遍。

"这个警察不像新手，从他的问话状态可以大致判断。"他回忆着那个警察当时的言行举止，如此说道。

朱慧如哽咽道："早上也是他找的我，我感觉……我感觉他一直在怀疑我。"

"他怀疑你？"骆闻停下脚步，转过头，道，"他早上都问了你什么？"

朱慧如原原本本地把早上的情况详细描述了一遍。

"你的回答没问题，"骆闻很肯定地说，"也许……是不是你当时表现出紧张的样子了？"

"有……有一点。"

骆闻思索着道："只要稍微专业点的刑警，到现在一定已经查过监控了，如此一定知道你和郭羽都有不在场证明，并且从尸体检查上，会发现你们缺乏足够的犯罪时间。我看今天这个警察是专业的。嗯……我明白了，他怀疑你只是感觉上的一种怀疑，并不是基于证据的判断，应该是你表情不自然引起了他的怀疑。对，是这样的，如果有任何蛛丝马迹能证明你与案子有关，他就不会采用这种上门假意找你帮忙提供线索的方式试探，而是直接把你传唤过去了。没关系，不用担心。"

朱慧如擦拭了眼泪："真的……真的没关系吗？"

"证据上他们是没办法怀疑你的，不过今天你和你哥截然相反的话，嗯……恐怕会让警方继续对你深查下去。"

朱慧如皱眉抱怨着："都怪我不好，都怪我！还……也许还差点连累到您。"

"怪你什么？"骆闻笑了笑，"怪你没告诉你哥，你杀了人，好让他也统一口径吗？多个知情人，即便是最亲近的人，也是多一分危险。如果真要怪，应该怪我，是我想得不够周全，并未把你哥这个元素考虑进去。"

"不不，您千万别这么说。"

骆闻道："事情既然已经发生，就不用再去思考怎么会这样，只需要去想怎么处理。放心吧，你和郭羽依旧很安全。也许再过一些时间，当警方发现这案子其实——"他顿了顿，把未说完的话吞了下去，转口道："到时自然会彻底放弃对你的怀疑。当然，你的回答没问题，不过以后尤其需要注意面对警察问询时的语气和神情。也许你躲在房里多练习几次，想象着警察最严厉的模样会有帮助。只要你的口供没问题，他们根本没有任何机会。嗯……不过为了帮你们更早走出这道坎，我该打出第二张牌了。"

"是什么？"朱慧如好奇地睁大了眼睛。

"你知道的信息越少越好，"骆闻摸了摸下巴，心中自语，"明天摸排对方住所，后天行动比较好。后天是星期五，郭羽上班，他那头就不用管了，主要是朱慧如这边。"

思索已定，他抬起头问："你白天通常都干什么？我是说除了做生意的吃饭时间点。"

"一般早上起得比较晚，起来后帮哥买菜、收拾东西，准备中午的生意，下午有时候睡一下，有时候去旁边小商品市场逛逛，就这样。"

"你平时会看电影吗？"

"在电脑上看。"

"不，我是说会去电影院看吗？"

朱慧如摇摇头："小时候看过，大了就没去过了，我们家乡以前的电影院很早就倒闭了。"

骆闻转过头望向旁边的那条狗，苦笑道："我也很久没去过了，也许八年，也许九年了。"

"啊，为什么您也不去？"朱慧如觉得他条件好，看起来又很空闲的样子，应该想去就去呀。

骆闻咳嗽一声，没有正面回答她，只是道："本想让你后天一个人或叫上你哥去电影院看电影的，但既然你很多年没去电影院看过电影了，突然跑去看电影，会显得不自然。嗯……好吧，你手机给我看下。"

朱慧如不明白他的意思，但还是把手机拿了出来。

"这是你们店外卖用的手机吧？你自己有另外私人用的手机吗？"

朱慧如拿出了另一个手机，手机很普通，但上面精致地贴满了闪亮的星星，一看就是小女生的手机。

骆闻拿过来，看了眼，道："这手机买来花了多少钱？"

她不明所以："一千二百元，这个……问这个做什么？"

骆闻返身从包里拿了一些钱出来，随后突然用力地把手机掷到了地上。

朱慧如惊讶地"啊"一声，忙去捡起来。

骆闻把钱递给她，道："这里是两千元，后天你去买个新手机。记着，你等下回去就告诉你哥，你手机摔坏了，准备这几天重新买一个。这些钱，你不要让你哥看到，免得他多虑。另外，你要去市区买，去市中心的手机大卖场，越大的越好，最好叫个小姐妹陪你一起去。多逛一些时间，晚点回来。你大概要在后天中午 1 点出发。"

"这……这是为什么？"

"你不知道原因，面对警察的问询时，说的就完全是实话了，更安全。"骆闻笑了笑。

朱慧如把钱推回去："不不，您已经帮了我们够多的了，如果我这么做是必需的，那我自己花钱买，我不能用您的钱。"

骆闻硬把钱塞给她，道："拿去吧，这对我没什么的。"骆闻在一开始就为他们扔了两万五千元了，更不用说两千元。

朱慧如惶恐不安道："您……为什么……为什么这么帮我？"

骆闻露出毫无掩饰的微笑："你放心，我对你没有抱任何其他的想法。我这么做，对你们，我是救了两个年轻的人对未来的希望，对我自己，也许是……呵呵，也许是某种意义上的赎罪，或者也是某种意义上对未来的希望。请见谅，我无法告知你我的故事，但我对你们没有恶意。在这件事结束后，请忘记我这个人，也不要再向任何人提到我。"他诚恳地朝她点点头。

朱慧如尽管不知道这位大叔口中的"意义"是什么意思，不过她看得出，这位中年大叔，肯定不是坏人。如果他抱有其他想法，他早就有机会这么做了。

32

刑侦支队办公区内，赵铁民正急匆匆地往里走，到了办公室门口，杨学军早就迎了出来，道："你回来得可真够快的。"

"废话，你们把那变态佬抓到了，我一听电话，就马上赶过来了。"赵铁民脚步不停，问道，"人在几号房？"

"二号审讯室。"

"那家伙招了吗？"

杨学军摇头："没有，他嘴巴很硬，抵死不承认，硬说不知道为啥我们要抓他。"

赵铁民停下脚步，皱眉道："抓进来了口风还这么紧，该不会真抓错人了吧？"

杨学军笑道："错不了，在他车后备厢里找到了匕首和帽子。我们正联系几名女性受害人，让她们过来确认嫌疑人。"

"你们怎么这么快就抓到了？"

"我们查到一段两头都有监控的路段，从监控里看到那个变态佬进去后，没见他出来，不过他进去没一会儿，监控就拍到一辆宝马车开出来了，我们怀疑这是那家伙的车，就去调了车牌资料，根据他的住址马上就把他抓获了。"杨学军表情有几分得意。

赵铁民点头嘉奖："嗯，你们这次干得很好。"

"不过，现在还有件事有点麻烦。"

"什么？"

"刚刚那家伙的老婆到局里，还带了电视台的两个记者，说我们警察乱抓人，光拿了张逮捕令，也没说原因，莫名其妙把她老公带过来了，她要来讨说法。"

"这样啊……"赵铁民眉头皱了一下，公职人员最烦和媒体打交道，不过他随即就笑逐颜开了，"你说那家伙不肯招？"

"是，从头到尾就说干吗抓他，不过我看他表情里透着心虚。"

赵铁民欢快地道："你去接待一下他老婆，说等下我带他过来。"

赵铁民问杨学军拿了变态佬的基本资料，此人名叫江德辉，杭市人，四十一岁，家住城西一处高档小区，开的是辆宝马，看着是个有钱人。

赵铁民快步走进审讯室，里面的手下跟他打了声招呼，他点点头，拉了条凳子坐下，道："江德辉是吧？这几个月来多起挟持猥亵女性案是你做的吧？"

江德辉立刻摇头，道："怎么会啊，我不知道你们在说什么！"

赵铁民笑了笑："这么说不是你做的？"

"肯定不是，我怎么会去做这种事！"

赵铁民很轻松地道："那很好，你老婆在喊冤，而且还带了电视台的两个记者在外面等你，我带你出去，等下几名女性受害人就会到了，让她们指认一下，如果她们说不是你干的，我们就马上放你回去，再当着电视台记者的面，郑重向你道歉。"

江德辉听到"电视台"这三个字时，脸唰一下就白了，再听到受害人要过来指认时，他嘴巴开始剧烈抖动，说不出话。

赵铁民笑了笑，道："怎么样，带你出去，在摄像机前还你清白吧？"

江德辉整个人顿时软了下来，颤声道："能不能……你们能不能让我老婆先回去？"

赵铁民笑着摊开手，做出一副束手无策的表情："你老婆是自己要过来的，可不是我们抓来的，我们公安没权力要求她去这儿去那儿，没办法啊。"

"我……我……"他彻底不知所措。

"你肯交代吗?"赵铁民笑了笑,"配合一点的话,我们还会顾全你的隐私。看你老婆的样子,看米她压根不知道你会做出这些事吧?"

江德辉整个脸涨得通红:"我……我,求你们千万不要说出去,我……我什么都交代。"

"很好,"赵铁民对旁边一名审讯员道,"把手机还给他,让他跟他老婆打个电话。"

江德辉接过电话,深吸了一口气,又叹了口气,随后拨给他老婆,借口说他有笔经济案子,恐怕这几天得待在公安局了,让她不要闹,先回去。

等他打完电话,赵铁民站起身,跟两名手下道:"问仔细了,等下把口供整理好拿给我。"说完走了出去。

33

赵铁民回到办公室不久,杨学军进来道:"江德辉老婆接了个电话,后来不知怎么回事,就自己跟记者说了一通,带他们离开了。"

赵铁民笑而不语,其实记者不离开他也能接受,近几个月的猥亵案搞得满城风雨,今天当着记者的面做案情通报也不错。不过考虑到案件侦查期尚有诸多不便透露的地方,所以才让江德辉打发他老婆走人。

杨学军又道:"刚刚两名女受害人来看过,确认是他。不过我看他那时已经在交代了,口供录得很顺利,不知道怎的他突然就开口了。"

赵铁民也不多做解释,今天这家伙口供交代得这么顺利,一方面还得感谢他老婆,居然带着记者过来,显然他很怕万一电视台把他这个人播出去,犯的是这种案,他都没法做人了。

现在唯一的麻烦在于,虽然江德辉已经确认是猥亵案的主角,可他到底是不是连环命案的凶手呢?

严良一早就下结论说他不是,赵铁民心中各种情绪交杂,如果这么个家伙就是连环命案的凶手,警察却几年没抓到他,真像天方夜谭;可如果他不是连环命案的凶手,那么接下来破案的方向还有哪条路可走呢?

很快,刑审队的人带着笔录过来了:"江德辉对各起猥亵案供认不讳,只是……只是他完全不承认他杀了人。"

真的不是他?

赵铁民抿抿嘴,道:"他的指纹取了吗?"

"取了,比对后发现他的指纹跟凶器上遗留的不符。"

赵铁民接过笔录,翻到案发当晚的那段情况记录,仔细看了一遍。

当晚,江德辉应酬完几位客户后已是晚上11点多,他独自驱车来到文一西路,下车后戴上帽子做伪装,在附近伺机寻找独行的女性下手。其后遇到了那名在酒吧上班的女子,把她挟持到绿化带中,持刀威胁并进行猥亵。他在射精之后,正拉上裤子准备恐吓几句再离开,突然看到前面的一排树后站着一个男人,相距二三十米,加上天黑光线不好,无法看清容貌,但他记得这个男人大概是背着一个斜挎包。男子手上似乎还拿着什么东西,但他看不清。他发现男子正慢慢向他走来，显然是看到他了。此时他很害怕，来不及恐吓女子，便连忙转头逃走了。

赵铁民脑海中将当时的情节回放了一遍，难怪，当时他找受害女子录口供时，就觉得口供不对劲。后来仔细分析后，发现之前的猥亵案结束时，歹徒都口头恐吓一番，随后很嚣张地大摇大摆地离开。而最后一次时，歹徒却是匆忙逃走的。

原来是江德辉看到了真正的凶手，而且凶手还向他走来。

可是江德辉当时只看到凶手向他走来，并未看到凶手杀人的过程。江德辉逃走后，受害女子也没看到有人走出来，说明凶手见江德辉逃离后，并未追赶，自行走了。

赵铁民唏嘘一声，心里感慨，凶手向他走来，显然是担心谋杀被发现，江德辉也真够命大的，如果当时他没发现凶手向他靠过来，那他现在恐怕已经是个死人了。

从江德辉口中得知，凶手当时背了个斜挎包，可是这也没多大用处。

之前的监控调查中，没找出可疑人员，尤其对带着包等可以存放物件的人员都详细查了，全部排除了。光知道凶手当时背了个斜挎包，可他平时是怎么样的，总不会一直背个斜挎包吧。这点单薄的线索显然对案子帮助很有限。

除这件事外，江德辉的案子跟命案就没其他关联了，江德辉的口供录得很详细，没有隐瞒的成分。他承认威胁女性和在电梯里大便都是他干的，他说是因为工作、生活的压力太大，他特别想干点刺激的事。但他也知道干刺激的事有风险，所以他猥亵女性时，并不是强奸，也不是要求对方为他手淫，而只是当着对方的面手淫，他以为这么做情节很轻微，殊不知这同样触犯了刑法。他做这些事，显然是有着严重的心理疾病，不过这案子接下来该如何处理，是否该为他进行精神鉴定，这些事赵铁民可没心思理会。他现在头疼极了，命案的侦查工作迎来了最大的瓶颈期。

34

傍晚，面馆斜对面，一辆警车缓缓停下。

林奇正要开门下车，小李指着面馆门前道："咦，那不是郭羽吗？他也进面馆了。"

"他就是郭羽？"林奇盯着一个瘦弱的眼镜男走进面馆，他并不认识郭羽。不过大概是由于职业习惯，他记忆力很好，他记得昨天傍晚他来到面馆问水果刀时，前面桌子上坐着的就是这个人。

林奇想了一下，道："他每天都来这儿吃面吗？"

小李摇摇头："不知道，不过他说他暗恋朱慧如，大概经常来的吧。"

林奇点点头，道："那正好，本来也要找他录指纹。"

随即两人下车，走进面馆。

此时面馆生意正好，里面坐满了人，看到两个警察进来，其他人都抬头注目。郭羽独自坐在最里面靠近收银台的桌子上，看到警察，本能地低下了头。不过这一幕逃不过林奇的眼睛，林奇望了他一眼，转而装作没看到，走到收银台。朱慧如强装热情地迎上来："警察同志，要吃点什么吗？"

林奇笑了笑："不用，稍微再打扰你一下，我们录个指纹，马上就走。"

"录指纹？"朱慧如脸上露出不解的表情。

林奇哈了口气，压低声音，却故意又用刚好能让郭羽听到的声音，道："是啊，我们在现场找到了疑似凶手的指纹，按照调查规定，所有相关人员都要录指纹比对一下。说来也真巧，你猜我们怎么找到指纹的？"

朱慧如感觉对方是在试探，随即道："不知道啊。"

林奇解释道："现场留了几听啤酒，我们查过了，易拉罐上没有指纹，而且有用布擦拭过的痕迹。显然这是凶手干的。不过我们在旁边一棵树后找到了一个空易拉罐，上面居然还留了指纹，没被擦过。原来那棵树刚好把视线挡住了，想来是天黑凶手没看到有个易拉罐在树后的缘故了。"

朱慧如顿时心中一跳，她记得当时她把易拉罐摔地上后，伸手去捡，那位大叔让她不要捡，说会帮她擦掉上面的指纹，可是怎么会有个罐子滚到树后去了？

当时天太黑，她又紧张，压根记不得当时的具体细节了。真的有个罐子滚到树后没被大叔发现吗？还是……这只是警察在试探？

她心中慌乱不已，但脸上兀自强装镇定，道："嗯……那样应该很快就能把人抓到了吧。指纹现在录吗？"

"对，现在录。"林奇让小李拿出一张印纸，让朱慧如两只手都往上面按。

朱慧如只好照做。

随即，林奇又道："请你哥也来录一下指纹。"

"我哥也要录？"朱慧如道。

"对。"

朱慧如转身进入厨房，说了一阵，朱福来捂着嘴，带着古怪的表情走出来，随后略显紧张地在纸上印上指纹，又充满关切地望了妹妹一眼，默不作声地回到厨房去。

林奇微微一笑，给小李使个眼色，小李马上转到郭羽那桌，道："咦，郭羽，你也在？我们调查需要所有相关人员录一下指纹，麻烦了。"

郭羽有些勉强地朝他笑了笑，把双手按了上去。

做完这一切，林奇带着小李离开面馆，他心中只有一个声音，可疑，这几个人的神情举止显得很可疑。他们似乎很害怕。一切就待今晚的指纹比对了。

警察走后，过了一小时，背着斜挎包的骆闻出现在面馆，他看着菜单正要点面条，朱慧如走到他身旁，悄声道："刚刚警察来过，录了指纹，我怕——"

骆闻立刻打断她："牛肉面，我有事先回家，麻烦做好送过来。"

十分钟后，骆闻开门，看到提着外卖的朱慧如，把她迎进来后，马上关上门，道："有话请尽快说，这几天警察对你们高度怀疑，有可能会派便衣跟踪，如果发现你在这里停留时间过长，恐怕会产生更多的怀疑。"

朱慧如更显紧张，结巴得开不了口。

骆闻略显尴尬地笑了笑："大概我的话吓到你了，真不好意思。"

"没……没事。今天，就一个多小时前，昨天的那个警察又来了，他要录指纹，录了我、郭羽和我哥的。"

"你哥的？"骆闻微微一皱眉，马上明白了，"当然，昨天你哥撒谎，他们自然对你哥也起了怀疑。不过这对你们俩没有关系，毕竟你哥和案子无关，任他们怎么查他都是和案子无关的。"

朱慧如点点头，又道："警察……警察说他们在一棵树后面，找到一个易拉罐，上面留有怀疑是凶手的指纹，他们说……他们说其他易拉罐都擦掉指纹了，唯独这个，应该是凶手当时视线被树挡住了，没看到树背后还有一个罐子。"

骆闻轻松地笑了笑："就这件事？"

朱慧如疑惑不解地看着他："对。"

骆闻直截了当地说出了她的顾虑："你担心我没看到那个易拉罐？"

"我……我……"朱慧如不知该如何回答，毕竟这一切都是这位中年大叔在帮助他们，即便有疏忽，也无法责怪大叔。

骆闻道："警察这么问时，你紧张吗？"

"我……我心里有点……紧张，脸上应该还好吧。"

骆闻微微皱眉："我告诉过你，不管他们怎么调查，你都绝对不能表现出紧张，甚至害怕。"

朱慧如满脸都是愧疚："都怪我，都怪我……"眼见要哭出来了。

骆闻道："不用自责，是我对你们的要求太高了，毕竟普通人面对警察的质询，很难做到一点都不紧张。不过一个人面对警察质询时，表现不自然，警察也仅仅会当成感觉上的怀疑对象，当他发现证据都表明案子与你们无关时，他就会把你的紧张理解为普通人遇到警察问话时的正常反应。"

"您是说——"朱慧如眼睛亮了起来。

"对，那个指纹不是你的。"

"那会是谁的指纹？"朱慧如疑惑不解，突然，她瞪大了眼睛，"是……是您留了您自己的指纹？"

骆闻苦笑一下，不置可否地道："你不用多想了，原本你们昨天就该安全了，但昨天凶器调查时的情况引起了警方的怀疑，你们还需要再熬几天。明天你去市区买手机的事跟你哥说了吗？"

"说了，他没有怀疑。"

"那很好，一切照计划进行。嗯，外卖时间够长了，你再不走就奇怪了。"骆闻朝她笑着点点头。

朱慧如从骆闻家中出来，心中依旧在震荡着，留下的指纹……这位大叔为了排除他们俩的犯罪嫌疑，难道真的是把他自己的指纹留在现场了吗？那他……那他岂不是冒着巨大的风险？如果某一天查到大叔头上后，他能如何应对？他……他为什么要这样帮助他们？

35

古法医一脸严肃地走进林奇的办公室，道："三个人的指纹都和现场留存的指纹不符。"

"都不符？"林奇有些意外地张大嘴。

古法医冷冰冰地回应他："废话，肯定不符。我早就说过了，朱慧如和郭羽不可能是凶手。案发时间是 10 点 50 分，监控拍到他们俩在这之前就离开了，从没监控的路段折返回来的时间也不够作案，他们俩有有力的不在场证明。"

"那……那朱福来没有不在场证明吧？"

古法医很是不屑："我真搞不懂你怎么会怀疑到朱福来头上，他是个瘸子，行动不便，现场根本没留下任何瘸子的特征。当然，你可以说现场被破坏了，那我问你，一个开面馆的有什么本事把现场破坏得让我们半点线索都找不出？而且凶手在杀人后用刀细心地在尸体上割出一道道血条，至少花费半小时，他有什么理由这么做？他有这么好的心理素质？再者，第二天早上凶手在地上撒钱引人破坏现场，开面馆的小民工有这么聪明吗？好，就算你说他有，据说地上的钱有好几万元，他哪儿舍得花好几万元来处理现场？"

"这……"林奇一下被问住了。

"你干吗非要揪着这三个人不放呢，好好去找其他线索，别浪费时间了，好吗？"古法医今天显得有点咄咄逼人。

林奇只好耐心地解释道："不，我觉得这三个人很可疑，我认为应该继续查他们。"他把昨天问凶器时，朱慧如和朱福来截然相反的回答说了一遍。

古法医冷笑一声："就是这样啊？那明显是你得了疑心病，代入了主观情绪，先入为主认为他们有嫌疑了。那把刀买来几个月了，朱福来忘了是他买的，很正常啊，开个面馆经常买这买那的，他记不清也理所当然。"

"不不不，"林奇直摇头，"你没亲眼见到他们的神情，他们的表情很可疑。"

"是表现很紧张，说话结结巴巴，像是害怕什么，又像在躲避调查？"古法医道。

"咦，你怎么知道？"林奇好奇地问。

古法医冷笑一声："很多人面对警察时说话都这样，我想想就知道，肯定是这样才让你觉得他们可疑。我问你，你和你手下三天两头找他们，换成任何一个普通人，警察天天上门找，还是调查命案的，他能不紧张吗？"

"嗯……"林奇反思了一下，"也许是这样。"

"第一次找他们了解情况时，他们有紧张吗？"

"第一次不是我去的，是小宋和小李，嗯……据他们俩说对方反应正常。"林奇照实回答。

"那就行了，我认识你这么多年了，你这么个咄咄逼人的警察找上门，换谁不紧张啊？"

林奇尴尬地点点头，好像是这么回事。他转念一想，感觉有点奇怪："老古，你今天是怎么了？吃了火药了？"

"我是嫌你做这种莫名其妙的调查，浪费我时间，害我晚上留在单位加班，我很烦！拜托你，以后核对指纹这种简单工作，白天拿过来就行了，要么你自己人看一下也成，比对指纹根本就是些没技术含量的活，谁都能做。这种事用不着非得要我在报告上签字吧？"

林奇抱歉道："好好好，实在对不住老兄你了，以后我绝对改。"

"我认识你这么多年，你的脾气什么时候改过？"古法医终于笑了一下，道，"不过这案子你也不用操心了，反正凭你的本事也是破不了的。"

林奇颇为尴尬，不悦道："老古，你对我的能力太没信心了吧，案子才发生几天，侦查遇到点麻烦也是正常的事，很多案子不是花上几个月才破了的嘛，现在不用说这种丧气话吧。"

古法医道："算了吧，就凭你？这案子别说几个月，就算给你几年你都破不了。"

林奇顿时红了脸，很是不满："我又不是刚当警察，我的破案率在局里排第一，老兄！"

古法医哈哈笑起来："我知道你破案了得，是分局的破案标兵，那又怎么样？你要知道这次的案子是谁干的，你就不敢这么说了。"

林奇皱着眉道："你知道这案子是谁干的？"

古法医点点头："谁干的我不知道，我只知道，省厅和市局派了大量刑侦专家，大量警力，耗时几年都抓不到这凶手。"

"怎么回事？"林奇郑重地看着他。

古法医道："你知道最近赵铁民在忙什么？"

"赵队……"林奇突然睁大眼睛，"你是说……"

古法医点点头："我刚刚无意间翻看了市局下发的要求各分局协查的卷宗，我看里面的指纹很熟悉，一比对，那个易拉罐上的指纹，居然是那个抓不到的凶手的。"

林奇顿时挺直了身体，倒抽一口凉气，咽了下唾沫。

那起连环命案专案组曾经成立四次解散四次，拥有大量经验丰富的刑侦专家和老刑警这样的阵容，却连凶手的影子也摸不着，这次的小流氓被杀案，居然会是那个人干的！

他感觉喉咙有点发干。

PART

5

无解的方程组

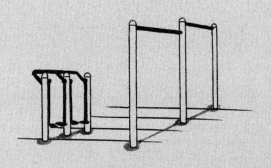

36

赵铁民在区公安分局的局长和主管刑侦的副局长的带领下，快步走进林奇的办公室。

局长介绍道："林队，这是赵队，你们应该早认识吧，我就不多介绍了。现在这案子交由市局专案组负责，我们要全力协助专案组的工作。"

林奇点头答应。他和赵铁民以前在工作中接触过几次，彼此并不陌生。赵铁民曾破过几起大案，在全市公安系统内很有名。而且他是市刑侦支队长，跟他们分局局长平级，比林奇高了好几级。

安排已定，赵铁民向林奇要了卷宗和各种调查记录。赵铁民道："我就在你旁边的办公室看吧，有疑问直接问你。"

"没问题。"

随后，赵铁民到了旁边的小会议室，细心查看卷宗和调查记录，他带来的其他人则分别跟分局的相关人员沟通，按各自的分工了解案情。

他很细致地将案发现场的勘查记录详细地看了几遍，翻到对徐添丁人际关系的调查时，他翻得很快，因为现在知道了杀害这小流氓的凶手居然是特大连环命案的凶手，之前调查嫌疑人时，问的都是些和小流氓有过纠纷的人，这些人都是普通的小老百姓，能犯下特大连环命案的可能性微乎其微。

正当他快速翻阅调查过的人际关系记录时，一个人的名字映入了他的眼里。

"骆闻？"他的目光在这个名字上停住了，随即看向此人的身份介绍，"××微测量仪表股份有限公司董事、技术总顾问。"

他微微皱了下眉，自语道："骆闻这名字不多见，难道是宁市的那个骆闻？而且从事的正是微测量工作。"

再去看年龄，四十八岁，留下的身份证上的户籍也是宁市。

"真的是他？"

赵铁民立刻回到林奇的办公室，指着骆闻的名字道："你见过这个人吗？"

林奇摇头："没见过，他是我下面的人调查时问的。"

赵铁民连忙让林奇把亲自找过骆闻的小李叫过来，又借用林奇的电脑，在公安内部网站上搜出一张以前新闻里留存的照片，指给小李："你见过的这个骆闻，是他吗？"

小李看了几眼，马上肯定地道："是他没错，不过真人比照片上的老多了。"

赵铁民点头："当然，这是好多年前的照片了。"他微微皱眉："他居然在杭市。"

林奇不解地问："赵队，你怀疑这个骆闻有问题？"

赵铁民摇头，笑了笑："他怎么可能有问题，我就是好奇他怎么来杭市了，还这么巧被你们问到。"

林奇道："这人有什么来历吗？"

赵铁民道："你知不知道宁市市局的刑技处原处长，管他们法医和物鉴两大部门的？"

"好像……好像是姓骆，就是他？"

赵铁民点头："是啊，国家一级法医师，特高级专家，很多法医学和物证勘查学专业教材的编者名单里都会出现他，他以前还是省厅的专家组成员，不到四十岁就当上了宁市的刑技处处长。"

林奇看着调查记录上骆闻的身份介绍，道："他怎么辞职去企业了？"

赵铁民笑道："肯定企业给的报酬多得多咯，你看他在这么大一家公司，头衔是董事、总顾问，拿的钱少不了。"

小李道："是啊，他当时还开一辆奥迪 Q7 呢。"

赵铁民道："瞧瞧，他要继续在体制内……当然，他是技术人员，收入比我们其他公务员要高得多，不过他有钱也不方便买辆豪车，否则会引起非议的。你看他去了私企，钱更多，要花也没这么多规矩约束了。对了，你们当时见到他时，他有给你们一些案子的建议吗？"

小李摇头："什么都没说，我们都不知道他过去是知名法医，看他的样子，似乎对死了个人漠不关心。"

赵铁民低声叹息："怎么不当警察后，都对案子没兴趣了呢。"他同时想到了严良。

37

"老兄，这办公室里的位子，不是博士就是硕士的，你一个小小本科生，哪儿来的勇气不敲门直接闯进来，还自顾自跷起二郎腿？"严良冷眼瞥着旁边的赵铁民，赵铁民大大咧咧地拉了条凳子坐在他旁边。

"说话不用这么刻薄吧，"赵铁民颇感无奈地皱皱眉，道，"今天我是来告诉你好消息的。"

"好消息？"严良想了想，笑起来道，"那个变态佬抓到了？"

"抓到了。"

"什么时候在新闻里通报？"严良对这个消息颇为在意。尽管他第二天接着去学校上课了，但他总觉得学生看他的眼神怪怪的。他真想在课堂上当众宣布这条消息。

赵铁民道："反正就这几天吧，你也不用急。"

"好吧，"严良呼了口气，"不过看你的表情，似乎不太高兴。一定是查清了变态佬并非凶手，你现在不知道下一步怎么办了。"

赵铁民皱眉点点头："是啊，他不是凶手，不过凶手又杀了个人，实在麻烦。"

"啊？怎么这次隔了短短几天就又出案子了？前几次不是隔半年才杀一个吗？"严良眼睛微微一眯。

赵铁民吐口气："是啊，我才接手几天工夫，命案又多一起，实在是烦。不过这次的案子和前几次的完全不同，前几起案子里，凶手都在死者口中塞上一根利群烟，又留下'请来抓我'的字条，并且在现场附近丢弃凶器。可是这次，原本是一起普通的命案，结果在比对现场遗留的指纹时，意外发现了是同一个凶手干的。凶手这次杀完人后，在现场停留了很久，用刀在死者身体上割出了一道道血条，相互间隔均匀。我们讨论过很多遍，想不通凶手这么做有什么目的。所以我来找你商量。"

"抱歉，你们想不明白的事，我更加无能为力。"严良明白了赵铁民的来意，立即摆出一副不想插手的模样。

"真的不愿介入？"

"我觉得我的态度是很明确的。"

赵铁民无奈叹口气，道："算了，我早料到你会这么说。你这人太冷漠，比不上我，我还总是想着你的事。"

"我的事？什么事？"

"上回你不是说你好多年没见到骆闻了嘛，这次巧了，我们办案时遇到他了。"

严良眼睛一亮："骆闻回去当警察了？"

赵铁民摇头道："不，他现在在做生意，看着日子过得很不错。这次新出的命案被害人是个小流氓，区分局先前不知道这案子是连环命案的凶手干的，对小流氓的人际关系进行了排查走访。小流氓生前可能结怨的人大都问到了。小流氓死的前几天，有回虐待小狗，小狗被好心人救了，随后别人把狗送给骆闻。小流氓看到骆闻拿着狗，要他付三百元买下，否则要把狗拿回去，骆闻就付钱把狗买下了。就这样，调查人员找到了骆闻。"

严良笑了起来："你们查案可真够细致的，连花三百元买条狗的人都列入可疑对象。"

赵铁民道："当初不知道小流氓是被连环命案的凶手杀的，以为是普通的仇杀案，所以到处做人际调查工作，要不然也不会遇到骆闻了。"

"我觉得你找我，还不如找骆闻，他比我有正义感多了。他常说，无论什么理由的犯罪都是可耻的，所以他选择当了一名法医，他向来工作态度都很严谨，总是通过翔实的物证鉴定技术，势必让凶手服法。尽管他现在不是警察了，不过你们找他，相信他会提供建议的。他可不像我，呵，你是知道的。"

赵铁民微微笑了笑，他想起了许多往事，严良是赵铁民见过的把犯罪逻辑学应用得最好的人，他极其擅长通过案发过程中凶手的行为，来推理给出答案，可是，他不是一个合格的警察。甚至可以说，他是个不及格的警察。大概正是因为如此，严良自那次事件后，辞去所有警察的职务，回到学校当了一名老师。

不过找骆闻提供建议，赵铁民摇了摇头："我手下说他对案子表现出漠不关心的样子，大概和你一样，不再是警察了，也就不想去介入警察的工作了。"

这时，赵铁民手机响了，他接起电话，听了一阵，挂断后立刻站起身，道："我还有事，这是骆闻的联系方式，你想见他的话自己联系吧，我先走了。"他面色凝重，扔下一张纸给严良后，快步离开。

38

赵铁民还留在严良那儿聊天时，林奇给他打了个电话："赵队，徐添丁从小玩到大的朋友张兵，他们一家人刚来分局报案，说在自家门口捡到一张打印纸，上面印着'下一个杀你'。纸我已经让人原封不动地包好，送到你们市局化验去了。张兵父母我们安排送到市局协助调查，张兵本人还留在分局，怎么样，你要不要见一见？"

"好，我马上就来。"挂了电话，赵铁民连忙告别了严良，驱车赶往分局。

学校离区公安分局只有四五千米，十分钟后，赵铁民到了分局，林奇带他进了一间小的会客室，里面一个头发有点长，穿着白色汗衫的年轻人此刻耷拉着脸，一改往日的神气十足，正畏畏缩缩、忐忑不安地坐在椅子上，手指不断地转动着水杯，却没有喝。

赵铁民看了他一眼，咳嗽一声，朝他点点头："张兵是吧？嗯……你别担心，我们警察一定会负责你的安全，绝不会让你出事的。那张纸是什么时候捡到的？"

张兵孱弱地抬起头，望着赵铁民一副镇定自若的表情，稍微放松了些许，咽了口唾沫，道："是……下午我爸出门时，看到门把手上塞着的。"

"在这之前出门时，门把手上没纸吗？"

"我今天一天都在家弄电脑，没出去过。我爸中午出去过，他说中午回来时是没有的。如果有的话，开门时肯定会看到。"

"你爸下午几点看到这张纸的？"

"3点，刚才我爸已经跟你们说过了。"

赵铁民点点头，又道："最近有没有见过什么人有不同寻常的言行？"

张兵想了一阵，摇摇头："好像没有。"

"那么换句话说，如果有人要杀你和徐添丁，你觉得谁最有可能？"

"这个……"张兵报出了几个人的名字，又列举了与他们之前的纠纷，大都是打架斗殴一类的事，赵铁民知道这些小混混是连环命案真凶的可能性微乎其微，不过警方也不敢怠慢，旁边一名记录员耐心地把所有人的相关信息写下来，以备事后调查。

又问了一阵，没有再多的线索，赵铁民和林奇退了出来。赵铁民道："林队，如果那张纸的调查结果是其他人的恶作剧，那么事情另当别论；如果鉴定结果是这张纸是凶手的，那么张兵一家的安全工作需要你们分局来妥善负责。"

林奇很认真地点头道："没问题，纸上写着'下一个杀你'，应该是冲着张兵来的。张兵父母都是附近的拆迁户，房租是主要收入来源，听说平时除了他爸喜欢赌博外，在其他方面为人还是比较本分的。凶手杀了徐添丁，徐添丁和张兵从小玩到大，平时关系很好，张兵是凶手下一个目标的可能性很大。不过为了保守起见，他们一家三口都应该保护起来，等他父母从市局回来，我们组再商量安排人手，二十四小时保护他们一家的安全。"

赵铁民对林奇的安排很满意，道："嗯，凶手明目张胆地说要杀下一个，我们必须提高警惕，绝不能出半分差错。对了，门把手上的纸，是在中午到下午3点之间塞上的，他们小区有监控吗？"

"小区里有两三个，不过都是管停车区域的，恐怕没什么大用处。"

"那就要继续走访周边群众了，看看是否有人见到这张纸是谁塞的。"

林奇道："做肯定要做，不过我想结果也许不太乐观。一张纸可以随手塞进口袋，凶手衣服里藏一张纸走到他们家，很难引起旁人的注意。"

赵铁民理解他们调查的困难，只好道："暂时我们没有其他更好的调查办法，只能先这么做了。"

这时，林奇接了个电话，挂断后，苦笑着摊开手，道："本来我一度怀疑徐添丁的死跟当晚最后一个目击者朱慧如有关。我安排人跟踪朱慧如兄妹，今天下午朱福来一直在店里，朱慧如拉上个旁边商店的小姐妹去市区买手机了，还有个喜欢朱慧如的郭羽今天上班。纸不可能是他们三个放的，看来我真怀疑错了。"

赵铁民不太关心这几个人的事，他详细看过卷宗，又听林奇说了他调查这几个人的情况，不过他们有不在场证明，指纹也不符合，并且综合看这几个人的身份、背景、能力、条件，尤其是凶手扔下几万元引无关路人破坏现场的举动，赵铁民一点都不相信凶手会是这几个人。

赵铁民拍拍林奇的肩膀，说："行吧，林队，这里的事先交给你了，我赶去市局等鉴定结果。"

39

傍晚，严良在骆闻小区外的马路上停好车。他拿起一袋东西下车，站在原地张望了一阵，很快就注意到了不远处站在树荫下的一个男人，这人有个很大的特点，他出门在外总喜欢斜挎着一个单肩包。

两人都望见了彼此，露出会心的微笑，同时走上前。

严良用力地握住骆闻的手，道："好久好久不见了！"

骆闻微笑着寒暄："你这几年怎么样？"

"还不错，我在浙大当老师，日子比过去轻松了很多。你呢？听说在做生意，想必也过得不错吧？"

骆闻笑道："还行，我和你一样，也想过点轻松的日子。"

"不过我看到你，一点都看不出已经下海的样子，你看起来还是那个骆法医。"

"是吗？哪里像？"

"你的装扮，"严良指了指他的包，"想起我第一次见到你，是去省厅开会，那时你就背着个单肩包，后来办案中看到你，你还是背个单肩包，我问你怎么老背个包，你说是职业习惯，每次去现场都得带着个包，装各种工具，以至平时生活里，也习惯性地背个单肩包。看来你这职业病是改不了了。"

骆闻笑了起来："是吗？我倒没注意，看来职业病也是种顽疾。"

严良道："这次我们能见面，实属巧合。幸亏你花三百元买了条土狗，结果警察找到你了，要不然我都不知道你会在杭市。五年前我辞职后，本想找你聚聚，但那时你还是法医，我嘛，因为那件事，我特别不想再和警察有瓜葛，所以放弃了。后来我不知道你也有一天会辞职。"

"这次警察来找过我，你怎么会知道的？"

"赵铁民找我闲聊时说起的。赵铁民你应该知道吧——"

"听过这名字，我当法医那会儿他好像是……杭市的刑侦支队长？"

"对，现在还是。他说城西出了起命案，他调查卷宗时，注意到了你的名字，一验证，果然是你，这不，他就告诉我了。"

骆闻心中泛起一层警惕，不过他看严良坦率真诚的表情，不带任何试探的意味，并且他深信，如果警方真的怀疑到他，根本用不着让严良来试探他，而是对他进行有针对性的调查了，遂又放宽心，道："现在你还参与办案吗？"

"我？"严良笑了笑，"一方面我自己不想再过那种生活，另一方面，如果我想参与办案，你觉得在那次事情后，警察还会放心让我参与吗？"

"你的那次事情——"骆闻低下头，"对于你的做法，我个人保留意见。"

严良不以为意地笑道："我知道，你肯定是反对的。你总是说，无论什么理由的犯罪都是可耻的，不过我至今都不后悔当时的做法。呵呵，这些陈年旧事不提也罢，先去你家把东西放下。"

"什么东西？"

严良伸手示意手里的大塑料袋："好久不见，我琢磨着给你买点什么见面礼。可你一不抽烟，二不喝酒，比我还无趣。我至少还经常在家喝点小酒呢。我想到你刚买了条小土狗，考虑到你一定没有养宠物的经验，所以就去买了些狗粮和狗零食，哈哈。"

"这……"骆闻有些难为情，低头道："我倒没为你准备什么。"

"呵呵，开个玩笑，不用这么正经，我只不过刚刚开车路过一家宠物商店，临时想起来的。"

骆闻点点头："好吧，不过我家没什么可招待你的，我只能待会儿好好请你吃一顿弥补了。"

两人走进小区，严良打量着小区里的环境，道："这地段，这楼盘，不便宜吧？"

"还可以，我辞职后，来杭市的单位安顿好后买的，那时一万七八的样子。现在嘛，也许两万多元，我不太清楚，中介公司总是打我电话，很烦。"

"全款买的？"严良笑着瞥他一眼。

骆闻低头应了句："嗯。"他不是个看重钱的人，所以从来不愿在他人面前表现出他很有钱的样子。

直到进了骆闻的房子，严良吃惊地站在原地："这就是你的房子？"他看着整整一百多平方米的大户型新房，光房价就值两百多万元了，可这里的装修，包括家具电器，估计只需两万元全搞定。地上随便拖着网线，客厅里还有条小土狗，看着脏兮兮的，见两人进屋，围着他们转，附近还有一些屎尿，房子更显脏乱。

骆闻有些不好意思地低下头："装修稍微简单了点。"

"这是简单吗？"严良笑了起来，"这根本是简陋。你自己随便找几个人装的吧？"

被严良一眼看穿，骆闻更觉尴尬："我不太懂这些门道，反正就一个人住，简单布置了下而已。"

这时，严良注意到了墙上唯一的装饰物——骆闻一家的合照。

照片中一家三口站在一棵开满花的树下，朝着相框外开心地笑着。

严良唏嘘了一声，他没再继续嘲笑骆闻家里装修的简陋，他多年一个人住，生活上自然就不太讲究。他是严良见过的最好的法医，像他这样的人，把精力都花到了他的专业工作中，对生活品质从来没什么追求。

严良望着照片，抿了抿嘴，微感歉意地看着他："还没找到？"

骆闻背过身去，低声说了句："八年了，也许……这辈子都找不到了。"

空气似乎一下子陷入了沉默，严良咳嗽了声，打破尴尬，注意力转到了小土狗身上，拿出袋子里的狗零食，拆开一包胶皮骨，扔了一根给狗，小土狗咬起骨头就跑到一旁啃起来。严良笑道："瞧，这狗很喜欢吃。"

骆闻脸上也再度浮现出笑容："还是你想得周到，我就买了狗粮，并没准备什么零食给它。"

"那个……"严良停顿一下，看了眼照片，道："这么多年了，应该有不少人给你介绍过其他人了吧，你……有没有考虑过？"

骆闻笑着摇头，道："我觉得我现在这样挺好。"

"嗯……我们学校有一些年轻的女教师，相貌、学历、素质各方面都不错，正所谓上得厅堂，下得厨房，我想肯定有适合你的，如果——"

骆闻打断他："不用一见面就当起媒人吧，呵呵，你的好意我心领了，我不需要。"

严良皱眉看着他："你总不能就这么一直一个人过下去吧？"

"这样不挺好吗？自由。"

严良摇摇头："不用骗自己了，你和我不同，你是很热爱法医这份工作的，你辞职了，还跑到杭市来，我想，也许主要原因是你想换个生活环境吧。"

骆闻抿嘴笑了笑，却没说什么。

"我印象中的你，总是热衷于工作，并没多少生活情趣。如今你都养起狗来了，是因为你一个人太孤独了。其实如果有个人走进你的生活，就会好很多。"

骆闻摇摇头："养狗和孤独没有关系。"他目光看向照片，"以前我女儿也养过一条狗，和这条很像，所以我看到它时，一时心血来潮，就养下了。"

空气再一次陷入了沉默。

这次骆闻咳嗽一声，打破尴尬，道："时间差不多了，咱们一起去吃饭吧，请你尽情点菜。"

两人在离小区不远处的一个精致的饭店包厢里聊了约三小时，多年未见，他们有说不完的话题，以前的警察生涯对这两人来说都已成了过去时，彼此讲着各自生活中遇到的有趣的事，骆闻好久没有这么开心了。

吃完饭，两人沿着马路往回走。

快到小区时，严良道："你这里离学校很近，我以后可以多找你。对了，你工作忙吗？"

骆闻笑道："挺轻松的，基本不太去公司，只要你有空，我随时奉陪。"

"哦，你在公司都做些什么？我看你的职务，应该挺忙才对。"

骆闻呵呵一笑："你知道我手里有一些专利，包括几个微测量鉴定技术的专利，我借给公司算是项目入股的形式吧，具体的事情不用我干。另外我的几项资质头衔也比较紧缺，公司在很多项目申报上需要。正因为工作轻松，所以我才来杭市的。"

严良点点头:"这样倒也不错,相比起来,我在学校教书,有时候遇到课题什么的,就远没你那么自由了。"

走到小区门口,两人准备分手,骆闻道:"你送了我一袋小狗用品,我却没什么能招待你的,实在不好意思。"

严良哈哈大笑:"不用这么见外吧,今天的单是你买的。"

"我知道你空闲时喜欢小酌几口,我是完全不会喝酒的。我突然想起来前几天单位一位客户送了我一瓶拉菲,我也不知道真假,就交给你鉴定吧。酒还放在车里,现在去拿。"

"嗯……拉菲!你可真够慷慨。"严良咂嘴。

两人走进小区,走到了一辆漂亮的奥迪 Q7 前,骆闻靠近车身时,自动感应锁响了一下,他打开后备厢拿酒。

严良看到骆闻的座驾是一辆奥迪 Q7 时,微微惊讶地张了下嘴。

骆闻拿出酒,交给严良,笑着问:"这拉菲是真的假的?"

"嗯……应该是真的吧,我也不会看。"他接过红酒,瞧了几眼,如捡到宝贝般捧在手里,又好奇地问,"你以前好像不会开车嘛,辞职后才学的?"

"是的,现在驾驶成了国民技能了,大街小巷都是车,以前工作时不想浪费时间学车,辞职后空闲了,就去学了。"

"哦,这车是你自己买的,还是你们公司给你配的?"

"自己买的。"

"这要一百多万元吧,什么时候买的?"

"嗯……大概快三年了吧,来杭市后买的。"

严良哈哈大笑:"你可真够有钱啊,买这么贵的车,能换一打我的车了。"

骆闻不好意思地笑笑："你可千万别这么说，你是老师嘛，开太好的车不合适，学生看到了，容易过于追求物质，会忽略学习的本质。现在的我则没那么多限制了。"

"开这么好的车，果然骆法医成了骆老板了。可你一向低调，开这车去上班，拉风的状态会不会不习惯？"

骆闻抿嘴笑了笑："我并不喜欢开车，去单位我通常坐公交，那样更方便。"

严良脸色微微一变，道："你上班不开这车，那买来干吗？"

骆闻并未注意到严良眉宇间多了一分异样，依旧坦然道："偶尔私下出门逛逛，开这车……嗯，还不错。"

"有面子吧？"

骆闻冲他笑了笑："也可以这么说。"

"呵呵，是一个人逛，还是带上某个——"

骆闻白了他一眼："严老师，我建议你不要教数学了，去教想象力更丰富的人文科学吧。在杭市我没什么朋友，也只能一个人逛。"

严良哈哈笑起来，点点头，同时，笑容背后，他的一颗心逐渐沉了下去。随后，他嗯嗯呃呃地应付了几句，匆匆跟骆闻道别，迈着有些沉重的步伐，离开了小区。

40

已经晚上9点，赵铁民依旧留在单位加班。

陈法医走进办公室，交给他一份文件，道："下午那张纸的鉴定结果出来了，纸张、油墨、打印机均和凶手过去留下的字条一致。此外，由于这次的纸就塞在门把手上，保存得很好，我们应用了美国进口的微物质鉴定设备，提取到了纸上的轻度指纹压力，指压的痕迹排除张兵父子的指纹，另外找到的指纹与凶手在凶器上留下的完全一致。不过微物质鉴定未能提取到纸张上留存的凶手的汗液等物质，大概是含量太低的缘故。"

赵铁民拄着头，思索半晌道："凶手越来越明目张胆了，短短几天就杀了两个人，这次还留字扬言继续杀人，你觉得他真会这么做吗？还是……虚晃一枪，扰乱我们的侦查方向？"

陈法医撇撇嘴："也没什么好扰乱的吧，我们现在也没有具体的侦查方向，威胁不到凶手。"

"说得也是，凶手如果单纯做点无关的动作，纯属画蛇添足，给他自己带来更多的风险。嗯……这么看来，他确实想杀张兵了。"

陈法医点头道："很有可能。"

"现在他们分局已经派了人，二十四小时跟踪保护张兵一家，并且跟张兵一家说了事态的严重性，他们一家也说了会充分配合警察的工作。理论上凶手根本不会有机会杀人，如果真敢动手，也一定是当场被抓获的结局。可这凶手处事很谨慎，不知道他接下来到底会怎么做。"

"会不会下毒？"

"下毒？"

"用某些剧毒物，找机会让张兵吃下。"

赵铁民点头道："你说得没错，这样的案子以前也出现过，嗯，明天我就提醒一下分局的人。"

陈法医道："徐添丁被杀的卷宗我也看过了，分局的现场报告没问题，我没发现其他有价值的线索。"

赵铁民微微眯起眼，想了好久，道："目前我们唯一真正掌握的线索，就是凶手的指纹。看样子只能走海量比对指纹的老路了。短短几天，死了两个，张兵又接到谋杀警告，显然这次办案我们拖不起了，必须尽快抓到人。明天我再跟领导汇报一下，商量一下该投入多少警力，设计个严密的统计方案，把重点区域内该比对指纹的人都录进去。"

这时，他接到一个电话，拿起一看，是严良的："你什么时候有空，我想跟你聊聊案子。"

赵铁民颇为意外严良会主动找他聊案子，马上道："你有什么看法吗？我现在就在单位。"

"好，我马上过来。"

很快，严良到了办公室，关上门后，开口第一句："我想介入你的案子，你看怎么样？"

赵铁民对他突然的态度一百八十度大转弯，还有些措手不及，犹豫着道："你……你的态度？"

严良笑了笑，道："我们毕竟是多年的朋友，我对你的工作表现得漠不关心，你却还记着我随口提到的想见骆闻。今天我跟他吃了个饭，回来后颇感几分惭愧，如果可以的话，我希望能给你一点点有用的建议。"

"真的？"赵铁民有些疑惑地望着他，"你不是一时心血来潮？"

"当然不是，不过如果你拒绝我介入，我也无所谓。"严良摆出一副吃定赵铁民的样子。

赵铁民笑起来："好，当然好。"他顿了顿，又道："不过……最好不要太高调，因为……嗯，你现在不是警察，我找你聊天当然没问题，公开介入办案，恐怕……"

"我知道，我有前科。"严良很坦然地说。

赵铁民连忙咳嗽一声，道："我不是这个意思，你不要误会。"

"行，你想怎么样就怎么样。"

赵铁民奇怪地打量着他："你今天跟骆闻见个面，怎么像突然换了个人？"

严良笑着寻理由搪塞："大概是聊了很多过去办案的事，有所感触吧。"

赵铁民点点头，道："你想怎么样介入案子？"

严良道："请把所有的相关卷宗的副本都给我，包括全部的调查细节。"

"这很多，恐怕要浪费你好几天时间。"

"没关系，我有时间。"

赵铁民朝他笑笑："明天上午，我让人把资料准备好，给你送过去。"

严良点头，道："好。对了，还有件事要跟你确认一下。我记得你似乎提过，所有被害人均是刑释人员？"

"没错。"赵铁民点头。

不过他随后又道："除了最后一个，最后一个只是个小流氓，被派出所拘留了很多次，不过从没进过监狱。而且，最后一个案子的作案手法和前面五起完全不同，这点很古怪。"

最后一个居然不是刑释人员？作案手法和过去完全不同？怎么会这样？

严良微微锁着眉，想了想，随后告辞离开。

今天与骆闻的这次重逢，原本是好友久别相聚的快乐，如今，严良心头之前的愉悦早已荡然无存，取而代之的，只剩下满腹的阴郁。

41

"林队，你好。"

敲门声响了两下，林奇抬头看去，门口站着一位四五十岁、戴着一副精致眼镜的中年男人。他的目光在那人脸上停留了一下，随即脸上写满了惊讶。

他分明还记得第一次见到这人时，对方说的第一句话："我知道你们都不情愿来上这门课。从事实际刑侦工作的警察中，绝大部分人都认为犯罪逻辑学跟犯罪心理学、行为学一样，都是马后炮的工作，事后分析犯罪原因头头是道，可是在案件侦查中却毫无用处。你们都是这样想的吧？诚然，案子出现后，你们很擅长现场采证，实地走访，查看监控，并且用这些基本工作方法破了很多案子。犯罪逻辑学基本都是坐在办公室里思考，你们一定觉得是纸上谈兵。好吧，那是因为你们的对手太低端，根本用不着犯罪逻辑学。今天，我就用具体案例为大家证明，数学是其他一切学科的爸爸，逻辑推理是对付高端犯罪的利器。"

那还是在六七年前，林奇被单位推荐为先进工作者，和省内其他二十多名刑警一起，到省公安进修学校进行省厅专门安排的地方骨干刑警职业技能培训。他和其他刑警一样，做惯了实际调查工作，从心底里看不起公安大学里面那些纸上谈兵的老师。刑警们都很乐意学习现场勘查的课程，但对心理学、行为学这几门课兴趣寡然，感觉对实际工作没有任何帮助——除了严良的犯罪逻辑学。

严良课上讲解的案例，大部分都是他自己办案积累的现成素材，后来他们了解到，严良与其他老师不同，他不是专职的老师，他是这次省厅专门安排给他们上一轮课的。他本职是刑警，而且是省公安厅刑侦总队的副指导员，警衔很高。他在刑警界很早成名，一直参与各种大案要案，还多次被推荐到公安部参与部级点名大案的侦破工作，才四十多岁就成了省厅的刑侦专家。而他在课堂上讲解的案例，也让这些年轻的刑警大开眼界，通过严谨的逻辑推理，不但能大幅减少工作量，还能明确侦办工作的方向。

不过严良也承认，他这块逻辑推理工作只是过程，最后需要更具体实际的验证，这还是要依赖基层刑警的调查取证。但这并不妨碍这些年轻刑警对他的崇拜，即便时隔多年，林奇依旧一眼就认出了严良。

"严老师！怎么是你！"林奇脸上的惊讶转为激动，他霍然站起身，快步上前紧紧握住严良的手。

两人寒暄一阵后，严良道明了自己的来意："今天来你这儿，其实是为了案子，不过——我现在已经不是警察了。"

对于严良五年前突然辞职，去了大学教书，林奇有所耳闻。省公安厅刑侦总队副指导员的岗位，在行政级别上也很高，大部分警察，奋斗一辈子还是最普通的基层民警，区区四十多岁就当上省厅刑侦总队里的领导，非常难得。

对于他的突然辞职，当时很多人都不理解，也包括林奇，只不过他并不知道当初究竟发生了什么事。

"什么案子？您说。"

"赵铁民的案子，"严良道，"老赵跟我是多年的老朋友，而且这案子似乎颇有挑战性，引起了我的兴趣，所以——"

"所以您帮着破案。"林奇马上把他的话接了下去。

严良想了一下，顾虑到赵铁民的声誉，这样的说法不太妥当，他纠正道："不，我说了，我已经不是警察了，按道理，我是不能接触案子的，尤其侦查阶段是警方的保密期。只是我个人对这么具有挑战性的案子很好奇，于是——"

林奇快速道："我明白了，您是要我保密，不告诉别人您介入案子的调查，对吗？"

"嗯……"严良停顿一下，笑起来，"可以这么说吧。"

"不过……"林奇微微有点犹豫，"这案子是赵队负责的，不知道他那边——"

"我已经看过六起命案的全部卷宗了。"

林奇彻底放心，这么说来，赵铁民把卷宗都给严良看了，无疑是赵铁民请严良来协助的，那他这边自然也就没什么可以保留的了。当然，严良一个非警察介入案子的调查，这件事还得低调一些，因为这是违反警察办案规定的。

林奇道："我这边有什么能帮助到您的吗？"

"我想着重调查徐添丁的命案。"

"查这个？"林奇道，"这案子是最后法医发现凶手留在一听啤酒上的指纹跟赵队案子的一致，才发现是同一个凶手干的。而且这案子的现场当时被群众破坏得很厉害，我觉得这案子没法成为抓到那个凶手的突破口。"

"不，"严良摇了摇头，"如果这起连环命案能找到突破口，那一定是在你这边。"

"为什么？"林奇不解。

"前五起命案的具体案情，基本大同小异，省厅和市局先后调拨了多批人马，多次成立专案组，查了三年却依旧没找到凶手的任何马脚。我不比那么多人更聪明，也不比那么多人更有本事，几千人次的专案组都调查不出结果，我去查也是一样。唯独这最后的一起案子，犯罪过程和手法与前面几起完全不一样，这才是机会。"

"可是……这起案子的现场被群众破坏得厉害，而前五起，我也看过卷宗，说是现场都保存得很完整。"

严良笑了一下："现场保存得很完整，警察却没查到真正有价值、能实际威胁到凶手的线索。前五次的现场，相信都是凶手犯罪后自行处理的。而徐添丁的这一起案子，凶手想出了满地撒钱的办法，引群众来破坏现场。这是为什么？如果这一次，他能自己把现场处理得天衣无缝，何必用这个办法？这说明，这一次他的犯罪出现了意外，以他自己的能力已经无法处理好现场的一切，只能用这个办法，只能借他人的手，来破坏现场，破坏线索。既然凶手的这次犯罪并没按照他计划中的来，发生了意外，那么他一定会露出马脚。找出凶手这一次犯罪的失误，就是突破口！"

林奇连连点头："对，您说得对。"

严良继续道："我来找你，就是想了解关于徐添丁被害的更多线索。"

林奇道："我知道的所有情况，还有我们所有的调查经过记录，都已经写进卷宗里了。"

"卷宗我已经看过，我看到里面有很多篇幅是你在调查朱福来、朱慧如兄妹，还有一个叫郭羽的年轻人，你甚至派了人跟踪过他们。我想知道这是为什么，仅仅因为朱慧如是最后一个见过徐添丁的人吗？可是我又看到其实你们调查一开始，就找到了朱慧如和郭羽的不在场证明，按道理，应该把他们排除在外了。我想知道你自己对这起案件的看法，甚至是某些想法或感觉，因为我知道，这些东西都是主观的，并不写进卷宗里，但有时候，从这些东西中，也能琢磨出一些线索。"

林奇对严良的认真和仔细感到惊讶。大部分人看卷宗，只是看里面的线索，以及卷宗记录的调查工作是否出现纰漏、矛盾等。可是严良却注意到了他们一开始就有朱慧如的不在场证明，却接连反复调查她的经过。赵铁民看完卷宗时，对朱慧如等人丝毫不挂心，因为他认定朱慧如这几人绝没有凶手的本事。可是严良，在看到了朱慧如等人有多项证明其不是凶手的铁证后，却表现出对这件事很感兴趣的样子。

林奇点点头，道出了之所以反复调查朱慧如等人的详细隐情，因为他一开始调查时，就觉得朱慧如有几个瞬间的表情有点怪，感觉像是隐藏了什么，但又问不出所以然。后来在偶然调查凶器时，朱慧如和朱福来截然相反的回答，更像是没串通好的口供，像是共同隐瞒着一个秘密。

但说到最后，林奇还是叹口气，道："不过这些事后证明都是我在瞎猜。确凿的证据表明我对他们几个的怀疑都是错觉。第一，他们有不在场证明；第二，他们店里的那把刀是新的，绝不是凶器，我还专门让人拿这三人的照片去附近商店问过，近期他们都没来新买过水果刀；第三，杀徐添丁的凶手跟连环命案的凶手是同一人，而他们三个的背景我查得很清楚，他们没能力犯下这些命案，而且三年前朱慧如兄妹并不在杭市；第四，他们三个都没钱，想不出也舍不得用几万元来引人破坏现场；第五，如果徐添丁真是他们杀的，在面对警察问询时，也许他们心理素质很好，可是从逻辑上，很难串通并伪造出没有破绽的口供；第六，昨天下午徐添丁的好友张兵家收到凶手的恐吓信，已经查明是凶手放的了，可是昨天下午他们三人都有不在场证明，可以肯定信不是他们放的。总之，我事后总结反思过，他们有确凿的非犯罪证明，我却抱着主观想法一直调查他们，浪费了不少时间。唉，如果一开始我没走错这条路的话，可能会发现更多有价值的线索呢。现在已经过了案发前三天线索搜集的黄金期，恐怕再难有其他发现了。这次查案陷入困境，我有一定责任。"

严良很认真地听他讲完，并把要点都细心地记在了本子上。

显然，林奇认真反思过这次办案的经过，所以很有逻辑性地讲了六点他们三人的非犯罪证明。

严良思索着，之所以林奇当初面对诸多非犯罪证明，依然反复持续地调查他们三人，一定是因为他们在面对林奇的问询时，表现出了足够让林奇起疑的不自然表情和动作。不过林奇当时问询时，严良并不在旁边，所以他无法判断林奇对他们的怀疑中，先入为主的成分占了多少。

他知道有些警察，尤其是迷信"犯罪心理学"的警察，很爱在问询时仔细观察对方的言行举止，甚至据说调查对象在回答时，眼睛朝上朝下、朝左朝右看都有讲究，某些潜意识里不自觉的细微动作能表明对方是在回忆事实还是在撒谎伪造事实。

不过严良并不信任这一套，他本身就反感"犯罪心理学"，他认为问询时，调查对象回答的内容才是最重要的，要从逻辑上判断是否有漏洞。因为真正的高端犯罪中，凶手的心理素质会好到让人吃惊，他们会事先编造出口供，然后用这段口供把自己说服了，让自己相信这段口供的真实性。

这样一来，别说面对警察，就算面对最先进的测谎仪，他们也能像描述事实一样，把这段虚假口供表述出来。相反，有些人天性胆怯，面对警察时本能地会紧张，会害怕，这样一来，明明案子和他无关，但正因他的紧张表现，警察反而对他产生了高度怀疑。在没有正面接触的前提下，关于朱慧如三人的一切都是猜想而已。严良决定找机会接触他们一下。

42

星期六的傍晚，骆闻背着斜挎包，出现在面馆前，照例佯装无意地站在路边，看了一圈，没发现可疑的监视人员，随即步态自若地走进店里。

"嗯……老板，今天嘛，来碗片儿川。"骆闻看着墙上的菜单，又看了眼朱慧如，发现她脸上带着轻松的表情，遂放心了。

今天朱慧如并没有急着上去找他说话，而是直到面做好后，趁把面端给他的时机，低声道："从昨天到现在，好像警察再没来过了，连最近常在附近做调查的片警也不见了。"

骆闻笑了一下，道："那是因为他们彻底对你们解除怀疑了。"

"这次……真的……真的没问题了？"朱慧如脸上惊喜交加。

"嗯，放心吧，事情到此为止了。"

朱慧如开心地点了下头，回到后面继续忙活。

骆闻心中很清楚，这一回包括上次见到的那名目光犀利的警察在内，一定都放弃了对朱慧如的调查。

一方面是因为在昨天的恐吓信放出的时间段内，朱慧如和郭羽都有不在场证明；另一方面，他昨天见到严良时，听到他说赵铁民来处理这个小流氓的案子了，市局的专案组已经发现这次留在现场的指纹与前面的连环命案是相同的，那么朱慧如和郭羽更不可能是凶手了。

好吧，这次帮两个年轻人的事算是告一段落了，接下来依旧是看市局的专案组会怎么处理了。

他笑了一下，夹起一口面吃进嘴里，感觉肩膀上的负担瞬时少了下去，毕竟，帮人掩盖罪行真是件麻烦的事，而自己独立犯罪则轻松得多了。

这时，他背后传来一个熟悉的声音："老板，来碗片儿川。"他本能地回头，顿时与严良四目相对。

严良也看到了他，眼睛微微一眯，随即笑逐颜开："骆闻！怎么这么巧，昨天刚见了面，今天在这儿都能碰到你！"

骆闻道："这句话应该我说才对，我住在这附近，经常来这条街上吃饭，怎么会这么巧，你也来这里吃饭？"

严良坐到了他对面，随口编个理由："今天下午刚去了趟系里另一位老师的家，就在这旁边，出来肚子饿了，就到这里。嗯……你经常来这里吃饭吗？"

"是啊，"骆闻低头笑了笑，"你知道我一个人懒得下厨——其实也不太会下厨，所以总在外面解决。"

"来这家店吃得多吗？"

骆闻微微一迟疑，还是没有隐瞒："挺多的。"

"那么，"严良把头凑近，低声道，"对这家店的主人，了解吗？"

骆闻稍微停顿了下，随即道："面烧得不错，所以我经常吃。"

严良道："不，我的意思是，我听说这家店的女店主朱慧如——我身后的那个小姑娘，是前些天那起小流氓被杀案中，最后一个见到被害人的人，好像警察也将她列为嫌疑人调查。"

骆闻心中顿时一惊，严良今天来到这家面馆，恐怕不能说是巧合了。他知道店主妹妹叫朱慧如，那么朱慧如这个名字，一定是警察告诉他的，今天他到这店里来，到底是想做什么？

对于其他警察，骆闻并不担心，他对警察工作的一切流程都了如指掌，知道自己的安排一定会让警察彻底放弃对朱慧如的调查。

可是严良……他不是一个简单的人。

心中虽想了许多，骆闻嘴上依旧没停顿地接口道："真是这样吗？我不知道啊，不过我听过小流氓被杀案的一些事，听说很残忍，看着不像这小姑娘干的。"

"是吗？我也不太清楚具体情况，呵呵。"严良笑了一下，随后道，"不过今天碰巧遇到你，有个问题我可以回去交差了。"

"嗯，什么事？"

严良道："赵铁民那家伙案子破不出，找我帮他一起想办法，我被他烦透了，只好答应下来。他说有个犯罪细节想不出凶手是怎么做到的，我本来就只懂数理逻辑，对犯罪的具体方法知之甚少，自然更想不出。不过我觉得你一定知道。"

"是什么？"

"那起连环命案里，每一个被害人都是被人从背后用绳子勒死的。"

"这有什么，说明凶手体力好，也许身手好，从背后偷袭，对方无法反抗。"

严良摇头道："不，勒死很正常，问题是，每个被害人除了被直接勒死外，身上都并无太多的明显伤痕，而且每个受害人的指甲内都找不到皮肤或衣服组织，说明凶手在勒死被害人时，双方并未发生直接的肢体冲突。而这几个被害人，都是刑释人员，以往打架斗殴是家常便饭，这样的几个人，却被人活活勒死，完全反抗不了，这很

PART 5 无解的方程组

奇怪。"

骆闻点点头，道："没错，即使从背后偷袭，要勒死一个人也并不容易，人都会剧烈反抗，很难不出现直接的肢体冲突。"

"问题是，几次犯罪中，凶手都是这样轻松地就把人勒死了。"

骆闻故作思考，过了片刻，道："我想可能是凶手先从背后把人打昏，然后再把人勒死，等到被害人醒来时，也已处于濒死阶段，无力反抗了。"

"但凶手怎能每次都确保成功把人打昏呢？每个人的身体情况不同，抗击打能力也不同，有些人也许被木棒随便敲下头，直接就昏倒了，但也有些人即便遭受重击，也不会昏倒。并且尸检结果是，所有死者的颅骨都未遭受过撞击。"

骆闻心里思索着，他感觉今天严良的来意似乎不太寻常，他虽嘴上说对案子并不关心，可他今天亲自到店里问及朱慧如的事，恐怕……他真的已经介入调查了。

怎么样做到勒死一个人而对方不反抗，这个问题对骆闻这位经验丰富的法医而言，简直易如反掌，他闭着眼睛都能举出几种方法。如果他连对他来说本该很简单的问题都回答不出，是否会引起严良的怀疑？

他权衡了一下，怎么杀死那几个人的，这不是他设计这些命案的核心，告诉严良也无妨，如果说不知道，那么就明显和他自身能力严重不符了，尤其是在严良这个绝顶聪明的人面前，恐怕这样低级的隐瞒只会适得其反。

于是骆闻便道："我记得有几个这样的案例，是我们宁市下面的一个县曾经出过的一起连环命案，当时负责办案的是现在省厅的高副厅长，那次情形与这次相似，被害人几乎没有反抗就被人杀死了，不过不是被勒死的，而是被刺死的，但大同小异。凶手用了高压电棒。凶手先用高压电棒直接将被害人电昏，随后将其勒死的话，即便被害人会醒来，那时也已经濒临死亡，无力反抗了。"

"原来有这样的方法。"严良吸了口气，"这点从尸检中能查证吗？"

骆闻道："高压电棒的电流荷载会短时间内剧烈刺激人的神经中枢，使人昏迷。电流荷载是不会停留在体内的，事后无法通过验尸判断。但使用这个方法，肯定会在死者的皮肤上留下一点灼烧的痕迹，这个专业术语叫电击伤。不过电击伤和大部分的皮肤挫伤很像，如果没认识到这点，就会忽略过去。"

严良连连点头，又道："可是还有一个地方很奇怪，如果凶手真用你说的这种方法，先把人电昏，再勒死，那么他为什么要勒死人，而不是直接用刀把人刺死呢？"

骆闻心中微微一愣，这个问题的答案，他不能告诉严良，否则以他的推理能力，恐怕会发现更多的细节。他笑了下，道："这我就不清楚了，不过似乎很多谋杀案中，凶手杀人用的都不是特定的方法，有些人用刀，有些人用绳子，有些人用毒药，还有人直接用枪。我想也许凶手怕见血，所以觉得用绳子勒死人干净点吧。"

严良突然笑出声："敢杀这么多人的凶手，我想他一定不怕见到血。"

骆闻只好道："也许怕见血是心理洁癖。"

"是吗？"严良不置可否地笑了笑，随后，他并没有继续聊案子，而是边吃着刚送上来的面条，边聊着以往的趣事。

吃完面后，两人来到外边，沿路走了一段，分手告别。

两人转过身时，各自都微微皱起了眉，只不过他们都看不到对方的表情。

43

与严良分手后，骆闻低着头往回走，来到河边小公园旁时，迎面看到郭羽正慢吞吞地走过来。

骆闻故意把头侧向另一边，装作不认识他，可是郭羽还是叫出了声："先生！"

骆闻看了他一眼，见他眼神中有话要说，低声说了句："过来吧，跟我保持距离。"说话间脚步不停，径直来到了公园的一个扭腰器上，趴在把手上晃动着腿，左手悄悄示意，让郭羽到旁边的一根单杠上锻炼。

郭羽身体瘦弱，但大叔这么说，他也只好勉强地做着不标准的引体向上。心里却在说：为什么不是大叔做引体向上，我去扭腰器上摆弄？

骆闻道："有事找我吗？"

"不，也没什么事，只是……"他抿了下嘴，道，"我刚去面馆，朱慧如说警察没再来过，事情已经告一段落了，我……我不知道该如何感谢您。"

骆闻微笑了一下，道："没什么，不必感谢我，总之，我希望你们以后能忘掉这些事，也忘掉我，如过去一样，生活下去。"

"是，"郭羽抿抿嘴，奋力再做了个引体向上，道，"您帮了我们这么多，可是到现在，我们依然不知道您如何称呼，实在……实在很不应该。"

骆闻呵呵一笑："我说过的，事情过去以后，我和你们并不认识，我们彼此是陌生人，知道吗？这对你们好，对我也好。如果你真想感谢我，就记住这一条吧。"

郭羽犹豫了一下，眼中微微泛红，停下引体向上，默然朝骆闻低下头致意，道："我记住了。"他想了想，又道："那么也许几年后，彻底风平浪静了，我们能光明正大地跟您做朋友吗？"

"为什么要跟我做朋友？"骆闻看了他一眼。

郭羽结巴着道："因为……因为您的付出。"

"也没什么吧，"骆闻抬头望着小河，用低得只有他自己听得到的声音说了句，"帮你们也是帮我自己。"

"那么……可以做朋友吗？"郭羽忐忑地问。

骆闻没有回答，过了半晌，平淡地说了句："接下来我还有很多事要忙。"

"哦。"郭羽满脸失望地低下头。

骆闻笑了下，看着他道："你和朱慧如怎么样了？"

"什么……什么怎么样？"

骆闻笑意更深："年轻人像你这么害羞的倒是少见得很。"

郭羽不好意思地低下头："我……我，我们还是和以前一样。"

"怎么？"骆闻有些奇怪，"经历这些事，你们还没有确定关系吗？"

"这个……"郭羽整张脸都红了，"我……我给不了她幸福的。"

"为什么这么说？"

"我……我现在工作一般，而且……我家里条件不好。"他很为难地说出了实情。

"不必这么在乎物质条件吧。我看得出，朱慧如明明对你是有感觉的。"

郭羽轻吐了一口气："我会努力工作，争取过几年变得好一些。"

"那时再表白？"

"嗯……"

骆闻轻轻摇了摇头："人不一定非得工作多好、赚多少钱才有资格追求幸福的。你都没试过，怎么知道给不了她幸福？她要的幸福仅仅是物质条件吗？男人总觉得要追求事业，而忽略家人，这真是一种自私透顶的表现。"

郭羽抬起头时，看到骆闻已经低着头慢慢离开了，他一直觉得大叔很神秘，很厉害，不过此刻，他突然有种感觉，这大叔似乎很可怜。

44

赵铁民穿着便服，径直走进严良的办公室，扫了眼旁边严良带的几个硕博学生，低声道："我有话跟你说。"

严良站起身，领赵铁民到了旁边一间小会议室，关上门，道：

"说吧。"

赵铁民皱着眉，打量了他几眼，道："你找林奇问案子，为什么不事先告诉我？"

严良笑了一下，坐进椅子里，道："你后悔让我介入调查了？"

赵铁民叹口气，收敛了表情，道："你是知道原因的，你这样我会很为难。"

严良道："你放心，我嘱托过他，我现在不是警察，所以我介入调查的事，不要告诉其他人。"

"这样啊。"赵铁民脸色稍有和缓，马上道，"抱歉，刚才我的态度不好。"

严良冷笑了一声，道："我明白，你在你的位置上有你的立场。"

赵铁民咳嗽一声，做了个一切撇开的手势，道："你有什么发现吗？"

"有一些，不过我还需要寻找证据加以核实我的猜想。"

赵铁民目光发亮，急问："你发现了什么？"

严良双手交叉起来，摆出无可奉告的姿态："目前我发现的只是猜想，在找到证据之前，我不会告诉你。"

"你！"赵铁民瞪起了眼，道，"为什么不能告诉我？你怕你的猜想最后被验证是错的，没面子，所以你才要核实后再说？"

严良道："大概就是这样吧。"

"什么叫大概！"赵铁民一脸的不满，他刚刚不过是想用激将法激他一下，谁知严良却老老实实承认就是因为怕猜错了没面子。以他对严良的了解，严良可不是这么容易服软的人啊。

严良微微一笑："请给我一些时间寻找准确答案吧。赵大队长，这次的对手绝不是普通级别，你要有心理准备。"

赵铁民皱了皱眉，停顿了一下，道："你需要核对哪些信息，交给我，我会派人给你提供你要的答案。"

"不，"严良摇摇头，"暂时我不需要找其他人帮我调查。当然，也许以后需要，我会再告诉你。"

赵铁民盯着严良瞧了半天，他知道严良的脾气，只好叹了口气，道："你准备接下来怎么办？"

严良拿出一支笔，在黑板上画了起来："截至目前，一共六起命案。其实也可以归结为两起命案：包括孙红运在内之前的五起命案，犯罪手法基本一样，警方采集到的线索也基本一样，可视为一起命案；徐添丁的这一起命案，所有犯罪手法与之前截然不同，可以设定为第二起命案。这一点，你没意见吧？"

"嗯，是的，可以这么说，六起案子可以归类成两起。"

"在我接下来表达我的观点之前，我需要先向你解释一个数学命题。你知道高阶代数方程吗？"

赵铁民稍微思考了一下，道："平方？立方？"

严良摇摇头："平方、立方都叫多次方程，数学上定义的高阶代数方程，是指五次方及以上的方程。"

"嗯，然后呢？"

"我相信你几十年前读高中，读大学时，一定没接触过高阶代数方程。"

"嗯……好像是没有。"

严良道："无论高中还是大学，非数学系的学生，能接触到的最多是四次方，不会接触到五次方及以上的高阶代数方程。平方、立方、四次方的方程，都有现成的公式代入，能算出答案。而高阶代数方程，现代数学很早就证明了，高阶代数方程——无解。没有现成的公式可以直接求解。那么数学上该如何求解高阶代数方程呢？办法只有一个——代入法。你先估摸着假定某个数是方程的解，代入方程中运算，看看这个数是大了还是小了，如此反复多次，才能找到方程的解，或者，找到最接近方程解的答案。"

赵铁民疑惑道："可是这跟案子有什么关系？"

"破案也是同样的道理，大部分案子都很简单，就像四次方以内的方程，通过调查取证，把各种线索汇集到一起，按照固定的常规破案套路，就像代入公式，马上就能得出嫌疑人是谁。可是这次案子不同，凶手很高明，案发后留下的线索不足以推理出谁是嫌疑人。这就像我说的高阶代数方程，没有公式可套，用常规办法无法找到答案。"

赵铁民微眯着眼："用常规办案手法找不出嫌疑人，那你的意思？"

严良用粉笔在黑板上快速地写下三个字——"代入法"。

赵铁民思索着道："你是想先找出可疑对象，再把可疑对象放到案子中，假定是他犯罪，然后看看他是否符合案子中的凶手特征？"

严良点点头："没错。这案子无法正向推理得出凶手，只能反过来，先确定凶手，然后再判断如果是他犯罪的话，一切是否解释得通。"

赵铁民立刻问："那么你已经有嫌疑人的人选了？"

严良点点头。

赵铁民急忙道："是谁？"

严良道："我还不太确定，在我完全确定之前，我是不会告诉你的。这次案情的复杂程度，超过了我的想象。两起截然不同的命案，就像两个高阶代数方程组成的方程组，而需要求解的未知数，未必只有一个，也许……是三个。"他的目光投向了窗外遥远处，过了片刻，他接着道："解方程的第一步，是明确方程组里究竟有几个未知数。然后再把几个数代入，判断是否就是要找的答案。我现在做的，正是判断方程组里一共有几个未知数。接下来，我会找出这几个未知数，把它们代入。最后，验算方程组是否成立，那时就需要你这边的调查取证工作了。"

"好吧。"赵铁民表情透着无奈，严良的脾气他很清楚，而且严良也不是他的下属，他没法强迫严良。如果换成他手下任何一个人，谈破案居然谈到了领导几十年没碰过的解方程，他早就上去掐死那人了。

赵铁民只好换了个话题："你看过卷宗后，对凶手为什么给死者插根烟，以及在徐添丁案子里，凶手又为什么要在死者身上割血条，这几个问题有什么看法吗？"

严良道："我说过了，这次的方程组，出题人太高明了，留下的函数非常多，无法直接解算得出答案，必须用代入法。而你的这几个问题，是解方程最后一步，验证方程组是否成立时要解决的。到了那一步，我相信这些问题的答案都已经呼之欲出了。所以，现在这几个问题，不用着急。"

赵铁民皱着眉，强忍着拆掉数学系教学楼的冲动，听严良传播了一回数学思想，只好敷衍着道："嗯……也许你这种很特别的破案思路，嗯……真的很特别，也不妨尝试啊。"

严良道："现在，我有两个问题，需要你来核对。"

"你说。"

"孙红运的尸体还在市局吗？"

"在法医冰柜里，暂时还没火化。"

"请查验一下孙红运尸体的脖子等处，看看是否有类似灼烧留下的痕迹。"

"哦？为什么？"见严良不再宣教数理理论，赵铁民也瞬间恢复了好奇心。

严良道："我找过骆闻，跟他说了案子，几名被害人都是被人用绳子勒死的，可是被害人与凶手间，似乎没发生直接的肢体冲突，我问他有几种办法能够实现。他列举了几种，其中一种办法就是先用高压电棒把人击晕，随后勒死，据说同类案子他们宁市前几年出现过。而高压电棒电人后，一定会留下触电形成的电击伤，所以需要重新检查孙红运的尸体。"

赵铁民点点头，道："很好。骆闻这家伙到现在还这么专业啊。"

严良冷笑一声，目光瞥向窗外，幽幽地说了句："他当然很专业。"

赵铁民道："你的第二个问题呢？"

"我记得刑释人员释放时，都被要求登记地址和联系方式，尤其是重刑犯，以便当地社区和派出所监视对方是否走上正途？"

"对，是有这个规定。哦不……你说得也不对，不是监视刑释人员，而是社区和派出所会不定时地送上爱心和必要的帮助，让刑释人员早日融入社会，成为社会和谐大家庭的一分子。"

严良白了他一眼："对着我，别用你那当官的口吻讲些冠冕堂皇的话。"

赵铁民尴尬道："呃……好，就算你说的是对的。"

"那么我问你，哪里能查刑释人员的居住地、个人身份等信息？"

赵铁民撇撇嘴，道："我们公安的内部网站上。"

"所有警察都能查到这块信息吗？"

赵铁民摇头道："这块涉及人员隐私，当然不是随便哪个警察都能看的。监狱系统的人、政法委的人、派出所、刑侦队一般都有账号能查，嗯……另外嘛，地方公安的领导应该都有权限查的吧。"

"就是说很多警察都能看到这些信息？"

"当然了，每个辖区都要知道辖区内有哪些刑释人员，很多时候办案要重点留意有前科的人。对了，你问这个干什么？"

严良看了他一眼，道："你认为凶手的犯罪动机是什么？"

"法外制裁。"赵铁民很肯定地道，"包括孙红运那五起都是刑释人员，最后一起徐添丁虽没坐过牢，但派出所倒是进了很多趟，也差不多。"

严良道："我不知道凶手真正的杀人动机，但我认为法外制裁的假设很牵强。好吧，暂时抛开犯罪动机。你认为，凶手杀了这么多刑释人员，他是怎么找到他们，知道他们是刑释人员的？"

赵铁民道："几个被害的刑释人员都生活在城西，凶手也应该长期居住在城西一带，所以对这里的人员情况很了解，知道这些人是刑释人员。"

"我的问题是，他怎么知道？"

"这有什么困难的，一般哪户人家里有个刑释人员，附近住户肯定有所耳闻。"

严良摇摇头："你太想当然了。"

赵铁民脸上流露出不悦，他都当上刑侦支队长了，手下直接管的就有几百人，除了严良外，还从没人会说他想当然。他皱眉道："那你说呢？"

"事实上，一个人是很难知道附近区域内哪些人是刑释人员的。凶手总不会在路上找人问哪户人家坐过牢吧？给你一天时间，让你上街问，我相信你一个都问不出来，其他人都会把你当神经病看，并且牢牢记住你，留下深刻的印象，这是凶手最不愿看到的情况。"

赵铁民嘴里虽冷哼了一声，但心里还是认同严良的说法的。

严良继续道："想知道区域内有哪几个刑释人员，并且得到对方的具体体貌特征、住址，以便犯罪前的跟踪，是否只有查询公安内部网站这一个方法？"

赵铁民眼中寒光一闪，沉默了半晌，低声道："你认为这案子是公安内部人犯的？"

"不一定是内部人，只是能登录内网查询的人。"

赵铁民转过身，闭上嘴没说话。严良的这个假设太可怕了，如果真是内部人干的，警察犯罪，杀害多人，即便案子告破，恐怕也要震动四方。那时该如何处理，不是他赵铁民能够决定的事。

严良看出了他的顾虑，道："你放心，这案子不会是警察干的。"

"可是你这么说……"

"我说了，现在我查到的一切，都处于假设阶段，我会很快找到最后的正确答案。总之你放心，这案子不会是警察干的。"严良很肯定地望着他，目光充满了坚毅。

45

当晚，赵铁民的办公室内，杨学军告诉他陈法医对孙红运的二次尸检结果，死者脖子处确有一处挫伤，看着很可能是电击伤。此外，更早的四名被害人的验尸照片上，也发现了脖子处有类似伤痕。可以判断出五名被害人确实是先遭受高压电棒袭击，随即被凶手勒死的事实。不过最后一名被害人徐添丁的身体上，找不到相似的伤痕。

赵铁民听完，点点头。杨学军准备离开，赵铁民思索了一下，叫住了他："你去把这个结果告诉严老师。"

"好的。"杨学军应了声。

"另外……"赵铁民犹豫了一下，站起身，走到杨学军跟前，凑近道，"你偷偷安排人，跟踪严老师，记住，这件事不要让其他任何人知道。"

"这……"杨学军想了片刻，突然睁大了眼睛，"您是怀疑严老师是凶手，故意试探他？"

"试探个屁！"赵铁民撇撇嘴，冷哼一声，"你在想什么呢！严良怎么可能是凶手，给他一百个胆子他都不敢杀人。"

杨学军尴尬地低下头："那……那为什么要跟踪严老师？"

赵铁民皱着眉道："他说他已经查到了一些线索，还要继续核实，却不肯告诉我。我是让你派人跟着他，看他到底去了哪里，去见哪些人，尽可能偷偷把照片拍下来给我。我总觉得这家伙话里有话，对我隐瞒了什么。这件事一定要保密，不能让任何人，尤其是市局里的其他人知道，明白吗？"

杨学军很爽快地点头："没问题。不过这严老师到底是什么人，你让他参与到案子里来，他不是警察，恐怕……不合适吧？"

赵铁民唏嘘一声，叹口气："他原来是警察，刑警，最好的刑警，不过后来出事了。"赵铁民看着杨学军，这小子当刑警后一直跟着他，严良的事倒也没必要对他隐瞒，便道："他以前是省公安厅刑侦专家组成员。"

"啊！"杨学军吃惊地张大了嘴，他知道省厅的刑侦专家组可不是那么容易能进的，连破过很多起大案的赵铁民都没评上，专家组的组长是省厅主管刑侦的高副厅长，他当上副厅长前就已经是全省闻名的神探，破过好多起轰动一时的大案，其他成员包括省内几个大市的刑侦副局长、总指导员等，专家组成员的身份不光表明了其刑侦经验丰富，也表明了警衔一定很高。

赵铁民继续道："严良过去是省厅刑侦总队的副指导员，也是省公安学院的特聘教授。省厅的多名领导过去还在地方上任职时，严良曾协助他们破过案，所以他们对严良格外推崇，破格将他评为专家。全省不少单位的刑侦骨干，也都听过严良的课。"

杨学军不解道："那他现在怎么到浙大当了个数学老师？"

尽管严良现在是博导，属于大牌教授了，可是这毕竟意味着放弃了他付出过多年心血的事业。

"他栽在了一起案子上，"赵铁民望着窗外，缓缓地说起来，"大概五年前，我记得应该是 10 月份吧，城东有个新建小区，本该年初就交房的，但因房地产公司资金周转出了问题，老板携款潜逃被抓了，那小区就成了烂尾楼。后来区政府介入料理善后，安排一家国企收购了这家房地产公司。小区的主体结构在被收购之前就已完工了，剩下一些配套设施未建成而已。被收购后，过了大半年，到了 10 月份，房子正式交付。可是就在业主前来验房的当天，他们在天台上找到了一具烂得只剩骨头的尸体。根据法医尸检结果，这是具男尸，后脑颅骨有个大破洞，是被钝物直接敲死的，死了有三四个月。也就是说，他是在五六月份死的，由于过了一个夏天，尸体已经彻底腐败，只剩骨骼和少量硬化的皮肤了，尸体身上也没有可供辨别身份的证据和衣物。这还不算，根据当时的情况，小区顶楼通往天台处是用一扇铁门锁着的。铁门是铁栅栏的那种，钢条间距离很窄，只能伸过手臂，人无法穿过。而据房地产公司说，上半年房子烂尾的时候，天台就上了锁，做小区绿化等配套设施期间，铁门从没有打开过。而铁门的锁完好，没有任何被撬动过的痕迹。钥匙一直放在房地产公司的办公室抽屉里，由公司的一名女性主管保管，此人性格温和，而且刚怀孕不久，不可能有犯罪嫌疑。"

杨学军皱眉疑惑道："这怎么可能？铁门完好，一直没开过，锁也没被撬过，钥匙保管得好好的，就连死者本人也上不去天台啊。"随即，他眼睛一亮道："我知道了，凶手一定是用了某种机械装置，把死者尸体从建筑外弄到了天台上。"

赵铁民摇头道："那个小区是电梯房，一共二十九层，机械没办法弄上去。"

杨学军抿嘴道："那就想不明白了。"

赵铁民继续道："区公安分局查了几天后，很快查明了死者的身份。6月份的时候，旁边一个老小区里的一位中年妇女向派出所报过一起失踪案，说她丈夫一个星期不见人，联系不上。根据这条线索，警方通过提取死者身上的DNA与妇女的儿子做对比，证明了死者就是那家失踪的男人。派出所民警通过妇女和她读高三的儿子，以及周围邻居、熟人了解到，这家人很穷，不过这男人却是个吃喝嫖赌俱全的家伙，经常几天几夜不回家，在外跟一些街边洗头房的女人乱搞，人际关系较为复杂。所以他老婆也是直到他失踪一个星期后，怎么都联系不上，才报了警。"

"可是案子已经过去三四个月了，死者是怎么上的天台也想不明白，所有物证都没有，这案子能怎么破？"杨学军道。

"正因为表面上看，天台是个封闭地点，任何人都进不去，死者怎么会出现在天台上更是个谜，所以这是一起典型的不可能犯罪。又因为发现死者的时间是小区验房当天，当时很多人在场，所以案子一时闹得很大，可是区公安分局查了很多天，依旧没有线索，于是省公安厅派了严良来办这案子。严良最擅长各种奇怪的案子，尤其是这类不可能犯罪。很快，他就知道了，凶手把死者弄上天台的方法是，直接用电钻把将铁门镶在地上和墙壁里的固定螺丝给转出来了，也就是把整个门卸下来了，随后凶手把死者弄上天台，最后离开天台时，凶手再把铁门的各个螺丝原位转回去。"

"原来是这个办法。"

赵铁民继续道："随后，严良通过问询死者老婆，很快发现了对方口供中不合逻辑的地方，随即他又在他们家发现有个电钻，还没等他找出其他更多的证据给对方定罪，死者老婆就迫于压力，向警方投案自首了。据她说，她丈夫多年来一直在外吃喝嫖赌，回家后经常酗酒，一喝醉了就施以家庭暴力，一言不合，就动手暴打，不但打她，还打儿子。儿子6月份时正读高二，有个星期回家，说期末考试完后，要上暑期培训班，为明年的高考做准备，需要五百元。男人这几天赌钱输了，一听儿子要钱，就把气撒到儿子头上，骂他是败家子。老婆出言相劝，求他给儿子学费，可是他酒精上头，就开始辱骂母子俩，一分钱都不愿给。她实在忍无可忍，多年的积怨即将爆发。在第二天儿子去学校后，她趁男人不注意，拿起榔头把他敲死了。事后，她担心杀人暴露，就想着如何处理尸体。他们家没有车，她也不敢把尸体包起来打车跑到远处抛尸。她想到了隔壁那个停工的小区，平时都没有人在那儿，连个保安也没有。所以她当天半夜把男人的尸体搬到了旁边小区，拖到了天台上，希望几个月内都没人发现，那样将来尸体就辨认不出了。而她过了一个星期后，故意来派出所报失踪的假警，也骗过了儿子。此后她不时来派出所打听人找到没有，演得很像那么回事。对于男人的脾气性格，警方在对亲友和周围邻居的调查中也得到了证实，这家伙是个彻底的浑蛋。不过毕竟妇女杀了人，负责案子的警察虽然很同情她，但也只能依法办事，唯一能做的就是凑了些钱给她正在读高三的儿子，安慰他好好读书。对于这点，妇女很感激警方。"

杨学军疑惑地道："这样案子不就结了吗？严老师能有什么

问题？"

赵铁民瞄了他一眼，道："你没听出上面这段话有问题吗？"

杨学军尴尬地低下头："有什么问题？"

"问题就在于，一个中年妇女，哪儿有力气把一个成年男子的尸体运到隔壁小区，而且还搬到了顶楼？好吧，就算她真有这么大力气，这可是一个没多少文化的中年妇女，当她把尸体搬到顶楼时，看到铁门关着，她会那么聪明想到把铁门的每个螺丝都转掉，把尸体弄到天台上去，再原模原样地把铁门装回去？通常的可能是，她直接把尸体扔在顶楼，而不是非要弄到天台上。"

"呃……那确实不合常理，"杨学军想了想，皱眉道，"难道是她儿子帮着一起搬尸体的？"

赵铁民点点头："其实凶手不是她，而是她儿子。她被正式批捕后，过了半个月，她儿子来派出所投案自首，供出了他才是凶手，而他母亲，是给他顶罪的。案发的真实情况是，那天儿子回家要学费，男人喝醉了酒，辱骂母子俩，甚至动手打儿子。母亲为了护子，用身体挡住男人的拳头。而儿子从小见识父亲的家庭暴力，这一次见男子用皮带抽母亲，他实在忍不下去了，就拿起榔头，用尽力气往男子头上敲了下去。这一敲，他妈彻底吓呆了，可儿子却有一种如释重负的快感。随后，儿子说他不孝，不能照顾母亲了，要去派出所自首。他正要走，母亲突然跪倒在他身后，说他是自己这些年忍受的唯一理由，她的所有心血都是盼望着儿子将来出人头地，如果他出事了，那么自己也没法再活下去了。所以，即便自首，也让她来，只要儿子以后能有个好将来。这儿子从小读书非常努力，虽然家庭条件差，可是他成绩一直很好，在重点高中里，一直排名前三，不出意外，肯定能上北大或清华。他是他母亲的全部精神寄托。他没有办法，他知道自己自首后，母亲生活的希望就破灭了，日子更没法过了，他为了保护母亲，只能想出两个人都不被抓的方法。他们家没有车，无法远距离抛尸，只能就近选择隔壁没有人的停工小区。趁着晚上，母子俩一起把尸体偷偷运过去，一直抬到了顶楼。当看到通往天台的铁门关着时，母亲本想直接把尸体扔在顶楼，儿子却觉得这样不安全，他是个聪明人，想着如果能把尸体运到天台，那样被发现的概率就小了。他观察着锁，发现上面沾满了灰尘，说明很久没人开过了。如果直接把锁砸了，那么巡查的人上来发现，就会到天台上查个究竟。所以他跑回家，拿了充电电钻，把铁门完好地整扇卸下后，把尸体搬到天台一个排烟管背后的小角落里，就算有人走上天台，也很难当场发现尸体。就这样，过了几个月，母子俩以为安全了，谁知尸体被发现，严良很快就直接怀疑到了他们身上。母亲为了保护儿子，告诉他，一定要好好读书，争取考好大学，她要为他顶罪。儿子当然不肯，但母亲以死威胁，儿子只能无奈答应。可是母亲被抓后，儿子每一天都在负罪感中难以自拔，终于，过了半个月，他忍不住了，到了派出所，跪在民警面前供述了他的犯罪事实。"

杨学军听完，唏嘘不已，他们以往办案时，也接触过一些不幸的家庭，就因为一个浑蛋的男人，害得整个家失去了希望。他很能理解那对母子当时的心理抉择，充满无奈，就像在沼泽中挣扎，拼尽全力使自己不掉下去。可是这是命案，警方即便再同情他们，对他们的遭遇也无能为力。不可能因同情而放水，把嫌疑人放走的。

　　不过他转念一想，又道："严老师当年以妇女为凶手结案，抓的不是真凶，那也只是一次失误啊，如果其他警察遇到这个案子，同样会认为妇女是凶手，谁也想不到死者的亲生儿子才是真凶，杀死父亲后，却一直没表现出异样。那只是严老师工作上的一次失误，顶多算是业务不够精熟，不需要承担责任吧。"

　　赵铁民重重地叹口气，道："问题在于严良他办案，从来不会出错，他一早就知道了儿子才是凶手。"

　　"啊？"杨学军张大了嘴，"那是……严老师同情这家人的遭遇，不想抓他儿子吗？"

　　"光这样知情不报也就算了，问题在于，他给犯人造了伪证。"

　　"什么！"杨学军瞪大了眼睛。

　　"在儿子自首后，警方的其他同事核对原始卷宗时，意外发现严良其实很早就去学校拿了学生出勤登记。案发当晚是星期天，照理，星期天晚上是要夜自修的，学校登记的结果是，儿子当晚请假了，没有来夜自修，第二天早上也是迟到的。可是原始卷宗的记录里，学校提供的学生出勤记录却是他并没有请过假。这显然不是工作失误造成的，出现这种事，同事感到情况不单纯，连忙向上级汇报，上级立刻对此展开调查，最后发现原来是严良在做卷宗时修改了结果，还修改了学校开具的证明。并且，严良甚至还修改了妇女在公安局做的笔录，原始笔录和卷宗记载的一对比，马上就发现严良将妇女口供中几个有矛盾的地方逐项修改，使口供完美。当事警察为犯人造伪证，是重大风险事故。对此，省公安厅极其震惊。本来按照规定，严良会被严肃处理，甚至不排除判刑的可能。但后来省厅领导考虑到，犯罪家庭确有可怜之处，好在最后儿子自首，不影响案件结果，并且严良是出于同情，并不是为自己谋私利，加上他多年成绩显著，多次立功，还培养了一批刑侦工作的骨干人员，再三考虑后，对严良进行停职处理。随后，严良自动提交辞职报告，说他不适合警察工作，于是去了学校教书。"

杨学军紧闭着嘴，没有说话。

赵铁民继续道："严良事后私下告诉过我，他很早就知道了儿子才是真凶，他看到母亲为儿子顶罪，又了解了很多关于他们家庭的情况，他基本上隐约已经猜到儿子是母亲的全部希望，母子间达成了母亲顶罪为儿子换取未来的约定。所以，他决定违背自己的职业要求，帮他们一把。尽管最后一切都是无用功，不过他说，他并不后悔当时的做法。"

杨学军唏嘘道："难怪您说他不适合当警察。"

赵铁民点头："对，他的犯罪逻辑学实际应用非常有效，他是个最理性的人，同时，他也是个最感性的人。这次他介入案子的调查，是件好事，但我对他突然愿意介入案子还是觉得有几分奇怪，所以我让你跟踪他，我绝不希望看到他重蹈覆辙，你明白我的意思吗？"

杨学军咬着嘴唇，缓缓点头，道："没问题，我一定牢牢盯紧。"

46

中午，面馆开张，只不过一天生意大部分是在晚上，现在店里没几个客人。

严良把车停在了面馆门口的马路对面，坐在车里观察了好一阵，这才不紧不慢地下车，朝面馆走去。

"老板，要吃点什么？"朱慧如看到他，似乎略有点印象，却一时想不起来。

严良站在墙壁菜单前看了好久，其间也在偷偷打量着身旁的朱慧如，最后叫了份烩面和一瓶汽水。

他坐到了骆闻昨天吃面的位子上，靠近收银台，等朱慧如从厨房出来后，他拿着汽水喝了几口，微笑道："你和骆闻很熟吗？"

"谁是骆闻？"朱慧如显出一脸的茫然。

严良盯住她的眼神，注视了一两秒，她的目光看着很稳定，并不飘浮，难道骆闻并未把自己的姓名告诉她？那么他们会是一种什么关系呢？

他无法肯定，转而继续道："就是昨天傍晚坐我这个位子的，我坐他对面。"

一提到这些，朱慧如瞬时眼神一闪，把头侧到一旁，本能地没去看严良，佯装收拾着收银台上的杂物，做思索状："昨天？客人这么多，我忘了您说的是哪位。"

"你不是送了他一条小狗吗？"严良继续看着她。

她心中一颤，不敢长时间不看严良，怕引起对方怀疑，便看向他，道："哦……对，是那位客人，他昨天是坐这个位子，嗯……怎么了？"

"你和他熟吗？"严良依旧露出一个和蔼的微笑。

朱慧如摇摇头："不熟，那次我捡了条小狗，刚好他说他愿意养，就送给他了，怎么了？"

严良又笑了一下："我是他朋友，听他说他经常来你们店里吃面，是吧？"

"嗯……是这样。"

"他平时喜欢吃什么面？"

朱慧如不明白他的意思，也不清楚他这么问的目的，但想起昨天他和大叔坐一起，有说有笑，看样子确实是朋友，应该只是随便问问，没有其他意思吧？她无法确定，还是谨慎地按照大叔教她的做法，自然地回答道："鸡蛋面、牛肉面、杂酱面，都吃的，好像没有固定喜欢吃哪种面。"

"是吗？我以为你对他会很了解。"

"为什么这么说呢？我不记得这位大叔特别爱吃什么面啊。"

"他是不是经常帮助你们？"严良继续盯着她的眼睛。

"……"朱慧如又是一惊，心中瞬时产生了高度警惕，目光移到了收银台的杂物上，强装镇定，"帮助什么？"

严良笑道："他是个很乐于助人的人，他说他曾经帮过你一个大忙，你这么快就不记得了吗？"

"啊？帮我一个大忙，什么大忙？"朱慧如故意把声音放大了一些，掩饰心中的慌张。

"是他告诉我的，我也不清楚他说的帮了你一个大忙是指什么。"

"嗯……也许是那条狗吧，"朱慧如快速地回答着，"我捡了那条小土狗后，不知道怎么处理，我哥说要把狗扔掉，我不同意，可是养在店里不方便，刚好大叔愿意收养，解决了这个难题。"

"我听他说，当时他收养了你送的小狗，有个小流氓过来，说狗是他的，要拿回去，最后我朋友花了三百元把狗买下来了，有这回事吗？"

"嗯，有的。"

"结果第二天晚上那个小流氓就死了，是吧？"

朱慧如尽管急着想结束对话，可是一时间找不到暂停的理由，只好道："是的，就在河边那儿出事的。"

"我还听说，小流氓死的当天，你是最后一个见到他的人？"

"呃……这件事警察已经调查过了。"

"小流氓身上的刀伤和你们店里的一把水果刀一模一样，是吧？"

朱慧如心中更惊，急思着应对，道："您是警察吗？"

这时，朱福来端着面从厨房走出来，微微皱着眉，把面条端到严良面前，说了句"慢慢吃"，随后一言不发地往回走。

严良瞥了眼朱福来，对朱慧如缓缓地道："我不是警察。"

朱福来停住了脚步。

朱慧如连忙道："警察说有关调查的事要我们保密，不要跟其他人提。"

严良哈哈一笑，道："抱歉，恕我好奇心太重了，呵呵。"

朱福来又往厨房里走了进去。

严良夹起面条，吃了一口，又道："有时候帮助别人，反而会给自己和别人带来更多的麻烦。"

朱慧如打开手机，自顾自摆弄着，不想搭理他。

严良看了她一眼，问道："是吗？"

"啊？"朱慧如仿佛才反应过来，道，"您说什么，我没听清。"

严良把刚才那句话重复了一遍。

朱慧如道："哦，如果您朋友觉得养小狗麻烦，那么把小狗拿回来吧，我再想办法送人。"

严良笑道："尽管麻烦，可是我想他既然帮了你这个忙，就会一直帮到底的吧，他就是那种人。"

朱慧如又把头低下，摆弄着手机，没去搭理他。

吃完面条，严良离开了面馆，他心中有了隐约的猜测，尽管他没有掌握任何证据，但他觉得未知数的个数差不多满足了，猜测未知数的步骤已经完成，接下去就是要验证这组高阶代数方程的解了。

47

"我想和你探讨一下朱慧如和郭羽涉嫌杀人的可能性。"林奇的办

公室里，严良端坐在他面前，啜着一杯冰水。

"他们俩？他们俩有十足的非犯罪可能啊！"林奇微微皱起眉头，不解道，"他们的嫌疑早就完全排除过了，严老师，你在怀疑他们？"

"能否将你们排除他们嫌疑的所有理由，再向我讲述一遍？"严良拿出了纸和笔，很严肃地看着他。

"哦，好的。"林奇点点头，因为对面坐着的是严良，所以他才愿意耐心地重复一遍。如果是个其他的非警务人员，或者其他的小警察，他一定冲对方嚷着：那么多证据表明他们和案子无关，你还要查个屁？

林奇翻开卷宗，重新整理一遍思路，道："第一，他们有不在场证明。案发时间是 10 点 50 分，他们在这之前已离开现场，出现在监控里，即便此后绕路也不可行。并且死者胃里检查出了蛋炒饭，只有他们离开后，死者才会开始吃蛋炒饭。凶手杀人后立即在尸体上割血条，而小区旁的便利店店员证实了郭羽在背受伤的朱慧如回家后，去便利店买了纱布和药水，这个时间点刚好是凶手割血条的时候，所以他们的不在场证明很确凿。第二，凶手花费几万元引路人破坏现场的做法是大手笔，他们都没多少钱，舍不得也想不出这种破坏现场的方法。第三，他们店里的那把刀是崭新的，并且近期附近商店的人没有见过他们新买了同样的水果刀。第四，他们的口供没有缺陷。第五，星期五下午张兵收到经鉴定是凶手发出的恐吓信，他们俩都有不在场证明。第六，案件证实是连环命案的凶手干的，可是连环命案刚发生时，朱福来、朱慧如还没来杭市，郭羽也不具备实施连环命案的能力。他们的指纹也都不匹配。"

严良快速地把这六点记录在本子上，又看了一阵，点点头，自语道："真的很厉害。"

"您说什么很厉害？"

严良抬头道："一场犯罪能制造出一系列的非犯罪证明，而且看着都是异常确凿的铁证，真的很厉害。"

林奇露出了不太相信他判断的表情："这些都是铁证，没法伪造的。"

严良笑了笑："似乎可以这么说，即便这片区域内所有人都有嫌疑，唯独他们是最不可能犯罪的。"

林奇干瘪地张张嘴，回应道："他们是凶手的话，不可能伪造出这些铁证。"

"你说得没错，"严良点点头，"不过，如果在此基础上，再加一个条件，那么以上的所有铁证，都能分崩瓦解。"

"哦？什么条件？"林奇惊讶地看着他。

"除他们两人外，第三个人的帮助。"

"第三个人？呃，您是指朱福来吗？尽管我当初调查时也一度觉得他可疑，可是他是个瘸子，本身行动很不便，而且他大部分时候都在店里，给张兵家塞纸的那回，他也有不在场证明。即便真是他用某种方法避开调查，参与犯罪的，可是凭他这么个瘸子的能力，也做不到这些吧？"

"普通人当然做不到，哪怕一项也做不到，只有——"他停顿住了，没有继续说下去，转而道："我想跟你逐条来探讨，首先是第一条不在场证明。"

严良喝了口水，认真地看着对方，道："所谓不在场证明，最基本的直接定义是，凶案发生时，有证据表明嫌疑人不在现场。徐添丁的案子里，10 点 42 分，郭羽和朱慧如出现在监控中，由于这是机器记录的，无法伪造。这是最客观的事实，即时间、地点、人物三要素都无法伪造。而之所以让你们认为他们有不在场证明的基本逻辑是，凶案的发生时间是 10 点 50 分，他们经过监控后，即便再从远处没监控的地方绕回案发地，八分钟的时间也是不够的。所以，解释这条不在场证明的关键是，凶案的发生时间，并不是 10 点 50 分，应该在 10 点 42 分之前，结合他们走路耗费的时间，我认为，命案发生的准确时间，在 10 点 20 分到 10 点 40 分之间的二十分钟里。"

林奇摇头道："10 点 50 分张兵接到徐添丁的电话，电话里听到他出事了，说明案发时间就是 10 点 50 分。如果徐添丁之前就死了，10 点 50 分是谁打的电话？"

"那个人就是……这案子除郭羽和朱慧如外的第三个人。"

林奇微感不屑地摇摇头："朱福来？"

严良摇头道："我只说有第三个人，并不是说那个人一定是朱福来。"

"好吧，"林奇显得无奈地叹口气，"可是 10 点 50 分的电话确实是徐添丁本人打的，我们问过张兵，他很肯定是徐添丁的声音。他和徐添丁认识十几年了，三天两头在一起，不可能听不出徐添丁的声音。"

"有其他可能吗？"

林奇想了一下，道："如果凶手先控制住徐添丁，然后威胁他，让他说几句话，事先录下来，倒是可以做到。可是看徐添丁尸体上的伤，那三刀显然是一口气刺的，脑袋上还被砸过，显然凶案的发生是个很突然的过程，而不是凶手先控制住徐添丁，录音后再杀死他。"

"那么……"严良思索着，"要得到徐添丁的声音，肯定要先录下来。徐添丁已经死了，那他身上……对，他的手机里是否有那句'明天一起吃午饭吧'的录音？"

"哦，这个我们没查过。"

严良道："他的手机现在在哪儿？"

"目前物证还放在我们分局这儿。"

"那么麻烦你安排人，仔细检查一下他的手机，找出手机里的这句话，行吗？"

"这当然没问题，不过——"林奇抿了抿嘴，还是说了出来，"我觉得您这次的判断……呃……从办案步骤上讲有点……问题，也和您过去说的查案方向不一样。"

"怎么？"

林奇咳嗽一声，直言不讳道："从公安的办案步骤上讲，是要先查证，再确定嫌疑人。可是您这次是……先认定了嫌疑人，再去找出他们犯罪的证据。喀喀……我说句不太准确的话，有些落后地区的警察，为了破案率，出了命案后，先认定嫌疑人，再拉回来录口供，想方设法找出证据来证明他们犯罪，这种情况下出了很多冤假错案。大部分冤案都是这么来的，省厅最近也平反了一批错案，处理了一批过去的责任人。我想……如果按这种反过来、先入为主的办法查，恐怕……不太合适。而且您以前上课时也说，办案时最忌讳先入为主，

先怀疑谁是嫌疑人，然后总想着找出证据跟他沾边，越调查判断越主观，最后往往抓错人。您说办案就像解方程，按部就班代入公式，要纯粹客观理性地调查，不带入自己任何的主观偏见，这样查清证据，一项项代入既定公式后，自然能够得出答案了。"

严良点点头，承认道："没错，我是讲过这个观点，并且我一直都认可这个观点。我说过，办案就像解方程，大部分案件都可以借鉴已有的破案办法，相当于套公式，把证据一项项代入进去，自然就能得出答案。可是，那只是对大部分案子而言。大部分案子，都只相当于初中、高中的方程，这些方程的答案，都有固定的公式可以套，按部就班来就行了。只不过，如果一个案子非常复杂，就像数学上的高阶代数方程，理论上是无解的。唯一求解的办法只有你先大致猜测未知数的解，然后把解代进去，验证你的猜测。现在这个案子，就像典型的无解方程组，无法用常规办法获得答案，只能先代入，再验证。"

林奇沉默了一阵，笑了出来，道："幸亏我早年数学功底好，能够理解您的说法。好吧，我马上让人查，尽早给您一个答案。"

48

傍晚，骆闻背着斜挎包，牵着小土狗，顺着河边马路的人行道慢慢向前走。

小狗每走过一棵树，都要停下来闻上一阵，然后不厌其烦地留下一些尿液做记号。骆闻很耐心地牵着它，注视着它，思绪不自觉地回到了八年前。

“爸爸，小狗什么时候才会长大？”女儿握着牵引带，强行把不情愿的小狗拉到骆闻面前。

“嗯……也许要一两年吧。”骆闻并不懂狗，他正收拾着旅行袋，心不在焉地敷衍着女儿。

“怎么要这么久啊！”

此时，妻子将几件叠好的衬衫塞入骆闻的旅行袋，俯身搭着女儿的肩，微笑道：“你爸爸胡说的，再过几个月小狗就长大了。”

“只要几个月吗？”骆闻走到写字台旁，拉开抽屉，整理着里面的一堆证件。

妻子嘲笑着他：“狗一年就成年了，这你都不知道啊，亏你还是学医的呢。”

“是吗？”骆闻拿起几本证件，塞进旅行袋，随口回应着，“那么等我回家，这已经是条大狗了。”

妻子撇撇嘴：“你这次出差到底要多久？”

“这次是受公安部的委托，在北京开几次会后，还要暂时留在北京给进修的一些年轻法医和物证鉴定人员上课，嗯……一到两个月吧。”他又起身去收拾文件，随口答应着。

“你总是这么忙。”妻子略显幽怨地叹口气，又一遍细心地检查着旅行袋里的衣物，不让丈夫有遗漏。

“没办法，工作需要嘛。”

妻子噘着嘴道：“你今年刚升处长，又评上了省厅的专家，我还以为你以后就是指挥别人干活，自己不用做了呢，哪儿想到你比以前更忙。你现在在局里头衔好几个，又是法医主管，又是物鉴中心主

任，你瞧谁会像你这样两块工作都干的，不如辞掉一个？"

骆闻抱起一堆文件塞进旅行袋，随后拉上拉链，坐到床头，微笑地看着妻子，道："辞哪个？"

妻子知道他是在开玩笑，不过还是天真地配合他："嗯……辞掉法医吧，物鉴中心的活白天可以干，法医嘛，有时候大案子出来，半夜还把你叫过去。"

"可我本来就是学医出身的，这才是我的本职啊。"

"嗯……那就辞掉物鉴中心主任。"

骆闻笑道："我也拿到了物鉴学的博士学位啊，还有微测技术的高级专家职称，国内做这个领域的人很少，比法医职称稀有多了。"

妻子推了他一把："行吧，我知道你一直心中暗自得意，你心里一定天天在喊，我有法医学和物鉴学的双博士学位。"

骆闻低下头，抱起女儿，亲了额头，道："爸爸厉害吗？"

女儿固执地摇摇头："不厉害，妈妈更厉害。我要小狗快快长大。"

"好吧，等爸爸这次回来，小狗就会长大了。"

"你要给小狗买零食。"

"没问题，买零食。你要不要零食啊？"骆闻搭着女儿的肩。

"要，我现在就要喝果汁。"

"这爸爸可做不了主。"骆闻把女儿转过来，对着妻子。

"不能喝，你都快睡觉了，现在喝要尿床的。"妻子一本正经地看着女儿。

女儿马上跑到母亲身旁，用了各种法宝撒娇，骆闻看着妻女，脸上荡漾着微笑。

这一份微笑，马上流转到了八年后的骆闻脸上。

"骆闻，今天又这么巧？"一个熟悉的声音传来，打断了他的温馨回忆。

骆闻脸上的笑意渐渐收拢，思绪回到了当下，目光从小狗身上移到了面前，严良正微笑地看着他。

"严老师，怎么又碰面了？"骆闻挤出一个微笑，走上前，"怎么，又去其他老师家？"

"不，今天是查案子，刚好路过这里。"

"查案子？"骆闻脸上露出了几分意外的表情。

严良笑道："是啊，这次我决定介入赵铁民的案子，协助他调查。"

"你重新当警察了？"

"不，我还是大学老师，现在是，以后也是。"

"那你……怎么突然转变了对警察的态度？"

"也许是因为你。"严良望着他。

瞬时，骆闻的瞳孔微微收缩一下，心中一沉，但面部表情依旧毫无变化："因为我？"

严良哈哈一笑，道："遇到你后，我想起了你说的，无论什么理由的犯罪都是可耻的，我很喜欢你这句话，你这句话改变了我的一些原有想法。"

"哈哈，"骆闻干笑两声，道，"反正你当老师空闲时间多，偶尔为社会出一份力也挺好。"

"是吗？"严良微笑道，"那你是否也有同样的想法？"

"我嘛……"骆闻摇摇头，"我辞职后就不关心这些事了，当个普

通公民挺好的。"

"嗯，这样也好，"严良笑道，"哦，对了，昨天那家面馆的女孩，叫朱慧如的，你熟吗？"

骆闻心中快速打着转，不过脸上毫无变化："我去他们家吃过挺多次面条的，不过我没和小面馆的老板说过几句话，你是查到什么了？"

"那个叫朱慧如的，有很大的犯罪嫌疑。"严良继续打量着他。

骆闻的表情依旧淡定从容："是吗？我倒看不出，只是个普通的小女生嘛，这样的人也会犯罪？呵呵，我没见过这种案子。"

"哈哈，听起来是不靠谱，我也不能确定，我还有事，今天就不打扰了，改日再见。"

"再见。"

及至严良消失在背后，骆闻脸上的表情依旧毫无波澜，他还是如刚才一般，慢吞吞地拉着小狗，朝家的方向缓缓踱步。

49

晚上 9 点 30 分，朱慧如接到骆闻的外卖电话，准备好以后，连忙朝他家赶去。

今天中午那个中年眼镜男来店里吃面，问了一堆古怪的问题后，朱慧如心中一直隐隐不安，急着想把情况告诉大叔。可是大叔今天一天都没来过，大叔之前说过，事情告一段落后，他们就素不相识了，需要减少联系次数。她正愁着什么时候能再见到大叔。

朱慧如刚走到大叔所在的小区门口时，突然身旁传来一个冷冰冰的声音："是给我那位朋友送外卖吗？"

朱慧如顿时一惊，停下脚步，顺着声音方向看去，那个中年眼镜男正在向她走来。

她心中紧张，故意张望了一眼，装作没看到严良的样子，连忙抬步继续向前走。

可是这时，严良已经走到了她的身旁，微笑着问道："是给我那位朋友送外卖吗？"

朱慧如心中一颤，还是抿着嘴巴，点点头，表示承认。

严良也朝她点点头，随后从她身旁走开了。

朱慧如心脏剧烈跳动，顽强表现出什么都没发生的样子，继续按原有的步行速度往小区里走。

到了骆闻家，朱慧如一放下外卖，连忙把中午和刚刚的情况向他复述了一遍，刚说完，就哭出来了："对不起，都是我不好，我反应不够快，我刚才不该承认是给您送外卖的，这样会连累到您的！"

骆闻摆摆手，道："刚刚你做得很对。如果你说是别人叫的外卖，那么他回去让警察一查叫外卖的电话单，立刻会发现电话是我打的，随即会对你起明确的怀疑，以及对我产生怀疑。所以，你做得很对，永远记着我的话，除了当晚事发经过的那份口供外，所有事都不要撒谎。"

"我……我刚刚做对了？刚刚我说的是实话，那样他就不会对我起疑了吗？"朱慧如还有些不敢相信，连忙道，"可我感觉他在怀疑我啊。"

"当然，他当然是在怀疑你，"骆闻很明确地说，"刚刚你在小区

门口遇到他，你以为是巧合吗？不是，这么晚了，不可能是巧合遇到。他在等你，也许，他一直在你们面馆附近跟踪你，观察你全天的一举一动。"

朱慧如瞬间全身冰凉，睁大眼睛道："他……他到底是什么人？他说……他说自己不是警察，还说……还说是您的朋友。"

"他现在确实不是警察，"骆闻停顿了一下，继续道，"他是个大学的数学老师，不过他比任何警察都更危险，而且这一次他介入了警方的调查。他不光在怀疑你，我认为，他也已经对我起了怀疑。我分析了一遍，想不明白到底是凭哪点让他对你、对我起疑的。不过以我对他的了解，他并不是一个没方向、胡乱调查、做无用功的人。既然会让他起疑，那一定是某一项环节有问题，并且这个问题被他发现了。"

"啊，是什么出了问题？"朱慧如一脸焦急，"他为什么会起疑？我想不出哪里没做到位。"

骆闻微笑着望着她，淡定地道："不用紧张，一点都不需要紧张，事情没有你想象的那么糟。他来找你说一些莫名其妙的话，是想调查你？不，根本谈不上调查，只是试探你而已。我可以肯定，他手里没有掌握到任何能威胁到你的证据。我承认，他是个很聪明的人，之所以他会对我们起疑，大概只是因为对话中的只言片语。一句在常人心中一晃而过的话，他会很细心地留意，在他那个头脑里，转化为丰富的信息加以分析，这是学数学的人的职业习惯。不过警察办案是讲证据的，即便他再怀疑，再试探，在没有证据的情况下，也全然没用。你放心吧，即便他这次猜测对了，他也找不出任何实质性的证据，哪怕半点证据都找不到。"

"真……真的是这样?"朱慧如将信将疑。

"没错,我之前告诉过你们,这是一次没有人证和物证的犯罪,警方拿不到半点实质性的证据。只要你们坚定地按照我的话来做。人证、物证、口供,犯罪三要素警方一个都没有,拿什么抓人?"骆闻自信且认真地看着她。

朱慧如想了一下,又睁大眼睛道:"可是您留了那个指纹。"

骆闻抿抿嘴,他不能说出指纹的真相,因为这跟朱慧如的事无关,只是道:"那个指纹的事,你们不要管。一切都在我的计划中。"

望着骆闻坚定的眼神,朱慧如心中的惊恐慢慢淡化了,她觉得这个大叔是个可以十足信赖的人。她顺从地点点头,道:"我们接下来该怎么做?"

"一切依旧和过去一样,除了事发过程的口供外,所有事都不要撒谎。他调查你们几天后,发现找不到任何一条证据,自然会和先前的警察一样,放弃怀疑。当然,如果他对你们的怀疑不减,却又找不出证据,或许会传唤你们到公安局去协助调查,那时,依旧是这套应对方法,无论他说什么,甚至他准确说出了犯罪经过,都不要相信。因为,这一切都是他的猜测,他没有证据的。"

50

"严良一天都在干什么?"一大早,办公室里,赵铁民喝了口咖啡,望着杨学军。

"严老师昨天中午去了趟那家面馆，吃了碗面，我手下瞧见他和那个叫朱慧如的女孩聊了一阵。下午他去过一趟分局，后来回学校上课去了。上完课，他早早地在学校吃了晚饭，又跑到河边的案发地附近走了一阵，其间大概是遇到了一个朋友，就是这位——"杨学军打开数码相机，指着屏幕上的照片。

"骆闻？"赵铁民瞧着照片里的人，微微眯了下眼。

照片里的骆闻，斜挎着一个单肩包，手里牵着一条狗。

"他就是骆闻？"杨学军知道骆闻，不过没见过面。

"对，以前省里最好的法医，也是最好的物证鉴定专家，警察取证规范的起草人上就有他的名字。"赵铁民又看了眼照片，道，"骆闻是在遛狗？"

"是的，我们看到时，他正在遛狗。"

"哦，"赵铁民点点头，"他们聊了多久？"

"没一会儿，看样子只是路上遇到打个招呼而已。不过严老师后来跟骆闻道别后，并没有离开。"

赵铁民微微皱起眉："他在做什么？"

"看他的样子，他也在跟踪监视。"

赵铁民顿时眼睛亮起来："他跟踪监视骆闻？"

杨学军摇摇头："不，他上了车后，把车开到了面馆的马路对面，一直在盯着面馆。其间那名叫朱慧如的女生每次出去送外卖，他就连忙下车，悄悄尾随，跟过去又跟回来，重复了很多遍。最后一次是在晚上接近 10 点，朱慧如送外卖快到一个小区门口时，这次他没有只在后面悄悄盯着，而是直接走到了朱慧如面前，跟她说了些什么，然后离开，上车回家了。"

赵铁民注视着面前的案件卷宗，沉默地思索了一会儿，随后拿起卷宗，翻到了关于朱慧如和郭羽的调查部分，从头到尾仔细看了一遍，抿抿嘴道："奇怪，照严良的行为看，他应该是在调查朱慧如吧？"

"没错，肯定是的，严老师都跟踪一晚上了，其间不断跟着她送外卖来回，一趟都不曾落下。"

"可是我看卷宗的调查记录，朱慧如不可能是凶手啊，证据非常坚实。"

杨学军同样道："我昨晚回来后，也看了卷宗，确实朱慧如肯定和案子无关，该不会是严老师没看完卷宗吧？"

"不可能，"赵铁民摇了摇头，"他一向细心谨慎，既然他参与调查，那么整个卷宗的所有细节他一定早就倒背如流了。而且他这个人很懒。"

"很懒？"杨学军伸出舌头，一副惊讶的模样。

赵铁民笑道："是啊，他很懒，以前他总是说把调查方向明确了再去做，因为他不想做无用功浪费时间。而且他只喜欢动脑，不喜欢做体力活，他以前当警察时，像蹲点、跟踪、抓捕这类活他从来没参与过。可他这次的举动就让我更想不通了，明明朱慧如不可能是凶手，他还费这么大力气跟踪了一晚上，他到底发现了什么？"

"直接找他问问不就行了吗？"

赵铁民瞥了他一眼："他不肯说的事，逼他也没用。上回他就说等他调查清楚了才会告诉我。要不然我让你安排人跟踪他干什么？"

杨学军一副无可奈何的样子："那怎么办？"

　　赵铁民收起卷宗，拍了拍手，道："算了，你继续派人跟踪他，了解他的动向吧。其他的嘛，破案也不能光靠他一个，我要是把宝都押到他一个人身上，还查什么案呢。我们现在还是要抓紧手头查指纹的工作，凶手给张兵一家发了威胁信，尽管现在他们一家有警察跟踪保护着，但这不是长久之计，我们必须赶紧把凶手找出来，才能彻底解除后患。这几天指纹查了多少人次了？"

　　"到昨天为止，已经搜集了五万三千多人次的指纹，一一比对后，没有找出凶手。"

　　"速度倒是还可以，就是怕……怕凶手这次又躲过去了。"赵铁民抿抿嘴。

　　"应该不会，这次按你的规划，我们将整块城西历次命案发生地辖区和附近辖区，按照社区为单位，一一比对成年男子的指纹，所有上门采集指纹时不在家的人都先登记下来，回头联系采集过来，做到不漏掉任何一套房子。这几天几乎所有片警和协警都出动了，细致程度比人口普查还高，还有两百多名有经验的刑警，专门负责采集回来的指纹的比对工作。我觉得这次凶手一定跑不掉。"

　　"现在流动人口多，就怕凶手看到警察入户上门采集指纹，事先搬家逃跑了。再或者凶手是跟人合租的，找个理由让同伴说房子里就住了他一个，我们调查也只是口头询问每户人家里有几个成年男子，不可能搜房子。"

　　杨学军低头无奈地道："这种情况就没法控制了。"

　　赵铁民叹口气："好吧，继续这样查，尽快把所有可能对象都比对一遍。"

51

林奇打开电脑上的播放器，电脑里发出一个声音："明天一起吃午饭吧。"

严良坐在办公桌对面，脸上浮现出一抹笑意："果然如此。"

林奇道："严老师，您可真厉害，手机里还真找到了徐添丁的这句话。这句话并不是直接储存在手机的音频文件里，而是手机的微信里。案发当天的白天，徐添丁曾和一个女生聊微信，这句话是其中的一句。"

严良道："这证明了我的猜测，在徐添丁死后，有人拿过他的手机，从手机的微信里找到了这句话，随后他播放这句话，并用他自己的手机录下来。在 10 点 50 分的时候，他拨打了张兵的电话，播放这句话，最后一声'啊'是他叫的，由于只是一声'啊'，张兵当然想不到，这个'啊'并不是徐添丁发出的。对方这么做，是要让警察对案发时间的判断确定在 10 点 50 分。实际上，案发时间要更早。"

"如果徐添丁手机上没有这句话呢？"

严良道："即便不是这句，微信里还有其他的话，对方同样可以录下来，给张兵打个电话。即便徐添丁手机里没有装微信，我想对方还会想出其他办法来伪造案发时间的。"

林奇依旧不解："凶手为什么要这么做呢？"

"对方很清楚，第二天警方发现尸体后，对死亡时间的判断，只能是一个大致的区间，不能精确到分钟。在死亡时间这个大致区间

内，警方发现郭羽和朱慧如与死者相处了一段时间，自然会将他们列为重点可疑对象进行调查。只要把死亡时间精确到分钟，通过那个电话，让警察相信徐添丁的死亡时间是在 10 点 50 分，也就是郭羽和朱慧如离开后，那么这就能制造出他们俩的不在场证明了。"

"可是郭羽和朱慧如还有其他方面的证明。"

严良点头道："那让我们来逐条推翻他们的非犯罪证明吧。首先，这个案子除了郭羽和朱慧如外，还有第三个人的协助，那个人的协助才是案件的关键，也是他帮助朱慧如和郭羽制造出了一系列的非犯罪证明。除了死亡时间这一点外，你提到的郭羽和朱慧如的不在场证明还有两点。一是凶手在徐添丁死后，留在现场花了很长时间在尸体上割血条，而此时，朱慧如和郭羽已经回家，并且郭羽在此期间去了便利店替朱慧如买纱布和药水。这个不在场证明的解释是，留在现场割血条的人，并不是朱慧如和郭羽，而是那第三个人。第二点，徐添丁的胃和食道内，留有一些蛋炒饭，似乎能够证实徐添丁是在他们离去后，吃蛋炒饭的过程中遇害的，因为当朱慧如还在时，徐添丁不会莫名其妙地一个人吃起蛋炒饭来。但是我注意到尸检报告中提到的一点，徐添丁吃得很撑。当晚徐添丁吃了很多烧烤，又喝了不少啤酒，他原本就很撑，为何还会吃下蛋炒饭？现在是夏天，人可不那么容易肚子饿。"

"那是……怎么回事？"林奇微皱着眉。

"关于这件事，我询问过市局的陈法医，我的猜测在他看来是可行的。徐添丁死时，并未吃过蛋炒饭，而是徐添丁死后，有人将蛋炒饭强行塞入了他的嘴里。那个做法非常恶心，远超过了一般人的心理承受力。把半盒饭强行塞入一个死人的嘴巴里，用手指一撮撮往喉咙里塞，随后再用细长的棍子一点点把饭往下捅，弄进胃里。就像做胃镜的办法。"

林奇咬了咬牙，他喉咙一阵发麻，感觉胃部正在抽动。

严良继续道："这就是为什么尸检发现，徐添丁不光胃部有蛋炒饭，还有部分蛋炒饭停留在食道上，并未咽下去。一开始法医怀疑是徐添丁当时刚好呕吐的结果，但试想，他又不是傻子，为什么吃个蛋炒饭要吃得这么撑？所以，这根本就是有人在他死后，才把饭硬塞下去的。"

林奇想了想，道："您说的倒是能够解释不在场证明的几项证据，可是还有其他的非犯罪证明呢？"

严良拿出本子，瞥了眼，道："第二条，你说凶手为了引路人破坏现场，花费了数万元，郭羽和朱慧如并没有这么多钱，也不会这么聪明。你说得很对，因为这不是他们俩做的，这是第三个人做的。那个人不但有钱，而且非常聪明。几万元对那个人来说根本不算什么。第三条，他们店里的那把水果刀是新的。那是因为这把刀是在事后第三个人给他们的。第四条，他们的口供没有缺陷。那是因为是第三个人教的，那个人很聪明，思维很严谨。第五条，张兵一家收到恐吓信时，朱慧如兄妹连同郭羽都有不在场证明。那是因为恐吓信也是第三个人送的。第六条，徐添丁案子发现的指纹和连环命案的相同，而朱慧如兄妹与郭羽的指纹经比对都与凶手不符。那是因为这指纹确实是第三个人留的，而他，也正是连环命案的凶手。所以，只要加上第三个人参与犯罪这一点，朱慧如和郭羽所有的非犯罪证明，都可以推

翻了。"

林奇坐在位子上,显得有些瞠目结舌,经过严良的一段分析,似乎朱慧如和郭羽的所有非犯罪证明,顷刻间全部瓦解了。

可他想了一阵,觉得有点不对:"严老师,我个人感觉……这一切,好像都是您的猜测。"

严良很坦然地向后一躺,道:"没错,准确地说,是假设。我所说的一切,都是假设,因为现在我拿不出任何一条能证明我假设的实际证据。"

"我有点不明白,为什么徐添丁的案子非得是三个人联手干的,而不是那第三个人在郭羽和朱慧如离开后,才杀了徐添丁?为什么您这么坚信郭羽和朱慧如跟徐添丁的死有关?"

"不是有关,而是,杀死徐添丁的,并不是那第三个人,而正是郭羽和朱慧如!"严良很认真地看着他。

"为什么?"

"有两个原因。第一,是因为那把水果刀。徐添丁的伤口和面馆的水果刀完全匹配,如果是第三个人杀了徐添丁,他用一把型号跟面馆里的一样的水果刀的概率,太低了。第二,如果真是那第三个人杀的徐添丁,那么,现在我也没必要坐在这儿,你也不用绞尽脑汁、愁眉苦脸,冥思苦想怎么破案了。"

林奇不解地问:"为什么?"

严良深吸一口气,抿抿嘴:"如果是那个人直接犯罪的,他根本不会留下任何证据,这案子,根本破不了。"

他瞧了林奇一眼,并未直接点破骆闻的名字,而是解释道:"那个人犯下连环命案后，专案组查了他三年，毫无所获，现场都处理得很干净。而徐添丁不是他杀的，他只是善后，替他们隐藏。因为朱慧如和郭羽在杀徐添丁时，留下了太多的线索，他没办法彻底清理干净，所以才需要用撒钱引路人破坏现场的办法。"

"如果照您这么说，那个人替郭羽和朱慧如善后，肯定是冒了巨大风险的。我当初调查郭羽和朱慧如的人际关系时，没注意到与他们关系密切的人中，有人有这种犯罪能力。"

严良沉默了片刻，道："关于那个人跟朱慧如他们间的关系，我还不清楚。也许，他们之间确实不太熟。"

"不太熟的人会冒巨大风险，帮这样的忙吗？"

严良微微摇头，苦笑道："这点也是我想不明白的。我同样想不明白的是，郭羽和朱慧如杀人后，那个人为什么会刚好出现在旁边。"

林奇道："严老师，现在您想怎么做？虽然您的假设能够解释所有的问题，可是也没证据证明您说的一切就是当时的真实情况啊。没法证明人是朱慧如和郭羽杀的，也没法证明有你所说的第三个人的介入。"

严良承认道："你说得很对，我给出的这组答案是方程的一组解，可是现在还不能证明是方程的唯一解。就像 X 的平方等于四，二是一个解，负二同样是一个解。我现在无法证明这组方程只有一组解。所以，我的假设，相对于整个方程组，只是一个充分条件，还不能反向证明是必要条件。"

林奇认真地看着他："您对您的假设有几分把握？"

"十分把握，只不过，"严良笑了笑，"从办案的严谨性角度看，

旁人也会觉得，我这些假设是纯粹瞎猜，为了解释而解释。"

林奇道："既然您有这么大把握，那我马上找人把朱慧如和郭羽带回来审。"

严良马上制止他："不，绝对不可以这样！"

"为什么？您不是说现在没办法证明？这案子没人证没物证，只剩口供了。如果能逼问出真相，那么不光第三个人能抓到，后续的其他定罪证据也都能浮出水面了。"

"带回局里审，是最后无可奈何的办法，轻易不要去用。因为没有任何证据能表明他们俩犯罪，逮捕令申请不下来，把他们带回来的唯一理由就是传唤，协助调查。可是如果传唤进来了，他们还不交代呢？那岂不是非常被动，以后就压根没办法再去调查他们了？这案子，没人证没物证，只剩嫌疑人的口供，我相信这一点不光我清楚，那个人也是再清楚不过了。他既然教了他们一套案发经过的口供，那么势必也教了他们面对警方问询的各种应对办法。只要朱慧如和郭羽口风紧，我们压根拿他们没办法。"

"那您说应该怎么办？"

严良挺起身体道："二十四小时监听朱慧如和郭羽的手机通话，并且监视他们手机上的所有信息往来。不过——这点我相信他想得也会同样周到。那个人的思维绝不输于我，我能想到的，他没道理想不到。我不知道能否找出对方的疏忽。如果你有空的话，今天和我一起去见见朱慧如和郭羽吧，我不是警察，没有强制要求他们谈话的权力。我想试探一下，那个人到底教了他们俩多少本事！"

他的目光转向了窗外，看得很远很远。

52

下午2点，天气很热，路面温度足够煎熟荷包蛋，街上行人寥寥，面馆里自然也没有生意。

朱福来打着赤膊，躺在收银台后面的一张折叠躺椅上，吹着电风扇午睡。朱慧如倚在另一张藤椅里，玩着手机，打发下午枯燥的时间。

这时，严良和穿着短袖警服的林奇一起走进了面馆，朱慧如并未觉察。

林奇看了眼全神贯注玩手机的朱慧如，咳嗽一声，道："这个……嗯，朱女士，又要打搅了。"

朱慧如抬起头，看到他们，眉头微蹙。

朱福来也从睡梦中醒来，看到又是警察，连忙起身走上前，打量着他们俩，道："警察同志，这次……还有什么事吗？"

林奇道："是这样，还是关于上次那个案子的事，我们需要再问朱女士一些话。"

朱福来道："我妹妹知道的不是都说了吗？还……还需要问什么？"

林奇正准备随便弄个理由打发了朱福来，按计划把朱慧如约出来。严良冷笑一声，抢在他前面道："说得未必很彻底吧？"

朱福来脸色微变，朱慧如却不动声色地做出无奈状："我已经把我知道的跟你们说了很多遍了啊。"

"嗯，先前你说得很好，"严良微笑道，"这次我们需要再向你了

解一些模糊的地方。"

林奇不容对方拒绝，连忙补充了一句："协助公安调查是公民的义务，还请配合一下。我们专门挑了下午这个时间点过来，因为现在你们店里很空，朱女士也有时间。天气这么热，我们大热天在外跑也很辛苦的，体谅一下我们的工作，麻烦朱女士跟我们走一趟吧。"

朱福来脸色大变："去哪里？"

林奇盯着朱福来的眼睛，却对着朱慧如道："我找了个旁边的咖啡馆，去那儿吹下空调，聊一会儿。"

朱福来脸上露出担忧神色，道："不用去外面吧，就在这儿行不行？我把空调开了。"他连忙拿遥控器，开启墙壁上的空调。

林奇依旧盯着朱福来的举动，道："不用麻烦了，我们还约了朱女士的那位朋友郭羽一起过来。"

朱福来还想说点什么，朱慧如却轻松地答应下来："好吧，反正下午也没事，就去蹭下警察叔叔的咖啡。"她一跃而起，将手机塞进裤袋里，带头往外走。

林奇微张着嘴，惊讶地看着她一副坦然的样子，哪里有半点惧怕和紧张？严良笑了笑，拉了把林奇，示意他可以走了。

三人到了咖啡馆，林奇已经订了位子。坐下后，朱慧如道："你们还需要问些什么？"

严良道："不急，等郭羽一起来吧。"

"好吧。"朱慧如掏出手机，低头玩着。

林奇看了看她，又瞧瞧严良。严良嘴上挂着浅浅的微笑，打量着朱慧如，林奇也只好闭嘴没说话。

很快，郭羽来了，他额头上挂着新鲜的汗珠，瞧见他们俩，又突然发现他们对面还坐着朱慧如，顿时目光一闪，但连忙恢复正常，朝他们点头，道："我来了。——咦，嗯……慧如，你也在？"

"嗯，是啊，警察叔叔还有些话问我。"

林奇伸手道："请坐吧，实在抱歉，这么大热天还把你从单位约出来，实在不好意思。"

"哦，没关系，我请了半天假。"郭羽双手在裤子上擦了擦，和朱慧如坐到了同一侧。

"需要喝点什么，吃点什么，随便点。"林奇把菜单递过去。

"哦，谢谢，我喝杯饮料就可以了。"郭羽道。

很快，服务员把咖啡、果汁和点心都上齐了，郭羽很小口地喝饮料，朱慧如倒是一副轻松的样子吃着点心，喝着咖啡。

严良笑了笑，对两人道："很抱歉打扰两位。上一回你们对案件情况的描述，我们都已经看过，很感谢你们对警方工作的配合。这一次找你们，主要想问一个问题。案发的那一天晚上，你们在河边是不是见过一个背单肩包的男子？"

郭羽低着头啜吸着饮料，没有说话。

朱慧如微微鼓着嘴，想了一下，道："背单肩包的男子？我没注意呀，况且事情过了这么久，就算见过，我也想不起来了。你呢，郭羽？"

"我……嗯，我也没什么印象。"郭羽天生一副老实人的面孔，即便是在撒谎，他给人的感觉也是在说实话。骆闻告诉过他，他这张面相，撒谎时根本不需要做出更逼真的表情，他面无表情就是最真实的

效果了。

　　严良笑了笑，道："也许我说出这个人的外貌，会让你们回忆出来。那个人四十多岁，更靠近五十岁，头发不长，斜挎着一个单肩包，而且，那个人几乎每天都斜挎着一个单肩包，他看上去很有钱，开一辆很好的越野车，是辆奥迪越野车，住在一个高档小区的房子里，房子装修却很简陋，他一个人住，家里墙上挂着一张三口之家的照片。还需要我描述更多吗？"

　　朱慧如和郭羽早被中年大叔反复叮嘱过，即便警方讲出了真相，也不要承认，因为这只是警方的猜测，他们没有任何证据。尽管案子刚发生后，警方来向两人调查时，他们都曾出现过几个瞬间的紧张表情，但那是因为他们对中年大叔说能替他们隐瞒过去并没有十足的信心。但过了这么久，警察从来没抓住过任何真实的证据来调查他们，他们已经彻底信赖了大叔的能力。经过几次直面警察的问询后，他们俩的心理素质提升了不少。或者说，已经习惯了坦然应对警方的问询。

　　所以，尽管严良把大叔的一切特征都描述出来了，他们俩心中充满了震惊，为大叔担心，也为他们自己担心，不过这一切，都还是没在表情上显露出来。

　　可是林奇听到严良对第三个人的描述，眼睛瞪大了。他只知道卷宗上记录的，被抓获的那个变态佬交代，当时看到的一个男子身上斜挎着一个单肩包。可是严良怎么知道那人在徐添丁被害的当晚，也背着单肩包？怎么知道那人四十多岁？怎么知道那人开好车，住好房子，连房屋的装修和摆设都知道？

此刻，他真急得恨不得马上把严良拉出去，先问清楚这些情况。

朱慧如脸上透出不解："你在说谁？"

严良没有直接回答，而是继续道："我相信徐添丁的死更大可能是一场意外。两个人本质上都是善良的，都是很单纯的普通人，和周围大多数人一样，即便生活中遇到一些不尽如人意的事，或被羞辱，或被揩油，或被拍了下后脑勺，都会选择忍气吞声，而根本没想过要杀死那个人。可是如果原本是由某个意外导致的命案，他们俩最后却为了逃避应有的惩罚，而选择了撒谎，那么，整件事的性质就发生了彻底的改变。现在如果及时悔悟，即便会比一开始承受更多的惩罚，但那总比继续遮掩导致最后不可收拾的后果强。你们说，我说得对吗？"

朱慧如眼中流露出锐利的目光，盯着严良，道："你这话是什么意思？"

郭羽咳嗽一声，也看着他，轻声道："警察同志，你的意思……好像是在怀疑我们？"

严良冷笑一声，道："也许那个背斜挎包的人，在某些人眼中是好人，那是因为他们根本不了解他所犯下的事。他不是第一次犯罪了。不知你们有没有留意到新闻上的城西连环命案，凶手杀人后总是在死者嘴里插上一根香烟，然后留下一张'请来抓我'的字条。我可以很明确地告诉你们，那个背斜挎包的人，就是那起连环命案的凶手，他至少已经杀死五个人了。他是个很危险的人物，如果替一个杀害五个人的残忍暴徒隐瞒信息，后果可以想象。如果我没有掌握足够的证据，根本就不会对你们说下这番话！"他目光一亮，扫视了两人

一眼，同时，手指敲击了一下桌面，尽管敲得很轻，但这声音却传入了每个人的心底。

郭羽捧过饮料，吸了一口，道："我不太明白你的意思。"

朱慧如同样拿起饮料喝了口，冷哼道："我也无法理解，我都听不懂你在说什么。"

严良有些尴尬地愣在那儿，过了半晌，他才抿抿嘴，干笑了笑："很好。既然你们没见过那个背斜挎包的人，那么今天的情况了解就到此为止吧。打扰两位实在抱歉得很。"

朱慧如有些意外道："我们可以走了吗？"

严良点点头："可以走了。"

"哦，那好吧。"朱慧如刚站起身，又坐下，道，"这个咖啡挺好喝的，我把这杯喝完。嗯，对了，今天这一次，是……我们买单还是？"

林奇道："当然是我买单。"

朱慧如犹豫地看着桌子，道："嗯……你们点的这几样点心，你们俩怎么都不吃？"

严良笑了笑，道："天气太热了，没胃口，吃不下。"

"那太好了——哦，我的意思是，我吃得下，如果你们不吃，我就打包带走了，挺好吃的。"

"当然，当然。"林奇目瞪口呆地看着她，仿佛见到了一名外星人，他做警察这么多年，找过无数人问询了解情况，第一次看到被调查人请求把警察点的东西打包带走的。

等两人走后，林奇才从刚刚的惊讶中回过神来，道："这两人怎么看都没有嫌疑啊。"

"他们今天的表现足够打满分。"严良抿抿嘴，道，"那是因为那个人教得好。今天我也知道了那个人教他们的应对技巧了，你看，我都说得这么直白了，这两人依旧面不改色，如果现在就把他们贸然带回局里审，能有什么收获？他们闯过了局里这一关，以后再尖锐的提问都难不倒他们了。"

"可是，我觉得他们俩是清白的呀。"林奇道，"如果说可疑，我倒觉得朱福来更可疑，他好像总是心事重重，看见我们来就一副担惊受怕的样子。"

"他和案子无关，他不可能。"严良很明确地说。

"为什么？朱慧如和郭羽这么淡定，您一直认为是他们俩杀的人，而朱福来表现得看着挺心虚的样子。"

严良道："还记得你去面馆问水果刀的事吗？朱福来居然说没见过，后来反而是朱慧如很直接地把水果刀找出来给你看。显然两人的行为是不一致的，两人的信息并未沟通好。朱慧如显然是想用新的水果刀证明自己的清白。而朱福来，我猜测他或许感觉到一些什么，不过他居然在水果刀这个小问题上遮掩，显然太不聪明，和案子无关。"

林奇严肃地看着他，道："您刚才说的凶手的特征，为什么这么鲜明？就好像……您见过凶手，甚至……您还去过凶手家。"

严良笑了笑："我只是猜测。"

林奇追问道："那您猜测凶手四十多岁，有豪车，住高档小区，房子装修简单，墙上挂有照片的根据是什么？"

严良道:"是我胡诌的,想让郭羽和朱慧如心理承压而已。我说了,现在一切都是我的假设,等我找到足够的证据,我会向你说明一切的。"

林奇将信将疑地皱起眉。

53

晚上6点多,太阳虽已落山,天空依然大亮。

骆闻斜背着单肩包,背负双手,微微弓着背,沿着河边慢吞吞地向前走。

他一直在留意警察的举动,这几天从周围人口中得知,城西各个辖区的警察都在上门采集指纹,这次规模很大,动员的警力据说也是最多的一次,很细致地一户户上门采集,不漏过任何一个。不过似乎速度并没他预想中的快,至少他所在的小区还没警察来过。

这也难怪,整个城西几十万人口,非常庞大的规模。警察不光需要采集人员指纹,拿回去后还要对每个指纹进行比对,工作量超乎想象。人口普查时,政府派出的是辖区内的各种工作人员,所以才能在短短几天时间内把人口普查做完。而采集指纹这项工作显然是不能安排普通工作人员做的,必须是警察。而警察的数量相对就有限多了。

骆闻抬起头,望了眼远处,面无表情地自语一句:"如果有心躲避警察采集指纹,也不是难事。"他抿抿嘴,继续向前走。

今天严良约了自己在河边公园见面,看来这家伙还不死心,盯牢自己了。不过骆闻一点都不紧张,他很清楚一点,所有的牌都握在自己手里，严良手里压根没牌，即便自己手中的个别几张牌被他猜对了，他也没法判断自己下一张会出什么。

这是一场稳赢的局，严良做再多的事，到头来也不过是徒劳。

不过他又转念一想，即便严良赢不了自己，可是这场赌局最后的赢家一定会是自己吗？他叹息一声，苦笑着摇摇头。

也许这场赌局从一开始，就是自己在和自己玩吧？

结局到底是什么？他这个布局的人也不知道。

他继续按着自己习惯性的慢步伐往前走。一个大概刚下班的姑娘从他身旁经过，姑娘脖子上戴着一根白金项链，中间挂着一颗蓝宝石做的椭圆吊坠。

他突然停住了脚步，愣了一下，心境瞬间被牵到了八年前。

那是他在北京待的最后一个星期的某天晚上，他不记得具体几月几日了，因为当时的他压根想不到这就是他和妻子的最后一次对话。可是他和女儿的最后一次对话是在什么时候，说了些什么呢？他完全记不起来了。

"饭吃过了吧？"他拿起电话，拨到家中。

"都9点了，当然吃过了。你刚吃完饭吧？"妻子道。

"嗯，刚吃完。"骆闻笑了笑。

"你要不是吃完饭没事干，哪儿会记得给家里打电话。"妻子抱怨着。

骆闻笑道："事情多嘛，没办法。"

"这可不是理由，"妻子戳破他的谎言，"这两个月你一共给家里打过几个电话？不可能天天都这么忙吧？你心里就没想到我们。"

骆闻连忙道歉:"好,我会注意,我一定注意,我以后一定改。"

妻子嗤笑一声:"你认错每次都很积极。"

"那是应该的,虚心接受组织批评嘛。"

"哼!我跟你说,女儿生病了。"

"生什么病了?"

"感冒了,还发热。"

"去医院看过了吗?"

"晚上开始发热的,吃了退热药,好些了,明天我请假带她去医院。"

"哦,那好的。"骆闻想了想,叮嘱道,"最好就配点药,不要打抗生素,长期打抗生素免疫系统……"

还没等他说完,妻子就打断他:"知道啦,真啰唆,你的这些理论从孩子一生下来到现在,中间就没停过。"

骆闻尴尬地笑笑:"我这年纪,正稳步迈入更年期,难免话多,请多谅解。"

妻子嗤笑道:"对了,你到底什么时候能回来?你刚走时孩子还经常问,最近孩子都没提过你了。"

"这样啊……"骆闻心中泛起淡淡的一抹苦味,抿抿嘴,道,"下星期,具体哪天还没定,到时我再给你打电话。你可要多跟孩子聊聊我,免得她把我这个爸爸给忘记了。"

"你再不回来,她真要把你忘了。小狗这两个月也长很大了,说不定不认识你了,你要是一个人回家,小心被咬。"

"啊,知道啦,哈哈。"骆闻想到回家后的情景,心中又泛起一层暖意。

"那么，给孩子的礼物买好了吗？"

骆闻抱着歉意道："还没有。嗯……我周末出去看看，对了，北京买东西去哪里好？王府井？"

"我又没去过北京，我怎么知道？你在北京都待了两个月了，就没出去过吗？"

"刚来北京时，大家一起去过长城，后来我一直待在宾馆，也没出去买过东西。"

妻子很了解骆闻这个人，像购物这种事永远指望不上他，只好道："那你就去王府井吧。"

"给孩子买什么呢？"

妻子无奈道："你临走时不是说给孩子和小狗都买零食嘛，除了零食外，你再看着挑几件玩具吧。"

"你要不要礼物？"

妻子知道骆闻在这方面就是个白痴，这还需要问吗？当然，她不会赌气说不要。因为她知道，如果她说不要，骆闻就会当真认为她不需要，真的不会买了。她果断道："要，给我买条项链。"

"好的，那我去看看。"

那个周末，骆闻独自去了趟王府井，按照妻子的吩咐，给孩子和狗买了零食，又挑了几个娃娃，最后又买了条项链，也是蓝宝石的白金项链，和经过的这个姑娘脖子上戴着的很像。

可是，到了下个星期三晚上，他打不通家里的电话，妻子的手机也显示关机，他以为妻子带着女儿去外面玩了，手机没电，他并未在

意。直到第二天飞回宁市后，他依旧拨不通家里的电话，妻子的手机还是关机，这时他才略微感觉不对劲。打开家门后，他发现家里空无一人，连家里的那条狗都不见了。那一刹那，他的职业本能告诉他，出事了。

54

骆闻唏嘘一声，思绪拉回到了当前。他抿抿嘴，提起精神，继续往河边公园处走去。

远远望过去，严良正站在当晚徐添丁所在的那个扭腰器上晃动着身体。他心中不禁又泛起那个疑虑，严良到底是为什么会怀疑到他的？

自从他感觉出严良开始怀疑他后，他不断这么问自己，同时把犯罪后的细节处理想过很多遍，始终不觉得哪里有漏洞。

也许是严良的一种感觉？可是他并不是个依靠感觉办案的人。即便是感觉，那也是看到某些细节才让他产生了这种感觉，到底是什么？

不知道。

但好在他知道，严良顶多只是感觉，没有真凭实据，否则也不会仅仅是反复试探了。

"这里还不错吧？"骆闻走上前，打了声招呼。

"是还不错。"严良停下身，伸了个懒腰，看着周围一些推着婴儿车，或是带着孩子散步玩耍的父母，道，"城西很适合居住，不过如果长期一个人住，即便环境再好，也未免有些无聊。"

"你该不会又打算为我介绍女同志吧？"

"哈哈，我还不至于这么多事，不过只要你愿意，我随时可以效劳。"

"你的好意我心领了。说吧，今天找我又是为了案子吧？"

"咦？你怎么知道？"严良稍微瞪大了眼睛，仿佛很惊讶。

骆闻道："昨晚我叫了份外卖，面馆的朱慧如说她送外卖时遇到了你，你又说了很古怪的话，我想着大约是你在调查她。今天你站在这儿，离那边——"他指着发现尸体的树林，"听说尸体就是在那里发现的。"

"哦，朱慧如是怎么跟你说的？"

"她说她在小区门口时，遇到了我那位朋友，问她是不是我叫了外卖，说你已经找她好几次了解情况了。"

严良咳嗽一声，道："没错，我确实很怀疑她——以及那个郭羽，昨天我跟踪了她，今天下午我和分局的一位刑警也专门找了他们俩。他们俩口风很紧，问不出什么，真麻烦。"

骆闻笑了笑："你一向很严谨，相信你如此怀疑他们，他们总归有很多疑点。"

"没错，疑点很充分，他们俩一定是凶手。"

骆闻心里在说：如果真的疑点很充分你可以直接抓人啊。他笑了笑，道："既然如此，那么你把他们俩带回去审问不就行了，需要我帮你些什么？我现在不是法医了，尽管知识没全忘光，恐怕也比不了公安里的专业法医了，而且我手上也没任何仪器，这些活都是靠仪

器的。"

"我来找你只不过想求证一点，"他直盯着骆闻的眼睛，仿佛想把他看穿，"在一个人死后，有没有办法让死者吃下半盒蛋炒饭？而且是让蛋炒饭大部分进入胃里。"

这都被他发现了吗？

骆闻心中微微一惊，脸上不动声色，装作思考了几秒，道："当然可以，塞下去。你知道大黄鱼吗？"

"那是你们宁市的特产，听说很贵。"

"是的，相当贵。野生的大黄鱼，大概要上千元一斤吧，以前我在单位，有年快过年时，副局长给了我两条，我带回家，我太太剖开后，发现每条鱼肚子里都有个铅锤，称了一下，一个铅锤四两重，把我惊呆了。"

"哈哈，那一定是送礼的人遇到黑心商人了。不过，死人也可以这样吗？"

"当然，只是对一具死尸这样做未免恶心点罢了。人的食道比较长，把饭塞下喉咙后，还需要弄根细长的棒子慢慢塞到胃里去，就像去医院做胃镜时，医生会把整个胃镜通过咽喉塞进肚子里。这还不够，如果为了效果更接近现实，塞下蛋炒饭时，需要托弄死者的下巴，让他把蛋炒饭咀嚼一下。这样子会很恶心的。"

"哦，那凶手的心理素质一定异常好吧，哈哈。"严良虽然在笑着，可是他的目光闪现着锐利的亮光。

"或许如此吧。"骆闻同样淡淡地笑了一下。

"对了，还有个问题想请教你。你应该看过媒体关于连环命案的报道，凶手每次杀人后，都往死者口中塞入一根利群烟，你认为凶手想表达什么意思？"

骆闻淡然笑道："也许是凶手爱抽利群烟吧。"

"哈哈，是吗？如果凶手并不抽烟呢？"

骆闻摇摇头："那我就不清楚了。这应该是你的专长，即便我还在单位时，工作也只是找出现场能够找到的信息，关于信息背后的意义，我不懂分析。"

严良点点头，道："那好，今天又麻烦你，真是不好意思。"

"没关系，在我的经验能力内，有什么能帮忙的尽管开口，不过现在的我，未必像以前那么专业了。"

"是吗？不过我瞧你依旧相当专业。没经验的法医一定想不出来你刚刚的答案。"

"呵呵，毕竟我干了几十年。"

"好的，那么今天就先谢过了，下回我请你吃饭。"

"我等你。"

严良道别后，转过身，向前走了几步，又转回身，笑道："我觉得你那句话真的不错，无论什么理由的犯罪都是可耻的，这句话很激励人。"

骆闻朝他点点头。

望着他离去的背影，骆闻心中不禁起了一丝寒意，同时，还有一种胆怯。不是为他自己，而是，他在想着有生之年能否再见到妻女了。

必须踩进去的圈套

55

杨学军把严良带进办公室后，赵铁民挥挥手打发他离开，随后关上了门，亲自倒了一杯水，放到严良面前，自己坐在了沙发一侧，道："老严，查了这些天，有什么结果吗？"

"还没有，有结果我会告诉你的。"严良的回答很直截了当。

"这几天城西各辖区的警察都在挨家挨户采集成年男性指纹，已经有十多万份了，可是还没找到凶手。你觉得有必要继续做下去吗？"

"当然，现有最直接的线索只有指纹一项，尽管大规模核对指纹是件很辛苦的工作，但这也是最直接的工作。"

"会有效吗？如果凶手有心想躲避，怕也不是难事。"

"任何调查都存在被凶手躲过去的可能，难道都不做吗？"

赵铁民不悦地抿抿嘴，站起身，踱步几遍，道："关于凶手杀人后，为何在死者口中插一根香烟，孙红运那次又为何故意借用死者的手，在地上留下'本地人'三个字，你有什么解释？"

"没有任何解释。"

赵铁民皱眉看着他："这些问题连你都想不出来？"

严良冷笑一声，道："当然，我又不是神仙，我怎么会知道。"

赵铁民哼了一声："我一直觉得你很厉害的。"

"这些问题，专案组上千人都没想出答案，我的智力不可能敌过上千人，我当然也不会知道。况且，寻找一个答案，不是靠猜，而是靠从已知信息中推理出来，已知信息有限，所以答案也只有凶手一个人知道。"

"会不会是凶手故布疑阵，扰乱我们的侦查方向？"

严良果断摇头："不会，原本案子就没线索，凶手根本没必要多此一举。而且，以凶手的能力，他不屑这么做。"

"那会是什么呢？"赵铁民摸着寸头。

"我不知道。"严良说的是实话。

赵铁民瞧着他的表情，点起一支烟，吸了口，缓缓道："听说你这几天一直在调查朱慧如和郭羽？"

严良并不否认："林奇告诉你的吧？"

"对，听说你坚信这两人是凶手，能说说理由吗？"

严良双手一摊："对不起，我还真没有拿得出手的证据足以证明两人是凶手。"

"那你为何……"

"一种假设，尚需求证。"

"大胆假设，小心求证是你数学中的思想方法。"

严良惊讶地瞧着他："你也懂数学？"

赵铁民撇撇嘴："不要把我想得这么没文化好吧？"

严良哈哈笑了几声。

赵铁民继续道："不过这次你假设了两个这么不靠谱的人作为凶手，还坚信他们就是凶手，实在不合你的习惯。不如我给你再加一个人——骆闻？"他抬眼，打量着严良。

"你在说什么？"严良微微眯着眼。

"骆闻为什么每次都背着一个斜挎包？"

严良瞪着他："你见过他？"

赵铁民并没否认："看着他，我想起了还关着的那个变态佬说的，凶手背着个斜挎包。"

严良略微皱起了眉："背斜挎包可不是特殊装扮，随便哪条街上都有一大把。"

"当然当然，凶手犯罪时背着个斜挎包，不代表他平时也是这副装扮。不过——"赵铁民细细地瞧着他，"原本你去见骆闻一次，也没什么，不过你这几天见他的频率似乎高了点吧？而且林奇告诉我，昨天你找朱慧如和郭羽时，说到凶手特征时，有点不对劲。"

严良静静地看着他，沉默半晌，才道："你跟踪了我？"

"不，我只是调查案情。"赵铁民解释。

"所以你今天找我来，就是问我，骆闻到底是不是凶手？"严良道。

"因为你昨天描述的凶手特征的情况，似乎和骆闻……"

严良笑了一声，随后摇摇头："那又怎样？"

赵铁民站起身，给严良杯子里重新加上水，道："骆闻我几乎没怎么接触过，不太了解，你和他熟。以他的专业技能，他完全拥有这起案子凶手的犯罪能力，他的心理素质——他接触过的死尸恐怕都有成百上千了，杀人后对着尸体割血条这种事当然不在话下。可是……他以前毕竟是个警察，还是他们宁市市局法医和物鉴部的双料主管，他的犯罪动机……我不理解。"

严良呼了口气，笑了笑，道："你怎么就认定凶手是骆闻？"

"你昨天描述的凶手特征，除了骆闻，还有别人吗？"

"证据呢？"

赵铁民摊手道："我还想问你要证据呢。"

严良苦笑一下，摇摇头："我没有任何证据。"

赵铁民奇怪地看着他："那你为什么会平白无故怀疑起他？就因为他在城西，他拥有凶手的能力和心理素质？"

严良道："我掌握的证据，只是逻辑上的，并不是法律上能认定他涉案的。不过既然你把话说得这么明白了，我也可以坦白告诉你，不错，我就是怀疑骆闻犯罪。我从再见到他的第一天就怀疑是他在犯罪。这也是我突然要求介入案件调查的原因。如果不是因为我怀疑他犯了重罪，你的这些命案我压根没兴趣参与。"

赵铁民一愣，脸上透出几分尴尬，他对严良当时突然说要参与调查确实感到几分奇怪，但严良说是帮助老朋友，他当时并未想得这么深，也根本想不到是因为严良怀疑案子是骆闻干的。

他咳嗽一声，恢复了神色，道："以你对骆闻的了解，他为什么杀人，而且还是连续杀人？杀的都是些刑释人员，他仇视法律，想要法外制裁吗？"

严良很果断地摇头："不，他不是那种人，你错估他的正义感定位了。他的正义感一向只放在法律的框架中进行，他很厌恶超越法律之上的惩戒，哪怕这是在很多人看来正义的行为。他追求程序上的正义，所以他选择了这一行，因为他的工作能把凶手犯罪时的细节铁证拿出来，给凶手定罪，而不是单纯靠口供、靠人证。他说过物证比人证和口供都靠谱得多。人证也许会撒谎，口供可以靠严刑逼供，唯独物证，是实实在在，改变不了的。他更不是一个追求法外制裁的人，他说过，无论什么理由的犯罪都是可耻的。"

"那么他……"

"如果真的是他犯罪，那么他一定有另外的目的，绝不可能单纯是为了法外制裁。不过，现在我并不清楚他的真实目的。"

"那么徐添丁呢？我听林奇说，你说人是朱慧如和郭羽杀的，有另外一个人替他们掩盖了罪行。那个人自然是骆闻了。他似乎和这两人并没太多关系，这又是为了什么？"

严良摇摇头："我不知道。"

赵铁民来回踱步几圈，回过头，道："这么说，你只是怀疑他，没证据？"

"是的。"

"行吧，那么查证据的事，就交给我来办吧。我只希望你的怀疑是对的，可别到最后骆闻压根不是凶手，只是因为他有犯罪能力就引起你的怀疑。"

严良立即道："你要怎么做？"

赵铁民笑了笑："很简单，拿他的指纹比对一下不就行了吗？"

严良顿时摇头："我建议你不要轻举妄动，那样做没有任何结果——除了打草惊蛇。"

赵铁民不解道："你怀疑他是凶手，那么采集他的指纹比对下不就有答案了吗？"

严良不屑道："如果那样就有答案，他就不是骆闻了。"

"他犯罪留下的指纹，难道会是个不相干的第三人的？"

严良道："换成别人不可能，但骆闻，他就很有可能。我告诉你吧，如果是他犯罪，凭他的专业技能，完全可以做到不留下任何证据。因为一起命案出现后，警方到现场勘查，根据现场遗留的信息、数据，能够分析得出什么结论，他了如指掌。他更对勘查会采集到的数据信息、采集的步骤、分析的过程一清二楚。什么样的现场能得出什么样的结论，还有人比他更了解吗？所以，如果真是他犯罪，那么警方在这一连环命案得到的所有勘查结果，都是他希望你们得到的。也就是说，他不光出了一份试题，还把标准答案也给你们印好了，他等着你们按照他给出的标准答案往试卷上填空而已。"

赵铁民眼中闪过一抹寒光，过了片刻，他摇摇头，道："我不信，我会去验证的。除了指纹，还有电棒、绳子，也许这些犯罪工具就藏在他的斜挎包里。"

严良生气道："我已经告诉过你不要轻举妄动了，你这样是查不到任何证据的！"

赵铁民顿时咬牙怒道："我办案还用不着别人教！只要他真是凶手，我肯定把他的犯罪证据找出来。"

严良抿抿嘴，和他对视了片刻，叹了口气，道："随你吧，也许你这么激一激他也好。现在我只要你帮一个忙。"

"说!"赵铁民虽然显得满脸怒气,但看样子这忙他终归还是会帮的。

严良不禁笑了出来,道:"好了,我不跟你争了。我请你开一张介绍信,我去宁市查几样东西。"

"关于骆闻的?"

"是的。"

"你一个人去?"

"对,在事情明朗前,我不希望其他人知道我怀疑的对象。"

赵铁民点点头:"好,没问题。"

56

星期六,骆闻和往常一样,下楼吃了早点,回到家中,看着电视打发时间。

他的爱好很有限,以前在单位时,他几乎没有任何娱乐方面的活动,空闲时也是看些国外的专业书籍。这几年他的爱好就多了一样,躺在沙发上看电视。

他常常想着,如果能寻回妻女,那么躺在沙发上看电视该是多么惬意的事,也许妻子会称呼他"土豆男",现在大概是"土豆大叔"了,那样的感觉很好。可是每次回过神来,他只能望几眼墙上的小照片。

再过两年自己就是五十岁的人了,头上的白丝也会跟着变多,那样的自己是不是太老了?

他记忆中的妻女，是八年前的妻女。记忆中的女儿不会长大，妻子不会变老，永远定格在当初的岁月里。只有他自己，在岁月蹉跎中，比相框中的男人老了很多，好像已经不再是他妻子的丈夫，他女儿的爸爸。

这时，门铃响起，骆闻站起身，心中带着几分好奇。

他自从住进这套房子后，几年里除了两三次维修工人找错楼层和送外卖的外，门铃没被任何人按过。

此刻会是谁？

他走到门后，通过猫眼向外窥探。

门外站着一个老头，看着有点眼熟，骆闻想了想，好像是小区物业公司的一个工作人员。

"有什么事吗？"骆闻隔着门喊了句。

对方回答道："你好，楼下住户说家里漏水，我们上来检查一下。"

楼下？

骆闻心中快速反应了一下，楼下根本没人住，是空房子，他在阳台时，能看到楼下的阳台，没有装修，也从来没有人出现过。而自家唯一可能漏水的只有卫生间，但昨天他洗澡时卫生间依旧是好好的。最近也没有下雨，楼下怎么可能漏水？

他在警局工作了这么多年，当然对有些套路一清二楚。如果真是那样，说明严良已经不再只是怀疑了，他是否发现了更多证据？朱慧如和郭羽现在怎么样了？

骆闻心中泛起了一丝焦虑。

不过，他们既然来了，躲是躲不过的，他决定还是大大方方地开门。

"咔嚓"，他刚转动门锁，突然听到门外几声急促的脚步声，紧接着"砰"一声撞在了门上。

骆闻虽然有此预期，但还是被吓了一跳。

"咦？"门外传来一声惊呼，穿着警服的杨学军右侧肩胛骨隐隐作痛，和另外三个警察站在一起，杨学军皱着眉，脸上透着尴尬。

原本他计划等骆闻一开门，几人就瞬间冲进去，把骆闻控制住，随后开始采证。那样的效果是第一时间给嫌疑人造成巨大的心理震慑，说不定嫌疑人当场就露馅了。

但他始料未及的是，虽然骆闻把门开了，但他把门内的链条锁挂上了，高档小区的防盗门极其牢固，杨学军奋力一撞后，只觉得自己骨头差点开裂。

骆闻心中感慨着，幸亏刚刚挂上了链条锁，否则他们这一下冲进来，直接把他撞飞了。他故作惊讶地瞪大眼："你们要干吗？"

四个警察满脸尴尬，这原本是设计得很好的搜查方案，一开门就突然袭击，打对方一个措手不及，让对方自以为罪行暴露，心理崩溃，说不定在搜之前他就认罪了。谁知犀利的开场方案被一根链条锁轻易地打断了节奏。

杨学军收起尴尬表情，咳嗽一声，露出严肃的表情，道："我们是缉毒队的，接到举报，怀疑你房子里藏有毒品，我们要进去搜查。"

这都行？

骆闻心里想着，这肯定不是严良教他们的，自己烟酒不沾，怎么可能吸毒，傻子才想出用这个理由来搜查他家呢。

他转念一想，这也是一个好的信号。他们编了个理由来搜查，而不是明说是来调查命案的，这是为警方的调查行动留后路，表明他们目前依旧没有任何证据。当然，朱慧如和郭羽此刻也很安全。

骆闻微微皱眉，隔着门打量他们："缉毒警通常都是便衣行动的，不应该穿警服吧？"

杨学军稍微愣了一下，他知道骆闻对警队工作人员的职能安排一清二楚，可是现在话已说出口，只能咬牙到底了。他冷声道："别废话，开门！"

"我想你们一定是误会了，或者报案人搞错了，甚至是恶作剧。"他平淡地说着，大方地打开门，让到一旁——他可不想被人按到墙壁上。

见他大大方方地开了门，让到一边，杨学军心中又是一阵惊讶。

这哪里像是连环命案的凶手？警察都找上门搜查了，马上就有结果了，还会这样淡定吗？一定是搞错了吧。他心中已经把骆闻的嫌疑稍稍淡化了。

他依旧摆出一副严肃的样子，不过态度显得客气了不少："我们是按程序调查的，希望你配合。"

"当然当然，我一定配合。"骆闻表现得不卑不亢。

杨学军继续道："按规定，我们要对你的房子内外进行搜查，为防贵重物品遗失，请你跟着我们进行监督。"

"我想你们一定是搞错了，不过你们的程序我懂。既然要查，那么就开始吧。"

骆闻跟着警察一起，到每个房间看他们搜查。家里东西很少，家具没几件，几个警察很快把所有房间都找了一遍，当然，他们的搜查很细致，床底下、家具和墙壁的缝中、吸顶灯的灯箱全部看过，甚至骆闻发现他们对每块墙壁都仔细看过，大概是想看看墙上是否有暗格吧。

由于房子很空，所以这次搜查只用了三十多分钟，结果一无所获。杨学军又把目光移向了他放在桌上的斜挎包，道："包能看看吗？"

"当然。"骆闻很自然地把包交给他。

杨学军当着他的面打开包，细致地翻过，只有一些现金、几张银行卡和一些证件而已。

杨学军抿抿嘴，道："能检查一下你的车吗？"

"可以，在地下停车场，我带你们去。"

很快，警察也对奥迪车做了检查，车上除了车辆证件和一些单位客户送的东西外，别无他物。

末了，杨学军略显尴尬地道："不好意思，看样子我们这次的情报搞错了，打扰你了。"

"没关系，配合警方调查是每个人应该做的。这么大热的天，你们还在外劳碌，很辛苦。"骆闻客气地说着。

这话让几个警察都对他产生了好感。

杨学军抿了下嘴，稍微笑了笑，道："最后请留一下你的指纹，我们要回去留档。"

"好的。"骆闻伸出双手，在采集纸上印下去，随后又道，"我需要拜托你们一件事。今天既然是场误会，那么请你们出去时，跟小区物业的工作人员解释一下，否则他们以为我是个涉嫌吸毒的人员呢。"

"当然当然，这是必须做的。"杨学军连声道，随后，带着三个警察离开了。

骆闻吁了口气，目光望着远处，暗自低语："严良，这回你该死心了吧。"

57

"指纹不符合？"赵铁民抬起头，瞧着站在面前的杨学军，随后又看了眼坐在他对面的严良。

杨学军道："是的，骆闻的指纹跟凶手的指纹完全不一样。"

赵铁民道："其他呢？"

"他家和他的汽车，我们都仔细搜查过了，没有找到任何与犯罪相关的可疑物件。不过单位没去过，似乎找不到合适的理由去他单位搜吧？"

"没有跳绳？"

"没有，也没有电棒。"

严良道："看过他的包吗？"

"看了，有挺多现金，还有银行卡、证件什么的。"杨学军如实回复。

严良道："有多少现金？"

"几千元吧。"

"只有几千元吗？他家其他地方还放了现金吗？"

"卧室的抽屉里倒有几万元的样子。"

严良微眯了一下眼，点点头。

赵铁民摸着下巴思索片刻，挥挥手打发杨学军出去，随后看向严良："怎么样？什么也没找到。"

严良道："我说过这么做只会打草惊蛇，查不到任何证据。"

"那么指纹呢，你怎么解释？"

"假的。"严良很是理所当然地道。

"指纹也是假的？"赵铁民冷笑一声，道，"他的指纹怎么造假？"

严良道："指纹造假很简单，有些单位上班需要员工指纹打卡，网上有店铺，专门为人制作指纹模型。只要把指纹图片发给对方，很快就能收到模型。于是就有员工做了模型交给同事，帮忙上下班打卡。"

"这我当然知道，但用这种方式造假，指纹总是真的吧？总是某个人的指纹吧？不可能是他自己凭空捏造画出来的指纹吧？既然你认为骆闻是凶手，指纹不是他的，那么指纹是谁的？"

严良撇撇嘴，道："也许是某个无关的陌生人的，也许是他从某个过去的案件卷宗里找来的。"

"你这么说岂不等于白说！"赵铁民咬牙瞪着他，握拳扬了扬，"那么照你的说法，指纹也是假的，我这边派了无数人采集指纹比对的工作完全是无用功，没必要做咯？"

严良抿嘴道："这是调查的常规步骤，我没理由反对。"

赵铁民哼了声，道："你怀疑骆闻的理由到底是什么？仅仅因为他住城西，而且他有处理犯罪现场的能力？这个理由实在太牵强，我没办法相信，相信其他人同样无法信服。"

严良无奈地笑笑："我的理由更难让人信服。很抱歉，现在我只是假设出了方程组的答案，验算过程的难度超过了我的预期。"

"如果你的假设从一开始就是错的呢？骆闻跟案子根本没关系呢？"

严良微微摇头看着他："似乎我参与调查到现在，并没浪费你的警力资源吧？调查骆闻是你派手下去的，我并不支持。你找人跟踪我的警力浪费总不好算在我头上吧？除此之外，我并没有差遣你的一兵一卒。也就是说，即便我从头到尾都是错的，那也不影响你的正常工作。对吧？"

"你影响我的破案思路和判断！"

严良坦然嘲讽道："好像原本你对这案子就没有什么思路。"

"你！"赵铁民气恼地看着他，过半晌，吁了口气，又笑了出来。他想了想严良的话，也有几分道理。严良介入案子后，确实没跟他要求过警力，从头到尾都是严良自己一个人在忙活。随便他怎么查吧，反正有线索自然是好事，没结果，似乎也怪不到严良头上。

他伸了个懒腰，坐回椅子里，躺着问："接下来你想怎么样？"

"明天我就带着你的介绍信去趟宁市，不过——"他顿了顿，道，"既然你都已经派人上门找过骆闻了，那么，就请继续调查他吧。"

赵铁民一愣，瞪眼道："查什么？还要去他单位搜？如果他跟案子无关，要知道，他以前是他们宁市市局的重要人物，省厅也有很多熟人，他要是去投诉我，说我莫名其妙查他，影响他的工作和生活，我怎么解释？"

严良摇摇头："不用查这些，东西既然家里和车上都没有，想必他也不敢放单位，单位是个公共场所，东西放单位的风险更大。你只要查一下，徐添丁死的那晚，骆闻所在小区的监控。我注意到他所在小区的门口就有个监控，里面也有不少路面监控，地下停车场和电梯里也都有监控。我相信，当晚他一定很晚回来，甚至——没回过家。"

"查他小区的监控？"赵铁民思索片刻，点点头，"这个倒不难。"

"好吧，那我们过几天再见。"

58

"骆闻是在9月8日晚上接近12点回的小区，一个人走路回来的。"电脑里正在播放着监控的视频，杨学军在一旁做着解释。

赵铁民盯着画面，尽管晚上光线条件不是很理想，但毕竟是高档小区，摄像头的像素比普通的高些，小区门口刚好有两个路灯，所以大致能够辨认出人的容貌。

"他走路没低头，行动举止很自然，身上好像也没有血，看不出异样。不过12点回家……嗯，有点晚了。"赵铁民道。

"后面还有，"他关掉这段视频，又打开了下一个视频文件，拉到中间处，道，"几小时后，2点差10分，骆闻开着他的奥迪车离开小区了。当然，光线不好，开车的人的面孔看不清，不过车牌很清楚，这辆车就是他的。二十分钟后，2点10分，骆闻开着车回到了小区。大半夜的，他出去了二十分钟，不太正常。"

赵铁民皱着眉缓缓点头："果真如严良怀疑的一样？"他将骆闻开车回来进入小区的画面反复看了几遍，道："能判断他回来时车上是否还有人吗？"

杨学军摇摇头："只能判断副驾驶座上没人，但不清楚后排座位上是否有人。"

"这似乎还不够。"

杨学军关上这段视频，又打开了下一个文件："3点35分，骆闻再次开车离开了小区，不过这次以后，直到早上9点多他才回小区。"

赵铁民呼了口气，道："严良说徐添丁是朱慧如和郭羽杀的，骆闻负责料理善后，两人的口供也是骆闻教的。既然骆闻要教他们如何应对，那么一定是案发后马上就教他们了。他2点不到开车出了小区，二十分钟后又回来，二十分钟的时间要教两人口供显然不够。会不会是……当时他车上就载了这两个人，把这两个人带回家来了？"

"很容易，直接找骆闻，问他半夜出去干吗了，不管他说什么，我们都会去验证，看他能说出什么样的理由。"

赵铁民摇摇头："很难，如果他说自己半夜睡不着，去街上逛了一圈呢？这大半夜的没办法验证他说的到底是不是实话。"

"这……"

"这不是能证明他犯罪的证据，只能显得他很可疑，他如果随便编个谎话，我们也没办法反驳。"

"那怎么办？"杨学军显得束手无策。

赵铁民想了想，道："他家住几楼？"

"七楼。"

"嗯，那好办，电梯里也有监控，住七楼肯定会坐电梯。查他当晚进出时，电梯里除了他之外是否还有朱慧如和郭羽，如果是的

话——"他冷笑一声，"那就不怕他抵赖了。"

"好，我马上去查。"

杨学军刚离开办公室不到五分钟，就心急火燎地跑了回来，急声道："抓到了，凶手抓到了。"

"什么！"赵铁民惊讶地瞪大了眼睛。

"刚抓回来的！"杨学军喘着气道，"二中队的人在采集了一个单元楼的指纹，回到车上初步比对一番后，发现一个人的指纹跟凶手的完全吻合！他们当即上楼把人抓了，刚带回来。那人名叫李丰田，三十二岁，杭市本地人，除了指纹相符外，他还是个左撇子，而且抽的就是利群烟，完全一致！前面骆闻这几个人的事，纯属我们多疑了。"

赵铁民激动地站起身，来回踱步，道："好，赶紧审，录口供，要他详细交代清楚每起案件的杀人经过！这次做得很好，没想到这么快破案，哈哈，很好！"他脸上洋溢着笑容，显然，这起连环命案，省市两级重视的大案，没想到短短几个星期内就破了，尽管投入了大量警力，但这一切都是值得的！相关人员这次都立大功了！

至于严良的这些分析，骆闻、朱慧如、郭羽这些人，那纯属跟案子无关的小插曲了。

59

严良敲了敲门，办公室里赵铁民答了一句："进来。"

严良推门而入，径直走进去，道："听说你们抓到凶手了？"他觉得气氛异常，抬头望去，赵铁民点着烟，低头默默吸着。

严良微微一眯眼，道："凶手不肯招？"

赵铁民用力吸了一口，把最后的一截烟头按灭在烟灰缸里，抬起头，满脸的烦闷："这家伙居然有不在场证明。"

"你们查过他的不在场证明了？"

赵铁民缓缓点头，道："此人名叫李丰田，在建材市场有个摊位，卖油漆。他9月7日跑江苏进货，9日下午才回来的，其间店铺是他老婆管的。徐添丁被害是在8日晚上，而他8日晚上人在江苏跟厂方人员吃夜宵，吃到晚上10点多，根本不具备犯罪时间。这点有好几个人可以做证。本来我们以为他故意撒谎想伪造不在场证明，可是调查了跟他一起吃饭的几个人，所有人都给他做证。不光如此，他过去一直在江苏做生意，去年才回到杭市，连环命案的前两起发生时，他都在江苏。而且他和每个被害人都不认识。我们从把他抓回来到现在，已经有四十多小时，一直没让他睡觉，可是他到现在依旧不承认犯罪事实，始终喊着冤枉。而且他家也搜过了，没找到任何与犯罪相关的东西。"

严良点点头，道："他还交代过什么吗？"

"我们把每起命案的各种细节、照片拿出来问他，可他就是不交代。"

"除了这几起命案外，他有没有交代过其他的事？"

赵铁民疑惑不解地看着他："什么其他的事？"

严良笑着摇摇头："看你这样子，就是没有了。"

"你想表达什么意思？你是不是还认为他不是凶手，骆闻、朱慧

如、郭羽才是凶手？"

"不不，"严良道，"他确实也是凶手，不过只是次要凶手，主凶是骆闻。"

赵铁民皱眉道："犯罪现场哪儿有指向骆闻的证据？所有证据都是指向李丰田的。他是本地人，是左撇子，指纹完全对上号，而且他抽利群烟。"

严良连连点头，道："那就对了，果然如此。"

赵铁民急问："你去宁市到底查到什么了？"

严良站起身，舒展一下筋骨，倒了杯水喝上一口，不慌不忙地道："这件事得从头说起。还记得一开始我们聊过的那个问题，凶手杀人为什么用绳子，而不用刀直接捅呢？"

赵铁民凝神思索片刻，道："对，你是说过这个疑问，到现在也不清楚答案。"

"凶手杀孙红运时，为何不直接将他杀死在绿化带旁，而是把人拖到里面，还刻意制造出地面不留脚印的把戏？"

"增加我们的侦查难度？"

严良摇摇头："这只会增加凶手自己的犯罪难度。"

"你现在知道答案了？"

严良并不否认，他继续道："凶手为何要假冒死者临终时，写下'本地人'三个字？"

赵铁民依旧摇头不解。

"杀人后为何要留下一根利群烟？"

赵铁民皱着眉看着他。

"为何要留下一张'请来抓我'的字条？"

"继续说下去。"

"为何所杀的全是刑释人员？"

"看样子你是知道答案了。"

严良长叹了一口气，道："没错，所有这些疑问，都可以用一个原因来回答。"他缓缓地把这个答案告诉了赵铁民。

听完，赵铁民张着嘴，半晌没有回过神来，过了许久，方才开口道："你说的这些——"

严良沉重地道："这些都是我的猜测！我的猜测可以解释所有疑点，可是，从法律层面上说，我的猜测尽管能解释所有疑点，却根本不能证明骆闻犯罪。也就是说，这是一起无证之罪，我们拿骆闻没有任何办法。"

赵铁民摸了摸额头，眼中寒光一闪，抿抿嘴，道："我马上找人把骆闻带回来，审他三天三夜，我就不信三天三夜不合眼，他的意志还能支撑他不交代。"

"没用，一点用都没有。"严良有些不屑地冷笑一声，道，"不是所有人都会对高压审讯就范的。没错，你是破了很多案，抓进来的嫌疑人，我相信没有一个能咬牙坚持到最后始终不交代的。如果你以为这是高压审讯的功劳，那就错了。高强度的审讯确实会给嫌疑人的身心造成很大的压力，许多人扛不住，心理防线崩溃，最后只能交代了。但为什么许多明明心理素质极好的人，在被抓进来前，一直反复告诫自己，绝不能招供，否则就要面临最严重的刑罚，可是最后他们还是招了呢？因为在审讯过程中，警方拿出了一些证据，当面还原了一些案件的真相，嫌疑人以为警方已经完全掌握了其犯罪事实和证据，自然觉得抵抗已经没用，只好招了。可是这次的案子不同，因为骆闻他自己很清楚，我们手里没有任何人证、物证，没有任何可威胁到他的牌，只要他不招，没口供，我们就拿他丝毫没有办法。而一旦招供，那么他就会面临致命打击。你说他会怎么选？"

赵铁民站起身，来回走了几圈，道："那怎么办？总不能看着凶手在面前晃，却拿他一点办法都没有吧！"

严良道："这案子还有唯一我想不明白的一点，骆闻为什么要帮助朱慧如和郭羽这两个跟他萍水相逢的人。"

赵铁民道："如果他自己不说，我们就更不可能知道。前面调查已经很深入了，也没发现他跟朱慧如和郭羽有什么特殊关系。总不会他是朱慧如的亲生父亲吧，啊哈哈！"他故意大声笑几下，打破办公室里的烦躁气氛。

严良道："我有个办法，也许可以试一下。"

"什么办法？"

"既然李丰田有足够证据证明人不是他杀的，现在羁押调查时间应该到了吧，不如先放了他。"

"放了？"

"对，先放了李丰田。然后我要给骆闻看一件东西，给他设一个圈套。"

严良将他的计划详细地告诉了赵铁民。

听完，赵铁民面露担忧道："我想以骆闻的经验，一定看得出这是圈套，他会上当？"

严良肯定地道："他一定会上当，并不是因为他看不出这是圈套，而是，他等了这么多年，就在等着这个圈套。他一定会来的。"

赵铁民道："要不再想个其他办法？给他看这东西也不一定非要你亲自去吧。如果他发现你已经有了所有问题的答案，我怕他会对你……"

"不，我必须亲自去找他，"严良咬住牙，脸上隐现着怒火，"我要看看他做人的底线到底在哪里！"

赵铁民默默地看着严良，他从未见过这家伙露出这种目光。他咳嗽一声，驱散办公室里的凝重，笑道："好吧，既然如此，那你就亲自去吧。如果出事了，尽管你现在不是警察，我也一定想办法跟上级说明情况，给你报个因公殉职。"

真相的吸引力

60

晚上7点，骆闻躺在沙发上看电视，小狗躺在他的拖鞋旁睡觉。

这几天很平静，严良和警察都再没来过。

连日来，他为避嫌，没去过面馆，也没叫过外卖，不过他今天在路上遇到正去送外卖的朱慧如，两人并没多聊，朱慧如只告诉他一句，最近几天一切安好，警察没有出现过。

他放心了，看来，严良在没有证据的处境下，只能选择了放弃。

这时，门铃响了一下，小狗汪汪大叫了几声跑过去。

骆闻敏感地站起身，脑中浮现一个念头，怎么，又要玩这招吗？上次禁毒，这次搞什么，总不会想出查暂住证吧？——不过好像虽然房子是他的，可他却不是这里的户口，也没有暂住证，他不知道法律上这种情况他们到底有没有理由闯进来。

他走到门后，对着猫眼向外瞧。

"严良？怎么又是他？"

骆闻微微皱了下眉，虽不清楚严良的来意，但还是开了门。

小狗看到来人，一边畏惧地往后退，一边履行着看家护院的天职——对着来人叫。

骆闻呵斥一声，把小狗赶回去。

严良笑眯眯地看着狗，道："上回来这狗还不叫，看样子它已经认你做主人，把这里当成家了。"

骆闻也笑道："是啊，养了它这么久，你送的一袋零食差不多都被它吃完了，如果还不认主人，那就太没良心了。"

严良拿起桌子上放着的一根咬胶，扔给小狗，小狗连忙叼到一旁啃起来了。严良笑道："你挺喜欢这条狗的吧？"

"嗯。"骆闻点头。

"是因为这条狗长得像你女儿过去养过的狗？"

骆闻淡淡一笑，点点头："是的。"

严良笑着叹息一声："朱慧如的这条狗送得可真值啊。"

"嗯？"骆闻瞥了他一眼。

严良咳嗽一声，道："朱慧如捡来这条小土狗，带着是个累赘，早晚要送人。送给别人的话，别人大概也不会喜欢。送给你才是送得值。"

"呵呵，是吗？"骆闻平淡地回应了一句。

严良走到客厅，打量了一圈四周，最后看向了电视机："你也看电视？"

骆闻做了个怪表情："我看电视很奇怪吗？"

"这么悠闲的骆闻可与以前的骆闻完全不一样啊。"

骆闻道："现在空闲了，平时晚上没事，我总待在家里看电视打发时间，我还挺喜欢这种生活的。"

"是嘛。"严良笑了一下，眼睛微微一亮。

"要喝点什么？好像只有茶叶，将就一下？"骆闻走到饮水机旁，拿起杯子。

"白开水就行了。"

"好的。"骆闻倒了杯冷水，拿到严良面前。

"谢谢。"严良接过水杯，道，"其实我今天找你是想聊点正事的。"

"哦？什么正事？"骆闻也坐到了另一侧的沙发上。

严良看着他，道："以你的专业眼光看，世上是否有完美犯罪？"

"你指的完美犯罪是什么？永远抓不到凶手？"

"不，"严良摇摇头，"很多案子都是永远也抓不到凶手的。比如流窜犯跑到一个人迹罕至的山村，杀了人后继续逃亡，这样的案子除非运气好，否则永远没法破。再比如驴友登山，一个心怀恶意的人趁另一人不注意，把他推下山致其摔死，除非他自己交代，否则同样永远查不出真相。这一类的案子，或者因为缺乏有效线索，或者因为缺乏排查对象，能否破案全凭运气。这些案子之所以破不了，主要是破案的基本条件不足，而并非凶手的手段多高明。我说的完美犯罪是指，凶手在杀完人后，能够彻底颠覆性地伪造整个现场，消灭所有与他有关的证据。"

骆闻面色毫无波澜，笑了笑，道："理论上你说的情况完全有可能存在。尽管现代刑侦技术水平已经很高，但尸检、物证勘查等手段的根本，在于指纹、脚印、DNA、纤维、微物证等几项信息。如果这几项都处理过，就没问题。"

"那么如果一起案子中，现代刑侦技术所能掌握的几项信息都被人为改造过了，这样的案子能怎么破呢？"

骆闻笑着道："这也就是说法医的工作全部无效，剩下只能看你的逻辑推理了。"

"可是逻辑推理的基础，偏偏是法医的勘查工作。"

骆闻皱眉道："这是个悖论命题，缺乏物证的案子要靠逻辑推理，而逻辑推理的基础恰恰是物证。那么这案子就没法破了。"

严良点点头："我明白了，你果然知道答案，这样的案子没法破。对了，出来时匆忙，我上个厕所行吗？"

"当然。"骆闻指着厕所门，"请便。"

严良拿起他的手包，包里还有一个信封，走进厕所。

过了一分钟，传来一声"哎呀"，骆闻连忙站起身，走到厕所外，问道："怎么了？"

"哦，没事，差点滑了一下。"说话间，听到冲水声，随后，严良从厕所里出来，关了门，道，"我还有事，下回再聊，再见。"

骆闻送他出了门，关上门后，躺在沙发上闭上了眼睛。

看来严良已经很清楚，这案子是没法破的，这一回他可以死心了吧。

一小时后，骆闻手机响了，拿起一看，又是严良的电话。他微微迟疑片刻，接起来。

"老骆，你帮我看看，我是不是有个信封落在你家里了？"

骆闻环顾一圈沙发，道："没有啊。"

"厕所里呢？那时我差点滑了一跤，也许是落在那里了。"

骆闻进了厕所，果然，台盆底下一侧落着一个信封。骆闻道：

"对，是有一个信封，你现在过来拿吗？"

"哦，不了，太晚了，我明天再来找你要吧。"

挂上电话后，骆闻站在原地，微微皱着眉，盯着地上的信封。他并没有动，只是观察。信封上印着公安厅的字样，没有封口。

骆闻想了想，转身到书房里拿来了工具箱，关上厕所的灯，打开荧光灯，朝信封仔细地照了一圈，没有发现异样。随后，他戴上手套，拿出镊子，拱开信封，朝里面仔细看了好一会儿，他是提防严良设圈套，故意让他碰信封。确定信封内的信件摆放位置没有做记号后，他用镊子小心地把信纸夹出来，随后又是一番检查，这才翻开来。

里面装的是若干张文件纸。

他看着文件纸上的内容，渐渐，他的拳头已经握紧，身体都不禁开始颤动。

他很清楚，这上面的东西，一定是严良故意留给他看的。

也许自己的犯罪让严良压根束手无策，人证、物证一样都没有，可是，严良还是抓到了他的软肋。

这一定是圈套！

可是即便明知这是圈套，是否还要往下跳呢？

骆闻陷入了矛盾。

61

杨学军走进临时重案组指挥中心，对赵铁民和严良道："已经根据骆闻小区门口的监控登记了他日常的回家情况。他回家的时间并不固定，有时候晚上 6 点左右就回家了，有时候 9 点多甚至半夜才回，其中孙红运被杀时，他是凌晨回家的。徐添丁那次是晚上 12 点。这两起命案发生时，他都不在家里。不过，平常他也有很晚回家的时候，恐怕这不能对他构成实质威胁。"

严良点点头，微微叹息一声，转向赵铁民，道："这是他故意的，他的精细程度实在太极致了。他故意经常晚回家，这样一来，犯罪那天半夜回家就不会显得突兀了。即便我们去问他案发当晚干什么去了，他也一定能找出让我们没法验证的理由。"

杨学军继续道："另外，徐添丁案发当晚的小区电梯监控，只看到骆闻一个人，未发现朱慧如和郭羽。"

严良咬了咬牙："他所有事都算到了，一定是他让朱慧如和郭羽走了楼梯，不让监控拍进去！这样连朱慧如和郭羽犯罪的证据都没有！"

赵铁民皱眉道："那怎么办？"

"只能等了。"

"你确认他会踏入圈套？"

"我相信会的。"

"万一他没看过那份文件呢？你说你昨天去把信封拿回来后，看不出里面是否被他动过了。法医用电脑显示仪查文件纸上的指纹，也没发现有新的指纹痕迹。"

严良道："他要动信的话，肯定不会用手碰的。"

赵铁民颇感对方实在太高端了，抿抿嘴，道："可是昨天我们的人一直在他家附近蹲点，始终没见他有什么异动。"

"也许他发现了有人跟踪。"

"不至于吧，跟踪人员没看到他朝他们看。"

"我想他一定看得出这是圈套，所以他要等到我们失去戒备的时候再动手。我建议撤掉在他家附近蹲点的人员。只要最后一关把住他，就行了。"

赵铁民摇摇头："不，我决不允许最后关口再出什么差错，我不能看到再出新的案子。之前为这案子已经花了大量人力物力，既然现在已经高度怀疑他，我必须掌握他的二十四小时行踪。"

严良点点头："好吧，那么就是等了。"

赵铁民依旧将信将疑道："你肯定他会上当？"

严良郑重地朝他点点头："他必须上当！"

赵铁民也缓缓点点头。

这一步棋，是他破案的全部希望所在了。

这时，赵铁民面前的电话响了，这是重案组专线电话，不相关的电话是打不进来的，打电话的人必定是跟踪踩点的人。

赵铁民看向旁边的电脑显示屏，显示电话是面馆门口那条路上的一个点的跟踪人员打的，他连忙接起来。

"目标步行穿过路口，拐向北面走了。他刚刚从挎包里拿出一个东西，是用黑色小塑料袋包着的，似乎很谨慎地看了几圈周围，最后扔到了转角的垃圾桶里。"

赵铁民下令道："你们快去捡出来。"

他转向严良，低声道："有可能是犯罪工具，上回大概他藏得好，没被搜出来，现在他想丢弃了。"

严良犹豫着摇摇头："不太可能，处理犯罪工具有很多办法，烧掉是最好的一种，他没道理这么做。"

很快，电话那头传来侦查员的回复："袋子已经捡到，嗯……这是？"

"里面是什么？"赵铁民焦急地问道。

"一块肉。"

在一起的另一名侦查员也道："是一块肉。"

"什么?!"赵铁民大惊失色，"是……难道是人肉……"

"不像，嗯……应该是一块鸡胸肉。"

另一人也跟着道："就是鸡胸肉，冷冻过的，看着像刚从冰箱里拿出来。嗯……他走这么远扔掉一块肉干什么？"

赵铁民和严良都疑惑不解地皱起了眉，对看一眼，同样想不明白。

这时，下一个跟踪点的电话传进来："注意！目标突然转头，原路返回。"

严良凝神一秒钟，连忙道："快，把塑料袋扔回垃圾桶，尽可能按原样扔回去。"

赵铁民也瞬间醒悟，道："快去！"

很快，侦查员回复："已经把袋子原样扔进垃圾桶里了。"

两分钟后，侦查员又道："目标打开垃圾桶，把塑料袋又捡起来了……他往回家的方向走了。"

赵铁民吐了口气，看向严良，低声道："看来他果然是在反侦查，试探警方是否跟踪他。他故意把一块肉包进黑色塑料袋，搞得神秘兮兮的，丢掉后，过几分钟再回去捡出来。嗯……幸亏及时放回去了，否则就被他发现了。"

严良紧皱着眉头，没有回应，过了片刻，对电话那头的侦查员道："刚才袋子里的鸡胸肉有什么特点吗？"

"没什么，就是刚冰过的。"

"你们碰过那块肉吗？"

"没有，只碰过袋子。"

"那么你们俩碰过袋子的回来一个，手先不要擦洗，等回来后让陈法医测一下上面是否有其他东西。"

赵铁民低声问："这是为什么？"

严良道："你不认为他把塑料袋从垃圾桶里捡回来这个举动很不正常？"

赵铁民不解道："怎么说？"

"他先拿一块鸡胸肉，包进黑色小塑料袋里，故意装神弄鬼。走到垃圾桶旁，把塑料袋扔掉。继续向前走了几分钟，随后折返回到垃圾桶旁。如果单纯用这个方法试探是否有人跟踪他，那么他发现垃圾桶里的塑料袋还在，就该放心了，何必非要把塑料袋再从垃圾桶里捡出来，带回家呢？"

赵铁民寻思着点点头："是的，这么做多此一举。"

严良道："他对警方的所有套路一清二楚，我们想到的、可能采用的办法，他也一定早有预期了。"

62

骆闻回到家中，走进卫生间，关上门，却并不开灯。

他拿过一旁的荧光灯，朝塑料袋和鸡胸肉上照去。他低头看了几秒，随即关上灯，面无表情，默不作声。

事先他在塑料袋和鸡胸肉上都涂了荧光剂，此刻他发现，鸡胸肉上的荧光剂保留完好，不过袋子外面，除了他自己的几个指纹外，多了另外几个陌生的指纹。

果然是个圈套，严良留下那份文件，就是为了让自己看到里面的东西，然后上当。

塑料袋上多了陌生指纹，表明自己被人跟踪了，丢弃的袋子被跟踪者捡起来检查过。但更可怕的是，他沿原路回到垃圾桶时，袋子还在。这表明，不光自己走到垃圾桶旁时，有人在跟踪，随后自己折返，同样被他们知道。

这说明，警方不仅仅是派一组人跟踪自己了，显然是派了多组人，分头蹲点，监视他的一举一动。

而自己刚才出门，虽然走路时装成若无其事，但他实际上注意力提高到极点，始终在偷偷观察着是否有人跟踪。可是他刚刚没见到可疑的跟踪人员，说明警方这一次派出的都是老手。

严良已经不是警察了，他没有权力下命令安排这么多组的老侦查员跟踪自己，唯一的解释就是，他们那位专案组组长赵铁民已经对他起了严重怀疑。

不知道严良到底掌握了多少信息，能够说服专案组组长把大量警力投到他的身上。

骆闻唯一能肯定的一点就是，专案组没有抓捕他的证据，否则根本用不着这样。

现在摆在面前的路很清楚，只有两条，两条结局截然相反的路。

　　一条路是继续装成一个局外人，若无其事地按原有频率，过着自己的生活。那样一来，即便警方天天跟踪他，又能如何？当每天都发现他没有任何异常时，警方最后也只能放弃对他的调查。而朱慧如和郭羽，他很放心，两人几次下来，愈加成熟应对了。而指控他们俩的证据，压根没有。如此，他们三人都会很安全。

　　另一条路是踏入严良的这个圈套。那样一来会是什么结果，他无法预期。可是，等了这么多年，不就是等着今天寻找一个答案吗？

　　他陷入了矛盾的苦思中。

　　骆闻想了一下午，到了傍晚，收拾了一些东西放进单肩包里，给小狗饭盆里倒了好几天的狗粮，随后出门。

　　这一次，他不再去注意哪里会有人暗中监视他，因为他知道，从他走下楼的那一刻起，周围一定有几双眼睛在观察着他，发现了又能怎样？反正他没办法躲过他们的监视。

　　他信步往街上走，几分钟后，到了面馆门口，他没有犹豫，直接走了进去。

　　他来到最里面，盯着墙上的菜单。

　　朱慧如连忙凑过来，道："要吃点什么吗？"

　　"嗯……今天吃什么呢？"他张开手臂挠头，迅速道，"我就跟你说一句，如果警察继续调查你们，甚至说我已经被抓了，甚至说出了很多细节，全部不要相信，全部按照以前我告诉你们的去做。因为所有这些都是想套你们话而已。坚信一点，你们俩不说，他们没有任何证据。"

　　"哦……怎么……怎么突然……"朱慧如有些不知所措，因为她从未见过大叔说话语速这么快。不过幸好，她的表情被骆闻的手臂和身体挡住了。

"表现得自然一点，牢记我一开始就教你们的话。三人不说，全部安全。一人交代，全部完蛋。嗯……还是牛肉面吧，再弄个凉拌黄瓜，好的，就这样。"他放下了手臂。

朱慧如道："好的，您先坐，稍等啊。"她转身进了厨房忙碌起来了。

吃完面条，骆闻付了钱，走出面馆，又走进了不远处的一家小饭馆。

63

法医实验室里，陈法医手里拿着一块玻璃贴片，展示给赵铁民和严良："从小周手上刮下的微粒物质看，发现了微量的粉末状结晶体，经过鉴定，是荧光粉。"

"荧光粉？"赵铁民和严良都皱起了眉。

"不是普通工业用的荧光粉，是法医专用的荧光粉，专门检测某些微证据用的。这种颗粒很小，肉眼几乎看不出，你们瞧，贴片上还是透明的吧。我问过小周，他只碰过塑料袋外面，说明塑料袋外面涂了荧光粉。我想骆闻把塑料袋拿回去后，用他的荧光灯一照，就能发现袋子上出现了不属于他自己的指纹。"

严良道："也就是说，骆闻发现了我们派人跟踪他？"

陈法医点点头："应该是这样。"

赵铁民颇显无奈地苦笑一声，叹口气，看向严良："以他这种手段，我们还怎么弄下去？"

严良抿抿嘴，道："被他发现就发现了吧，也没什么大不了的，如果他浑然无知，就不是骆闻了。不过嘛，这也是好事。"

"好事？"赵铁民不解道，"好在哪儿？他都发现被我们跟踪了，他还会这么傻，跳进圈子里来？"

严良笑了笑，道："对，正是如此。你想，如果他到此就洗手不干，从此不再犯罪了，以现有证据，你能拿他怎么样？"

赵铁民冷哼一声，并不答话。但显然他也是承认了，如果事情到此为止，那么永远没办法抓骆闻。

"我们不光对骆闻束手无策，包括郭羽和朱慧如，他们俩在面对警方直接施压问询时，也表现出了很稳定的心理状态，并且口供很严密，无从推翻。在没有任何证据的基础上，我们对他们俩也同样束手无策。"

赵铁民咬了咬牙，还是没说话。

严良继续道："骆闻明明已经知道了我在试探他，警方也在调查他，如果他想求稳，就该在最近这段敏感时期按兵不动，过正常人的生活。即便他知道警方会跟踪他，他也该佯装不知，而不是主动出击，去试探警方是否跟踪他。"

赵铁民点点头："是这样，没错。"

严良道："可是他主动出击了，用计试探警方是否跟踪他，这样一来，警方不是更有理由怀疑他了吗？一定会紧咬着他不放。"

"喀喀，"赵铁民打断他的话，"请注意你形容警察的动词。"

严良醒悟过来，笑了笑，道："我是说紧追着他调查，不放手。

他为何要主动出击？为何要冒风险？那是因为他想踏进这个圈套。"

"可是现在他已经知道我们警方跟踪他了，他还会踏进来吗？"

严良很肯定地说："会。既然他冒这么大风险去尝试了，居然反过头试探警方，那只能表明，这个圈套对他的吸引力够大，他必然会去。他等了这么多年，明知前方有危险，也一定会行动。不过现在有个问题，我担心他最近可能按兵不动，想着等某天警方懈怠了，他再突然行动。"

赵铁民冷声道："不能允许发生这个'突然'。"

"可是如果他一直在等呢？他是个很有耐心的人。"

赵铁民肃然道："我也跟他耗着。"

"如果他接下来几个月，甚至一两年都没动静呢？你还是一样派人耗着？"

赵铁民长长呼了一口气，按了按拳："我会调整一下方案，缩减跟踪的人手。不过，我绝不会让他出现下一个'突然'。"

严良点点头："有你这个决心，我就放心了。也不用太悲观，我想他等了这么多年，一定早想知道答案了，他不会忍耐太久的。"

傍晚，赵铁民和严良吃完饭，一同又来到了指挥室。

赵铁民对值班的警员道："怎么样，有新消息吗？"

"四组的人说目标刚刚去面馆吃了面，出来后又到相距不远的一家小饭馆里去了。"

严良微微皱了下眉，道："他刚刚去的是重庆面馆？"

"对。四组的人说他先是站着看了会儿菜单，点餐后坐一旁一直一个人吃，其间没和别人说过话。"

严良点点头，又道："他吃了面后，又去了家小饭馆？"

"对。"

"去了多久？"

"大概二十分钟吧。"

"他在里面吃饭？"

"嗯，我们也奇怪，他刚吃了面，又去吃饭。"

赵铁民想了想，连忙拨通四组的电话："目标还在饭馆里吗？"

"在的，他没出来过。"

"他在吃饭？"

"这家生意特别好，他走到里面后就看不清了。"

赵铁民的脸色顿时微微一变。

严良立刻道："让便衣进去看一下。"

几分钟后，电话里传来便衣紧张的声音："不好，目标逃走了！我们问了店主，店主说他点了几个菜，又说没带手机，借了店里的电话叫了出租车，后来没过几分钟，他说有事要先走，付了菜钱后，没吃饭，直接从后面厨房的小门溜进小区了。"

"你们这帮——"赵铁民一拳敲在桌子上，正要张口骂，严良拉住他。

严良道："没关系，小区只有正门和西面的侧门，侧门那条路上也有人蹲着。"

赵铁民狠狠挂了电话，拨给侧门的便衣，便衣说他们待一天了，从没看见过骆闻。

赵铁民连忙下令手下赶紧跟出租车公司确认，才过五六分钟，就得到消息，骆闻叫的那辆出租车是直接开到小区正门的，因为正门人多，而便衣专注地盯着小饭馆的人员进出，所以没注意到他什么时候溜出来了。而出租车司机的回答是，骆闻坐上车后，只朝东开出了五六个路口他就下车了，此后去哪儿了不知道。

赵铁民瞬时脸色泛青，骆闻在他们眼皮子底下溜走了，实在可恶！

现在怎么办？只知道他在哪里下的车，当然，详细追查下去肯定能调查清楚他去哪儿了，但涉及查监控、查其他路过的出租车，不是一时半会儿就有结果的。

他正感觉束手无策，严良微微思索道："我想，他有可能等不住，直接行动了。"

赵铁民目光一亮，道："你认为他会直接去……"

"他既然知道我们在跟踪他，也一定会想到，当警方发现他溜出视线后，必然会立刻抓紧时间找到他。所以，他在跟我们赛跑，他想先我们一步找到李丰田。"

赵铁民点点头，冷笑一声："李丰田家楼下也全是警察，他去了也是自投罗网。"

"是的，所以，等他去找李丰田后，警察就可以去抓他了。不过时机要把握得恰到好处，否则抓不住他的罪证。"

"我知道。"

64

出租车开到目的地后，骆闻下了车，向四周张望着。

这里依旧属于杭市城西区域，归留下街道管辖，其实距他所住的地方并没有多远，开车大约十分钟就到了。

等了八年，在杭市住了三年，原来答案离自己这么近。

十分钟的路程，他整整走了三年。

这么近却又这么远。他心里念叨一句。

他心里有几分紧张，少了往日的气定神闲。

终于，答案快来了，是吧？

面对即将揭晓的真相，他反而有了一种畏惧，他甚至觉得，如果一直不揭晓答案，一直这样过下去，也挺好的。

他在原地站了好久，深深吸了一口气，调整一番情绪。

天色已经暗下来，想必警方也发现他从饭馆后面溜出去了吧，必须抓紧时间了。

他微微握了一下拳，抬起脚，往面前的这个拆迁安置小区走进去。

地点已经深深印在他的脑子里，他看了几眼建筑，很快找到了目标，上楼，在302。

站在门口，骆闻犹豫了一下，又调整了一下呼吸，随后按响了门铃。

"谁呀？"门开后，里面站着一个三十岁左右的女人，旁边还站着一个四五岁的小女孩。小女孩学着大人的样子说话："你找谁？"

在开门的一瞬间，骆闻甚至觉得面前站着的就是他的妻子，而那个四五岁的小女孩，就是他的女儿。

不过这只是一刹那的情绪，他马上就恢复了镇定："请问李丰田住这儿吧？”

女人朝里喊了声："丰田，有人找。"

"谁找我？"说话间，一个三十多岁、显得精瘦的男子出现在门口，打量了一眼骆闻，发现不认识，疑惑道："你是……"

骆闻镇定自若地道："还有个事要调查，跟你确认一下。"他还没等对方表态，就往门里走了进去，随后关上了门。

李丰田一家都为之一愣，随即，李丰田转头对妻子道："你们先进去看电视，我跟警察同志聊一下就好。"

妻子厌恶地看了眼骆闻，不过还是带着女儿走进房间了。

"果然，他把我当警察了。"骆闻心里冷笑一声。

"警察同志，还有什么需要调查的吗？"

"还是关于指纹，请把你的手再给我看一下。"

李丰田眼中闪过一丝警惕，犹豫了片刻，把右手伸了出来。

骆闻抓起他的右手，看了过去，一秒钟后，骆闻的脸色渐渐开始泛白，他站立不动，依旧抓着他的手，盯着他的手掌，口中以极缓慢的语速说道："八年前，宁市海曙区平康路，186 号，天成公寓，2 幢 1 单元 201 室，住在里面的那一对母女，现在在哪儿？"

咔嚓，李丰田的脸唰一下变得惨白。

"在哪儿？"骆闻依旧抓着他的手，抬起头，眼睛直接而锋利地看着他，一动不动地看着他。

李丰田连忙把手抽了回去，畏惧地退缩一步，道："你在说什么？我听不懂。"

骆闻用苍白无力的嗓音，机械般地重复了一遍："八年前，宁市海曙区平康路，186号，天成公寓，2幢1单元201室，住在里面的那一对母女，现在在哪儿？"

"你在说什么，什么宁市，什么八年前，我前些年一直在江苏啊。"话虽这么说，但李丰田的眼睛并不敢看着骆闻，他眼神闪烁，本能地向后退却。

骆闻缓步向前逼近："告诉我，她们在哪儿？"

"你在说什么啊，莫名其妙！"

"我知道你听得懂，不用装了，在哪儿？"骆闻继续缓缓逼近，随后一把抓起他的领口。

李丰田连忙打开他的手，叫道："你要干吗啊！"

听到叫喊声，李丰田的妻子从房间里跑了出来，看到这情景，连忙喝道："喂，你干吗呀，干吗呀，可可，你先回去。"她把女儿关进了房间里："你知不知道，你这样吓到小孩了啊！你要搞什么！你警察能动粗吗？"

骆闻冷哼一声："我没说过我是警察。"

李丰田的妻子冲到他跟前，呵斥着："那你是谁啊?!"

骆闻一眼都不去瞧女人，只是目不转睛地盯着李丰田："我是那户人家的男主人。"

李丰田连忙叫道："你在说什么?! 有病，神经病啊！"

李丰田的妻子一把拉住了骆闻，把他往门的方向推，嘴里喊着："神经病快出去，快出去。"

骆闻一把推开女人，瞪着李丰田，冷声道："我再问你一次，在哪儿？"

"神经病出去出去！"李丰田嘴里也同样喊叫着，可是他并没上来推搡。

李丰田的妻子被骆闻推开后，连忙跑上去抓骆闻的头发，要把他推出去。骆闻做出了他这辈子从未有过的粗暴举动，抬起一脚狠狠地踹开女人，随后抓起凳子狠狠地摔在面前，"砰"一声，整栋楼都为之一震，他的手也割破了，出了很多血。他丝毫没有疼痛感，歇斯底里地吼道："在哪里？"

紧接着，李丰田和妻子啊啊大叫，两人一起朝骆闻扑来，跟他厮打在一起。

骆闻并不是他们两个的对手，马上被他们俩压在地上，挨了好多拳。

就在这时，门"咚咚咚"敲响了，外面传来好几个人的声音："警察，快开门快开门！"

李丰田的妻子又打了骆闻几个巴掌，才站起来，开了门，看到门外有七八个男子，都穿着便衣。

为首者举着证件在她面前晃了晃："警察。"

李丰田的妻子吓了一跳，看这架势，肯定是警察，不过她很好奇，哪里突然来了这么多警察，邻居报警的话也没这么快到啊，而且一来就是这么多人。不过她没想太多，连忙道："警察同志，这个神经病跑到我家里来闹事，快抓走他。"

马上，七八个警察都跑进屋来，把躺在地上、满脸是血的骆闻拉起来，随后立刻取下骆闻的包，打开搜了一遍，为首的便衣皱起了眉，转身到门口，拨了电话："报告，他没带凶器。哦，我知道了，我们在原地等。"

挂了电话，那人随即回到屋子里，关了门，道："几位都在这里稍等。"他听到房间里传来小孩的哭声，对女人道："你先进屋带孩子吧，你丈夫留在这儿。"

打发她走后，几名便衣都站在一旁，一言不发。

李丰田神色透着几分惊慌："有……还有什么事吗？"

"等一下我们领导要过来，我也不知道。"为首的便衣侧了个身，对着墙壁。

骆闻面无表情地站在原地，一动不动，目光只是看着面前的空白，似乎永远不觉得时间在流淌。

而李丰田，四顾左右，颇显几分紧张，但这些警察一个都没跟他说话，他也只能干站着。

过了将近二十分钟，门铃再次响起，便衣开了门，门口站了满满一群穿制服的警察。

人群里让开一条道，一脸严肃的赵铁民从里面走了出来，进到屋中，看了眼李丰田，随后转过头，仔细地打量着眼前这位曾经的骆法医。

骆闻同样看着他，表情很淡然。

赵铁民朝他微微点了下头致意，道："骆闻，跟我去趟局里吧。"

骆闻不慌不忙地点点头："好。"

"带走。"赵铁民吐出两个字。

门外的刑警马上进来，直接拿出手铐戴在了骆闻手上。

"这是做什么？"骆闻质疑道。

赵铁民冷眼望着他："你很清楚。"

"是吗？我想一定有什么误会。"

"那就回去再说吧。"

刑警当即把骆闻押了下去。

赵铁民转过身，看了眼李丰田，手指了一下："也带走。"

"抓……抓我干什么？前几天不是已经调查清楚了吗？"李丰田叫喊着。但刑警也马上给他戴上了手铐。

他妻子忙从房间里跑出来，看到手铐戴在丈夫手上，拉着赵铁民大叫："你们又要干吗？"

赵铁民毫不理会，一把伸手挣脱开，快步走出了房门，随后，一群警察在李丰田妻女的哭喊声中，还是强行拉走了他。

已经到了楼下的骆闻，听到上面的喊叫声，停下脚步，抬头往上瞥了眼，随后嘴角浮现出一抹笑容，从容不迫地坐上了警车。

天才的殊途同归

65

骆闻被带回刑侦支队两天后。

一大早，严良走进办公室，瞥了眼正在抽烟的赵铁民，道："他招了吗？"

赵铁民弹了下烟灰，冷哼一声，道："从前天晚上到现在，我就没让他合过眼，看他的样子已经困得不行了，可他意志力很强大，一直装无辜，什么都不肯交代。"

严良隐隐觉得他的话似乎不对劲，细细一想，瞬时瞪大了眼睛："你正式逮捕了骆闻？"

"没有，我手里压根没他的犯罪证据，怎么签逮捕令？"

"那你是？"

"传唤他，协助调查。"

严良微微皱眉道："传唤的话，控制人身自由的最高时限是二十四小时，前天晚上到现在都三十多小时了，这么做……不太符合规定吧？"

赵铁民不屑地道："规定我比你懂。"

严良冷声道："我最恨你们这帮人搞逼供那一套！"

说着，严良就往外走。

"等等，你去哪儿？"赵铁民站起身叫住他。

"回学校，这事情我没兴趣管了，祝你好运，早点审问出来吧！"

"喂——等等，"赵铁民上去拉住他，道，"我知道你很讨厌逼供这一套，逼供确实会搞出不少冤案。可谁告诉你我对骆闻逼供了？"

"你都违反规定，超出传唤时间，他都三十多小时没睡觉了，还不是——"

赵铁民打断道："首先，我承认，以前有些地方是存在逼供的情况，不过现在至少我们杭市的环境已经好多了。其次，你知道我为人，我也一向反对逼供。最后，这么大的案子，我敢逼供吗？万一弄不好，我岂不是有麻烦？而且骆闻曾经是他们宁市的人，我要逼供让他认罪，最后他翻供怎么办？他们宁市的领导告我怎么办？"

严良不解道："那你是？"

赵铁民拍拍他的肩，微微一笑："你放心，我一切都按规定来。昨天傍晚的时候，传唤时限快到二十四小时了，我让人把骆闻带到公安局门口，让他下车，随后又拿了张传唤单，再把他抓进来。"

"这都行？"严良惊呆了。

赵铁民似乎颇为得意自己的创新，道："当然，连续传唤也是不允许的，但法律没规定到底多久算是连续传唤，我这么对付骆闻，也是情非得已。而且两张传唤单上他都签过字了，一切手续合法。"

严良张张嘴："你……这样你天天把他送到公安局门口，再给张新传唤单又带回来，岂不是能把他关到死？"

　　赵铁民咳嗽一声，道："理论上是这样，不过我希望他赶快招了结案，总不能一直这样搞下去。"

　　严良低下头，沉默了半晌，抬头道："我能审他吗？"

　　"当然可以，"大概严良最近在警队出入多了，赵铁民这次倒是很爽快地回答，"这里不是市局，是支队，都是我的人。尽管你现在不是警察了，不过我跟手下都说过了，你是刑侦专家，反正老刑警都知道你，这事不让厅里的领导知道就行了。"

　　严良看着他，微微颔首："谢谢。"

　　"应该我谢谢你才对，不是你的话，现在连谁是嫌疑人都不知道呢。不过，你有几分把握审得出来？"

　　严良坦白道："我不知道他会不会招，我只能试试看。原本最好的情况是，他去找李丰田时，从他的包里至少搜出一样凶器，那样他就无从抵赖了。我没想到他手无寸铁就去找了李丰田。"

　　赵铁民转过身，拿出一沓卷宗，道："好消息是李丰田已经招了，细节还待继续调查。"

　　严良接过卷宗看了一遍，把卷宗交还给赵铁民，默默转过身，吐了口气。

66

　　严良走进审讯室时，看到的是一张布满疲惫的脸。

　　尽管骆闻还不到五十岁，年纪上算是处于壮年，但两天两夜未合眼，也快达到他的极限了。

他面前放着咖啡和香烟，但香烟没动过，严良知道，骆闻从不抽烟。而咖啡，应该喝了不少吧。

赵铁民叫出主审人员说了几句，随后关了门，一同离开，把严良和一名记录员留在审讯室里。

骆闻看到严良，强打了一下精神，微微挺起背，朝他平静地笑了一下，道："警方一定是搞错了，我说了很多次，案子与我无关。"

严良缓缓坐下，一直盯着骆闻的眼睛，情绪复杂，过了许久，一声轻叹，随后道："你还不肯承认吗？"

骆闻深吸了一口气，缓缓摇摇头，似乎是在冷笑："我不知道该承认什么。"

"对于你的一切所为，我都已经调查清楚了，你一共杀了五个人，犯了六次罪。"

"杀五人？犯罪六次？"骆闻嘴角隐含一抹微笑，"数学老师也会算错数吗？"

严良脸上渐渐多了几分肃然，道："徐添丁不是你杀的，但是，如果不是因为你的插手，不出三天警方就会抓到凶手。是你，你替凶手重新设计制造了一场犯罪。"

骆闻摇着头，脸上似乎写着不可思议。

"不得不承认你的犯罪能力很高，接连杀害多人，警方却始终抓不到你。你故意把犯罪搞得似乎很复杂，不用其他更快捷的工具，偏偏用绳子把人勒死；杀人后在死者口中插根烟；留下'请来抓我'的字条；以死者的身份伪造'本地人'三个字。这些一度使得警方根本想不明白凶手想表达什么，这些线索里面究竟有什么关联。"

骆闻很无奈地叹口气："我已经说了很多遍了，这些案子跟我完全无关。"他微微抿了抿嘴，道，"有什么证据证明是我犯的罪吗？此外，我还想补充一点，作为一个曾经很成熟的刑技从业人员，如果真是我犯的罪，我想，我有能力根本不留下证据，甚至尸体，都未必找得到。"

严良道："我相信骆法医完全做得到这一切。但你之所以留下这么多线索，是因为，杀人，本就不是你的犯罪目的。"

骆闻摸了下鼻子，没有说话。

"即便我开始怀疑到你，认为这些命案跟你有脱不了的关系后，始终还是有很多疑问困扰着我。譬如，你为什么杀人后要在死者口中插上一根利群烟？是为了制造案发现场的疑点，扰乱警方的侦破思路，增加破案难度吗？如果换成其他人是凶手，这种动机出发点的可能性很大。可当我把你代入当成凶手时，就否定了这个判断。因为你非常非常专业，你很清楚，最能增加破案难度的，是不留线索，而不是额外制造扰乱案件侦破的线索。可我还是想不通你为什么要这么做。"

严良喝了口水，继续道："直到我去宁市调查了你的往事，才让前面命案中所有的疑点都有了一个共同的答案。我这才发现，所有警方勘查得到的线索，均是你刻意留下，刻意让警方发现的。

"按你犯罪时的行为顺序来说吧。你杀人时，不用效率更高的刀具等器械，而用了绳子。你在现场附近丢弃了凶器，当然是为了让警方找出上面的指纹。不过，刀具的把柄上也可以留下指纹，为何不选刀呢？对你来说，用绳子杀人有两个好处。一是绳子有两个把手，你可以在两个把手上都留下清晰的凶手指纹，方便警方的提证工作。二是用绳子杀人能够更容易让警方判断凶手是个左撇子。你曾是优秀的法医，你很清楚，如果你用刀杀人，即便你用的是左手，事后勘查现场时，法医也只能判断凶手用左手持刀杀人，由于缺乏右手的比照，无法完全判断凶手是个左撇子。而用绳子把人勒死，由于你故意让左手用力远大于右手，再加上一些你在现场故意使用左手操作的细微证据，法医很容易认定凶手是个左撇子。"

骆闻笑了笑："如果真是我干的，我为什么要做得这么复杂？大部分人都用右手，我即便不伪造成左撇子，警方的调查工作量依然会很大。万一我伪造失败了呢？岂不是更容易露出马脚？"

"你不会伪造失败的，因为你是骆法医。"严良很直接地看着他。

"这算是对我专业技能的认可吗？呵呵。"骆闻叹息着摇摇头，把杯里的咖啡喝完。

"其次，你杀人后在被害人口中插上一根利群烟。这个举动看起来显得很古怪，其实最直接的想法才是最正确的。凶手是个抽利群烟的人。"

"我不抽烟。"骆闻平淡地应了句。

严良道："可你想让警方认为凶手抽烟，而且抽的是利群烟。"

"有这必要吗？"

严良继续道："你借用死者的身份，留下'本地人'三个字，其实也应该按照最简单的理解，凶手就是杭市本地人。此外，你每次杀人后，都故意在现场留下一张充满挑衅口吻的'请来抓我'的字条，就是想把案子闹得足够大。你很清楚，杭市这样一座大城市里，几乎每天都会有命案发生。你杀了人后，当然，区公安分局会很重视，会安排人手破案，但这对你来说完全不够。你需要做大案，需要引起更大的效应，需要让市局甚至省厅震惊，组织大量人手破案。所以你在现场留下这挑衅的四个字，目的就是逼迫警方把大量的警力投入到你这个案子的侦破中。你这招确实管用，命案现场留下'请来抓我'这四个字，简直绝无仅有，第一起案子一出来，就立刻引起了媒体的高度关注，当然，也引起了警方高层的格外注意，随即安排大量人手组成专案组破案。"

骆闻淡淡一笑："你既说我杀人，又说我故意想引起警方重视。我是不是能这么理解：在你看来，我既犯罪，也想早点被抓？"

严良点点头："你确实是这么想的。"

骆闻笑道："那也不用审我了，给我去做个精神鉴定，如果我是精神病，那么杀人也不会被判刑。"

"你的真实动机是想让警方去抓另一个凶手。"

骆闻嗤笑一声，并不说话。

严良抿了抿嘴，道："八年前，你在北京出差结束回到宁市，下了飞机后，你发现家里电话打不通，你妻子的手机关机了。你在回家路上，又打给了你丈母娘，她说这几天没联系过女儿。你又打给你妻子的朋友，他们说这几天你妻子的手机都关机。你打到她单位，她单位说你妻子两天没来上班了。这一下，你急了，赶到家后，打开家门，发现家里空空如也，你妻子、你女儿，还有家里的一条狗都不见了。家里地板擦得干干净净，一尘不染。你一眼望去，应该感觉这个家既新鲜，又陌生。那一刻，凭你的职业本能，你发现了家里的不正常。"

骆闻看着严良，微微咬着牙。

八年前他站在家门口那一刹那的感觉，直到现在，依旧宛如昨日。

他这一生中，从未有过那一瞬间的害怕，发自心底的害怕。那一份深藏心底的恐惧，八年来，不断将他从午夜睡梦中惊醒，他的面前总是冒出深不见底的那一套空房子，所有家具摆设，都擦得一尘不染。

"当时，你没有直接走进家里，而是很冷静地留在了外面，打电话给你的部门，让人带着勘查的工具仪器赶到了你家门口。随后，你和一位你认为能力最好、最细心的学生一起进了房子，对每一寸的地面进行了细致的勘查。那一次，你用尽了各种方法，把整个房子勘查了很多遍，从当天傍晚，一直持续到了第二天天亮。从当时卷宗你自己的记录上看，整个勘查过程还是发现了极其细微的线索的。第一，房子内的大部分地面，都被人用抹布用力地擦过了，没找到一个脚印。而你根据抹布擦地的施力情况判断，擦地的人用的是左手，而你妻子的习惯一向是用右手。第二，你几乎对整个房子都做了血迹显色反应，发现房子里没有出过血。第三，你在卫生间的水槽下方，找到了一小片灰烬和少量的灰质成分，事后，你通过实验室微物质鉴定，发现是烟灰，你又购买市面上的各种香烟，对之进行了燃烧后微物质比对，你通过微量元素的细小差别和烟纸燃烧后的不同成分判断，这里的烟灰属于利群烟。第四，你找遍了整个房子，最后，在卫生间水槽旁的瓷砖上，发现了一个指纹。这个指纹经确认，不是你妻子的，也不是你的，而是一个陌生的指纹。整个房子找遍了，就只找到这一

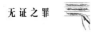

个指纹。这些情况都是八年前你自己写在卷宗里的，你应该记得很清楚。"

骆闻点点头，道："我记得很清楚。"

"你妻女和家里的一条狗都失踪了，家里发现了几条不正常的线索，你判断两天前你家里一定发生了某种意外，于是你在市局报案，做了登记。这部分的卷宗依然保存完好。由于你在宁市市局的地位，所以你报案后，局里很重视，连忙派了大量人手进行附近的人员走访工作，很快调查到有一名收废品的年轻人在案发后失踪了。你亲自去了那人的出租屋，提取了此人留在出租屋内的指纹，发现这个人的指纹和遗留在你家卫生间内的那一个完全相符，你又对他屋内的东西进行了详细勘查，确认他是左撇子，并且抽利群烟。利群烟是中档烟，而收废品的人大都抽很便宜的烟，此点显得很奇怪。随后，警方将这个人列为嫌疑人，经过对房东和其他几个相关人员的调查，他们说此人刚来两天，对他的印象很浅，只记得身高170厘米多点，体形略偏瘦，长相很普通，由于接触时间很短，无法描述出他的长相。但房东记得他来租房时聊了几句谈到过，他是杭市城西一带的农民。杭市人大部分都抽利群烟，所以你认为他是杭市城西一带的人是可信的。可惜八年前，手机还是相对的奢侈品，社会上大部分人没手机，否则房东租房一般都会留下对方的手机号码，一查身份立刻就清楚了，也就没有后面的这么多事了。"

骆闻默不作声。

严良继续道："随后，你请求局里联系杭市的警方，协助查找这样的一个人。但由于线索太少，只知道对方是杭市城西一带人，二十多岁，身高、体形、长相很普通，抽利群烟，是个左撇子，尽管有他的指纹，但杭市的警方也根本无从查起。你先后多次恳求市局催促，但一来杭市不归宁市管，查找这样一个模糊的人难度太大，二来你家中门窗未发现被撬痕迹，所有地方都没发现血迹，所以无法以命案立案。不以命案立案，自然警方也不会投入足够的人力去查了。于是，这个人怎么都找不到了。"

骆闻抿着嘴唇，牙齿咬紧。

严良咳嗽一声，突然提高了语调，正色道："可是谁也没有想到，你居然会犯下这么大的罪，杀害这么多的人。你犯罪的目的不是杀人，而是找人！当我想明白你这个目的时，坦白说，我整个人不寒而栗！"

严良激动地道："我在警界这几十年，接触过各种各样的案子，看到过各种各样的凶手，见识过各种各样的犯罪动机。有的是意外，有的是为钱，有的是仇杀，有的是因情，有的是为了栽赃陷害。可是我做梦都没想到，竟然有人连续杀人不为别的，只为发动警察，帮他找出另一个人！

"关于你妻女失踪的真相，你一无所知，甚至对那个出现在你家中的人的情况，你知道的也很有限。你仅有的线索是他二十多岁、身高中等、左撇子、抽利群烟，是杭市城西一带的农民，有他的指纹。你为了用你一己之力，把这个人找出来，于是到了杭市城西，连续犯下命案，在每次犯罪中，都故意巧妙地留下这几条线索，除此之外的犯罪证据，都被你处理得一干二净。你很清楚，在这几条有限的证据面前，警方想破案，只有一条路可以走，那就是海量比对指纹，找出这个人。同时，你必须犯下惊天大案，才能迫使警方足够重视，投入足够的警力去比对指纹，帮你找人。所以你要嚣张地留下'请来抓我'四个字，挑衅警方。你每杀一个人后，就等着警方去海量比对指纹。可惜，尽管警方每次都去周边比对了，却都没找到人。你认为杭市城西一带这个范围太大了，每次的比对往往也是在案发地附近进行，所以你不断在城西不同的区域犯罪，目的就是利用警方不断投入的警力，把整个城西的所有人的指纹比对个遍，帮你找出这个指纹的所有者来。

"所以，更多的犯罪细节都可以解释了。你很清楚，时隔多年，那个人的身高大致不会变，但他的体形也许变了，也许现在是个胖子了。你无法确定，你不知道对方的体重。所以你每次犯罪时，都处理了地上的脚印，避免让警方通过脚印确认出凶手的身高体重，从而在比对指纹时，可能会错过真正的那个人。但是经过四次犯罪后，警方依旧没找出那个人。你感到很着急，希望给警方提供更多的线索，更大范围地去比对。于是你在杀害孙红运时，原本他是在马路边的绿化带旁被你袭击的，你杀死他后，却把他拖过了绿化带，带到里面的水泥地上。你这么费力，只不过想借他的手，留下'本地人'三个字，告诉警方，凶手是杭市本地人这一点。绿化带里的泥土很松软，根本无法写下足够清晰辨认的字。马路旁铺的地砖很硬，如果留下字，需要很大的力气，不符合一个临死挣扎的人的状态。于是，你只有把他拖到水泥地上，在那里才能最好地留下'本地人'这三个字。而你要把他拖过绿化带，必然要踩到绿化带上，你不愿留下脚印，所以穿了他的鞋子，并模仿死者被拖行的足迹特征，把人拖过去，使受力分析无法准确判断你的身高体重。"

严良叹息一声，继续道："其实，在你自己的内心中，我还是看到了一点点的良知。因为，你内心是厌恶犯罪的，过去你的思想是，无论什么理由的犯罪都是可耻的。可是你为了找寻妻女失踪的真相，为了找到那个出现在你家里的陌生男人，你还是选择了杀人，杀很多人。从你自身角度出发，我相信，你也认为你是个自私的人。你为了寻找答案去杀人，可是以你的本性，你无法对普通人下手。于是，你用曾经的账号，登录了公安内网，专挑居住地登记在杭市城西一带的刑释人员下手。我已经找人查过，你虽然三年前辞职了，但你的账号一直有登录公安内网的情况。"

骆闻平静地道："我虽然辞职了，但偶尔感兴趣，了解一下公安内部动态，这应该不算什么吧。如果不合规，停掉我的账号就行了。"

严良皱着眉望着他："你还不认罪吗？"

骆闻笑了笑："我觉得这个故事很新颖。"

这时，审讯室的门被敲了两下，记录员起身去开门。

赵铁民推开门，朝里望了一下，目光在骆闻身上停留了几秒，随即对严良道："问好了吗？"

严良大声道："差不多都交代了。"

赵铁民笑着从身后拉出了两个人，正是朱慧如和郭羽。两人看到骆闻，都不禁睁大了眼，但随即表情恢复正常。

骆闻连忙大声道："严老师，你的故事很有趣，不知道有没有证据支持？"

赵铁民咬了下牙，说了句："那好，你接着审。"他忙关了门，把朱慧如和郭羽带走了。

等他走后，严良道："不用再掩饰了，刚才朱慧如和郭羽两个人你看到了吧？他们看到你被抓了，心理防线一定顷刻崩溃，很快会和盘托出的。即便前五起命案你依旧不肯承认，但只要他们俩交代，对你的效果一样。"

骆闻恢复了平静的表情："是吗？朱慧如我认识，面馆的，另一个男的？我见过几次，叫不出名字。不知道他们跟我有什么关系。"

"他们俩杀了徐添丁，而你，帮助他们伪造了现场，躲过了前面几次的调查。"

"是吗？这也和我有关？"骆闻一声冷笑。

"证据在于在徐添丁的案子里找到了同样的指纹。"

"这是我的指纹吗？如果不是，似乎丝毫不能说明跟我有关吧？"

"那一晚的经过，还需要我重复一遍吗？"

"我想听听在你的故事版本里，我又和这两个几乎不认识的小孩子有什么瓜葛。"骆闻笑了一下。

严良道："9月8日晚上，朱慧如和郭羽在某种情况下杀死了徐添丁，我想他们本意并不是要杀他，而是意外，因为他们俩都不像敢杀人的人。徐添丁头部被石头砸了，以及前身的三刀，是他的原始伤。两人意外杀死徐添丁后，你第一时间出现在了现场，不知你们之间进行了何种对话，总之，最后你帮助他们掩盖了罪行。其一，由于不是你本人亲自犯罪，犯罪现场简直一塌糊涂，到处都是线索证据，你无法把现场彻底清理干净，于是你把尸体拖到旁边树丛里藏起来，而在第二天凌晨，弄了几百张折成心形的百元大钞，放在现场周围，引路人进来找寻，从而颠覆性地破坏了现场。其二，朱慧如去送过外卖，这点想必很快就会被调查出来，无法隐藏，那样一来，警方也会将她列为重点嫌疑人。于是你马上想到了要为他们俩制造不在场证明。怎么制造呢？你让他们先回去，故意走到监控下面，让监控记录他们回家的时间。随后，你在徐添丁手机里找出微信中他说的话，录到你的手机里，拨打了他通话记录里最常联系的朋友的电话，打通后，播放这句话挂断，伪造成徐添丁是在10点50分遇害的假象。这还不够，为了让朱慧如和郭羽的不在场证明显得无懈可击，你还让郭羽回去后，特地跑到便利店买药，有了人证的证明。同一时间，你在现场细心地割划着徐添丁的身体，留下血条，显示凶手杀人后停留在现场很长一段时间割血条。如此双重保险足够给他们制造不在场证明了。其三，徐添丁心脏处的一刀，拔刀时必然溅出了大量鲜血，我想朱慧如衣服上一定有不少血。于是你要郭羽把朱慧如背回去，免得被路过的人发觉。但背她回去需要理由，所以，我相信朱慧如腿上受伤，也是你想出来的办法。你真的很细致，她受伤后，你故意让她先穿牛仔裤，符合女性爱美的心理习惯。同时，警察看不到她的伤，会怀疑她撒谎。可是当她再穿短裙露出伤口后，警察对她的怀疑心理当然就烟消云散了。其四，一定是你在案发后买了把新的同款水果刀，交给了朱慧如，让她在必要的时候拿出来，展示给警方一把新刀，更打消她的嫌疑。可惜，这一条朱福来并不知情，我想朱福来可能是想替妹妹掩饰罪行，于是两个人的话说反了，差点露出马脚。其五，面对警方的问答技巧，也一定是你当晚的晚些时候找到他们，告诉他们的。其六，你做了双重保险，你留下了李丰田的指纹。一来警方肯定会对可疑对象比对指纹，发现朱慧如和郭羽都不符合，他俩自然就会被排除嫌疑。二来，警方一旦发现这指纹是连环命案的，就更会彻底排除朱慧如和郭羽的嫌疑，因为他们不可能是连环命案的凶手。并且你格外细心地故意把留有指纹的易拉罐放在树后，造成凶手没看到这个易拉罐，忘记擦除指纹的假象。

"我承认，你在协助朱慧如和郭羽的这一次犯罪中，几乎把所有人都骗了，差一点连我也排除了朱慧如和郭羽的嫌疑。唯一让我能保持清醒头脑的一点是，当我认定你是凶手后，将你代入案件中，我相信你杀徐添丁的现场根本不会弄得这么狼狈，而且除了指纹外，也不像前几次那样丢弃凶器，留下其他几条线索，那么唯一的解释只有——徐添丁不是你杀的。"

骆闻撇撇嘴："是吗？我跟你说的这两个人很熟吗？我为什么要帮他们掩盖杀人罪行？"

严良道："原本我也不理解，你为何要为了两个萍水相逢的人冒这么大风险。本来我以为你暗恋朱慧如——"

骆闻听后不禁冷笑一声。

严良接着道："后来我觉得不可能，你不是那种性格。我实地去了河边好几趟，朱慧如和郭羽杀死徐添丁的位置，走在人行道上是看不见的，必须走到下方的草地里面才行。否则你们停留在那里好几分钟，路过的人早发现了。可我按照时间推算，你一定是在他们杀人后的第一时间就在现场了，怎么可能这么巧合呢？于是我想到了另一种可能，那就是，当天晚上，原本你是准备杀死徐添丁的。还有一条理由支持这个判断，当晚你在现场留下了李丰田的指纹。你一定专门制作了李丰田的指纹模型。我认为，对于这种犯罪证据，平时你不会带在身边的，而当晚你身上就带着，说明你那个时候出现，分明就是想杀他。"

骆闻没有说话。

严良继续道："你杀徐添丁的理由很简单。一是徐添丁足够令人讨厌；二是前四次你每次杀一个人，警方都随后比对周边指纹的节奏，你认为太慢了，你要制造大案，逼迫警方投入更多的警力，进行最大面积的指纹比对工作，找出李丰田。孙红运刚死没几天，如果徐添丁又被杀了，那么连续两起命案的规模效应会对警方产生最大的震动，他们一定会全力以赴比对指纹的。并且孙红运和徐添丁被害的地点属于城西两个不同区域，那么这次比对指纹的范围也会涉及整个城西吧。可是巧合的是，朱慧如和郭羽意外地先你一步杀了徐添丁。你既觉得如果是你杀了徐添丁，这两个小孩子的人生也不会遭遇这么大悲剧，又觉得挽救他们人生的同时，还能继续进行计划，是最好的选择。所以你决定替他们伪造现场。但由于现场太糟糕，你无法做成与前几次相同的案子，于是你放弃了留下另外几条线索，只留下了指纹而已。"

骆闻平淡地抿抿嘴："故事很生动，可我还是一句话，所有这些都跟我无关。"

严良瞪着眼，隐隐含着怒气："你以前总说，无论什么理由的犯罪都是可耻的，这也是你的从业精神。可我万万想不到，说出这句话的人，竟然杀死这么多人，还丝毫没有羞愧之心。你的自私彻底掩盖了你的良知！"

骆闻道："确实和我无关。法律是讲究证据的。不是你能把整个故事说通，就能判断一个人有罪。否则，这套剧本，我可以改装在任何一个人头上，相信也有办法说得通他的犯罪动机。"

严良怒气冲冲地问："你9月8日为何半夜才回家？"

"我经常很晚回家，这一点，我相信如果你们调查了小区的监控，就能够证实。"

严良冷哼一声："我很清楚，你经常晚回家是为了掩盖你需要犯罪的那几天的晚归，使你犯罪那几天的晚归显得不突兀。你9月8日晚上去哪里了，有谁能证明？"

骆闻做出思考状："我想想……嗯，一般我经常晚上在附近闲逛，都是一个人，恐怕没人能证明。因为我常去的地方是河边、公园、旁边山上，我喜欢半夜在外面呼吸新鲜空气。我一个人居住，百无聊赖，放松一下身心。"

"那你为何9月9日凌晨2点出去又回来？"

"我想想……哦，我记起来了，当时我肚子饿，家里没东西吃，想开车去外面看看有没有吃的，到路上发现店面全关，我跑了一圈就回来了。"

"那为什么你3点多又出去了？"

"我实在饿得难受，想看看3点多有没有小吃店开门。"

"不是为了去案发现场扔几万元钱吗？"

骆闻平和地笑了笑："当然不可能了，我说了我跟案子无关。再者说，如果是几万元，我该去银行取现吧，警方可以调查一下我的取现记录。"

　　严良冷声道："上次搜查你家就发现了，你抽屉里就有几万块现金，说明你平时家里有放较多现金的习惯，所以你不需要临时去取钱。"

　　骆闻叹息一声，苦笑："那我又该怎么自证清白呢？"

　　严良哼了声，道："你在哪里吃的早饭？"

　　"我记得当时我出来时没找到开门的早餐馆，于是我只好去爬山，打发时间。后来我开车到了最近的一家肯德基吃的，如果那家店还有当时的监控，就能够证明我说的话。"

　　"可是爬山这个时间段，就没人能证明你确实在爬山了？"

　　骆闻道："爬山时还遇到过其他人，不过我不认识他们，他们是否还记得我，我不清楚。"

　　"你这么说，我们根本无法查实。"

　　"可你这么说，我也无法自证清白。"

　　严良道："你为什么去找李丰田？"

　　骆闻道："前面关于八年前的卷宗，你说得很对，我这么多年来也确实想知道那个人到底是谁，可我没办法调查。前几天你来我家时，落下了那个信封，我无意看到了里面的内容。里面写着你们通过指纹比对，找到了你们案子里的那个嫌疑人，随后又因证据不足，把人放了。我无意地看了眼上面印着的那个指纹，我对八年前卷宗里印着的指纹印象极其深，我只看一眼，就发现两个指纹是一样的，李丰田就是我要找的人。"

　　严良道："当时你为什么没告诉我，而是你自己跑到他家去了，你到底想干什么？"

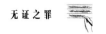

"抱歉，我对这个答案的追求，实在太迫切了，我等不及了，我必须马上去看看，他到底是不是我要找的人。而你的卷宗里写着，警方虽比对指纹，发现了他和你们案子里凶手留的指纹一致，可是他有很多不在场证明，证明他不是你们要找的凶手。你们抓了他后，又把他放了。于是我就按照你卷宗里登记的地址，直接找到了他家里。"

"那么前天白天，你走在街上，为何往垃圾桶里扔了一块鸡胸肉，后来又捡了回去？"

"当时我感觉有人在跟踪我，我想试验一下，这只是反跟踪的小技巧，我已经跟在你之前审问的那个警察说过了。当时我并不知道原来你们怀疑我是凶手，所以跟踪我。"

严良叹息一声，道："你的所有话倒是滴水不漏！"

"不，我只是说实话。"

严良低下了头，随后长长叹了口气，问："这么多年，你寻找你妻女失踪的真相，你找到了吗？"

67

顿时，骆闻眼中闪现出了光亮，整个人挺直了，严肃地望着严良，慢慢地吐出几个字："请你告诉我。"

严良没有看他，只是望着面前的空地，缓缓道："李丰田是这里的农民，前些年，他都在江苏，在一家建材市场租了间店铺，做点建材生意，他老婆也是江苏人。这几年杭市拆迁很多，他家的农田被征用后，分了六套房，所以他去年回到了杭市，也接着做建材生意。你知道他为什么这么多年不回来吗？"

骆闻面无表情地看着严良。

严良依旧没看他，还是望着地面，淡淡道："八年前，李丰田赌博，输了很多钱，被人追债，于是逃到了宁市。他一向游手好闲，不务正业。逃到宁市后，他什么也不会，本想表面装成收废品，实际想入室盗窃赚快钱。但他到了宁市的第三天晚上，逛到了宁市海曙区平康路186号的天成公寓。"严良停顿了一下，还是说了下去："他看到2幢1单元201室阳台的窗户开着一小半。刚好入冬了，晚上人很少。他一直等到半夜，直到周围人家的灯都关了，他沿着水管爬到了二楼，拉开那户人家的窗户，跳了进去。"

骆闻的嘴角抽动着，虽然他早有预感，但当八年前妻女失踪的真相开始缓缓向他打开时，他害怕了，他不敢接受了，他不想听下去了……

"阳台直接通到的是主卧。他以为主人已经睡了，谁知，当晚那个时候，女儿半夜尿床，女主人去收拾了一通，正走回卧室，刚好与李丰田四目相对。李丰田此前并没有盗窃经历，这是他第一次入室盗窃，他很紧张，一时间并不是选择往外逃，而是选择跟女主人扭打起来，试图去控制女主人。"

骆闻瞬时感觉头脑发白，仿佛整个世界都是空的，只看得到严良抽动着的嘴唇，以及仿佛从遥远世界传来的声音。

"他当场失手把女主人掐死了。"

当！骆闻整个大脑仿佛遭受了重击，整个嗡嗡作响。尽管他八年来，已经无数次假设过妻子已经不在人世了，但每一次，他都劝慰自己，也许不是这样的，也许是其他的可能。每一次他都将大脑中的这种想法匆匆打散。

唯独这一次，他再也打散不了了。

"他当场失手把女主人掐死了。"这句话就像发条上了永不停歇的弦，一刻不停地在他脑中震动着。

他面无表情，茫然地看着审讯室里两张陌生的面孔，他感觉面前这两个人从来没有见过，他根本不认识。

严良停顿了好久，还是接着道："家里还有一条狗，当他掐住女主人时，狗一直在旁边大叫着，吵醒了女儿，女儿走到了卧室门口，看到了骇人的一幕，吓得没发出任何声音，只是站着。李丰田放开女主人后，发现人已经死了，知道自己闯下大祸，所以当即狠下心，抓过还不到半岁的狗，也扭死了。那个小女孩……同样被他掐死了。"

瞬时，骆闻整个人从椅子里滑了下去，重重栽在了地上。

记录员连忙跑了过去，扶起他。

骆闻张着嘴，使劲抽动着，却没发出任何声响。

严良痛苦地用手扶着额头，道："后面的事想必你都已经知道了。凶手自知闯下大祸，所以用袋子把一大一小两个人以及那条狗的尸体都包走了。他不敢拿走任何东西，为了不留下罪证，他把所有经过的地方都擦了一遍。只留下他因紧张在厕所抽烟时无意掉下的一点烟灰和唯一不经意留下的一个指纹。八年前，路上很少有监控，所以事后没有抓到李丰田。他犯事后，逃到了江苏，直到去年以为风平浪静，才回来。"

骆闻整个人像根木头，直挺挺地坐在地上，没发出任何声音。足足过了五六分钟，骆闻突然面无表情地开口："我妻女的尸体被他弄到哪里去了？"言语间仿佛充满了冷漠，似乎问的是个普普通通的案子，而不是他的妻女。

严良咽了一下唾沫，道："据李丰田交代，他半夜把尸体装进袋子，搬到了三轮车上，后来骑到离你家几百米外的一个湖，把石头一起装进袋子里，把尸体沉到湖底了。"

突然，骆闻"啊""啊"地发出两声怪叫，然后张大了嘴，却没发出任何声音，紧接着，眼泪如断了线般从他眼睛里涌了出来。

审讯室里一片寂静，谁都没有说话，安静地看着骆闻无声痛哭。

直到眼泪仿佛流干了，骆闻突然颤声道："那个湖……那个湖已经被填平造上大楼了！这辈子……这辈子再也看不到了！"

所有支撑他的信仰和希望在这一瞬间，崩塌殆尽。

尸骨无存。

这辈子，他连妻女的遗骸都见不到了。

严良双手掩面，不忍看到骆闻的状态。

直到半小时后，骆闻木然地坐在地上，眼中已经没了泪水，不过，他的表情像极了一座雕塑。

严良轻声叹息，随后试探地问道："你已经知道真相了，现在，你可以说出我要的答案了吧？"

骆闻缓缓把头转过来，道："李丰田会怎么判？"

"你心里已经很清楚了，他这样的犯罪性质，一定是死刑。"

"好，很好。"骆闻慢慢地点了点头。

严良道："那么你呢？"

骆闻深吸了一口气，回望他："我跟案子无关。"

"你！"严良咬住了牙齿，指着他，"你还不肯承认！"

"如果有任何证据，马上就可以逮捕我。"骆闻似乎瞬间从情绪中走了出来，很坚决地道。

严良手指紧紧握成拳，颤抖地道："我实在没有想到，你根本是一个毫无底线的人！"

"我累了，我想回家睡觉。"骆闻突然出人意料地平静，说出这句话。

严良一下站了起来，转身走出了审讯室。

68

"什么，你想放骆闻回家？"赵铁民一下站起身，果断地摇头，"不行，绝对不行。"

严良道："他不承认，你关着他，他依旧不承认。"

"可是放他回家他就会承认了吗？"

严良不置可否，道："也许……等他情绪调整好，他会认罪的，嗯……我始终不相信我认识的骆闻，会是一个毫无底线的人。"

赵铁民依旧摇头："不行，他不能走。现在朱慧如和郭羽也不肯承认，绝对不能放。"

严良意外地道："他们俩也不认罪？"

"对，两个人是分开审的，给他们看到骆闻已经被我们抓了，也给他们俩施加了很大心理压力，可这两个嘴巴硬得很，就是不肯承认，来来回回说的还是那番话，怎么套话都没用。我总不能天天把他们三个放出去，再出示一张传唤单带回来吧？"

严良想了想，道："骆闻一定很详细地教了他们俩如何应对的套路。短时间内要让他们露出破绽不容易，但审的时间一长，我相信这两个年轻人的心理素质毕竟有限，肯定会交代的。不过骆闻，他的心理素质你我都见识过了，他不承认，关他十年都不会承认，而且说的话里根本没漏洞可言。传唤的时限早就到了，不如先把他放了，让他回去休息一下。"

赵铁民表情复杂地看着他："因为你还当他是朋友，所以才开口为他求情，想让他回去休息吧？"

严良坦白道："这是半个原因，另外，刚刚我告诉了他真相，再关着他，他很难承受了。"

赵铁民眯着眼，斟酌了半晌，又打量了半天严良，随后有些不情愿地点点头："按规定，是该放他走了。嗯……如果到明天，朱慧如和郭羽那儿还没交代，我再把骆闻传唤回来接着审。不过放他走后，我还是要派人跟着他。"

"谢谢你！"

赵铁民白了他一眼，转头不去看他，挺直身体道："我不是卖你人情，也不是放凶手一马，我是公事公办。"

十分钟后，严良亲自将骆闻送出了支队门口。

骆闻朝他点了下头，说了句："谢谢。"

严良抿抿嘴，道："你为了找一个人，而杀了这么多人。对于这

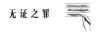

点，我理解，同样无法理解。"

骆闻眼睛看着地面，默默不语，缓缓转过身，准备离开，刚走出几步，突然回头，对严良道："其实你说对了所有事实，除了一点。"

严良皱眉望着他："是什么？"

骆闻平静地道："我不是一个没有底线的人。等李丰田审判执行完，我会给你一个交代，决不食言。"

严良凝视着他，过了好久，嘴角浮现出一抹笑容，朝他点点头。他明白了骆闻的想法，骆闻并不是怕认罪，怕自己被判死刑，而是，他想看到李丰田被判死刑后，再来认罪。他大概是想给另外一个世界的妻女一个交代吧。

骆闻同样朝着他微微一笑，犹豫了片刻，然后道："严老师，我好奇一个问题。你是怎么知道这个纷繁复杂事件背后的最终答案的，怎么知道答案就是我？"

严良坦白道："我是先知道答案是你，才理透整个事件的各条脉络的。"

"哦？"

"整个事件就像一个多元的、五次方以上的方程组，从数学理论上说是无解的。无论采用哪种逻辑方式，无论是哪个逻辑大师，都无法正面计算出这种方程组的解。一方面，这个方程组的所有函数都是假的，每起案子的线索都是假的，都是出题人故意留下的，这样水平的出题人哪里去找？另一方面，杀多个人是为了利用警察，帮他去找到另一个人，这样的动机哪里去找？这样的出题思路哪里去找？对于多元的、五次以上的方程组，数学上唯一能用的方法就是反代法。先假想出方程组的可能解，然后代入进去，看看整个方程组能否成立。幸好，我只试一次，就发现了你这个解可行，否则，永远无法解开。还记得几个星期前我们第一次见面吗？"

"那次见面我有露馅吗？"骆闻道。

"你没有露馅，可是你的车出卖了你。"

"为什么？"

"你在高档小区，花了大价钱买了房子。你有这个经济条件，有居住需要，买这套房子并不稀奇。可是房子装修之简陋，简直让我大跌眼镜。"

"这有什么关联吗？我一向不太注重这些基础生活条件，我本来对此就无所谓。"

严良道："当然，这很符合你的习惯，一点都不奇怪，还额外证明了一点，你辞职后，依旧不是一个要面子、贪慕虚荣的人，因为如果你是那样的人，任何一个客人走进你家，看到你家简陋的装修，都会让你感觉面子扫地。可是你却偏偏买了辆高档的百万豪车，还告诉我，你去单位时，是坐公交的，并不开这辆豪车。豪车只是你一个人私下出门闲逛时开的，那样更有面子。这里有两个矛盾点：其一，你房屋装修的不要面子与买豪车追求面子是截然相反的行为；其二，你买豪车并不是为了让人看见，我没见过一个人买豪车，只是拿来自己私下欣赏的——尤其是你这样一个根本对车子没兴趣的人。所以，这两个矛盾点出卖了你，你买豪车的理由只有一个，犯罪中开着豪车出入，更不容易引起调查者的怀疑。因为没人会去想，开豪车的是个连环杀人犯。就像你杀孙红运当晚遇到的一个变态男，他开着一辆豪华

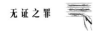
宝马，所以很长时间以来，警察调查监控，多次都把这辆宝马车忽略了。在有了你这个答案后，我代入方程组中，于是才逐步推理出来了真相。"

骆闻叹息一声，道："事实证明，逻辑学比物证勘查学更高端。"

严良望着他，道："可是如果你没有选择去帮朱慧如和郭羽，我根本不会遇到你，也根本不会怀疑到你。尽管你自认为你的技术很专业，可是帮助两个萍水相逢的人，依旧要冒着巨大风险。如果他们俩一开始口供不牢，把你说出来了，你多年寻求答案的过程都将白费。对此，你后悔吗？"

骆闻没有直接回答他，而是道："五年前，你帮一个素不相识的小孩销毁他弑父的罪证，可是后来，还是被查到了。对此，你后悔吗？"

严良愣了一下，骆闻转身离去。

这两个问题，有着一样的答案。

两个既相似又截然不同的天才，当面对他人犯罪时，给出了同样的回答。

69

坐在出租车上，骆闻茫然地看着窗外滑过的景物，仿佛八年的时光重新经历了一遍。

自从妻女失踪后，他不断在寻找。

房间里没检测出血迹，周边也没出现过不明尸体，他一直都抱着一丝侥幸，他以为妻女还活在人世，他假想过各种可能的情况，譬如被拐卖了，困在某个山村里，逃不出来。

当然，他也想过最坏的结果，两人都已经遭遇了不测。可是，每当这个想法冒出来，他心里都立刻把它否定了。

不知道答案就还有希望。

知道了答案，那么所有的希望都破灭了。

八年来，他不断往返宁杭两市，求宁市市局，求杭市市局，求省公安厅。

但房间没血迹，周边没找到尸体，按照规定，无法将此案立为命案侦查，只能作为失踪案处理。尽管因他的身份特殊，市局领导对他家的情况也很是同情，下令派出过大量警力调查，但毫无收获。

杭市方面，省厅领导也打招呼帮忙寻找那个指纹的对应人员，可是线索太少，杭市公安局不可能为了一起失踪案把所有城西居民的指纹都比对一遍。

妻女失踪后，足足过了五年，依旧杳无音信。

最后，他在三年前提出了辞职，因为他只有用最后一个办法找到那个陌生男子了。

他要犯罪，而且要做下惊天大案，逼迫杭市警方投入大量警力去帮他找出那个人。

犯罪中，他做的一切都是以留下那个陌生男子的信息为目的。

他按照陌生男子的指纹印制了一副胶皮手套，犯罪时都戴着这副手套留下指纹。同时，也插上利群烟，显示凶手抽利群烟。用绳子勒死被害人，证明凶手是左撇子。除此之外，他不留任何线索，目的是

让警方破案的方向别无他路可走，只有一条海量比对指纹的路。

到如今，他终于找到了那个他找了八年的李丰田。

可是，真正答案来临，他却后悔了。

出租车开进面馆门前的那条马路没多久，停了下来，司机道："咦，前面发生什么事了？封道过不去了，我得掉个头。"

"哦。"骆闻心不在焉地应了声，无动于衷，似乎随便司机开去哪里都无所谓。

司机奇怪地看了他一眼，这乘客从坐上车到现在，都没说过话，整个人看着就像块木头，他几次试着去聊天，对方却是一副根本不想理会的态度。他自感无趣，一路上也就听着收音机。

司机一脚油门，车子转了个弯。

这时，骆闻的视线才突然回到了现实中，他看到前面围了很多人，人群中拉着警戒线，能看到很多穿制服的警察在周围指挥着，而这一切的中心，似乎就是面馆。

他愣了一下，开口让司机停车，说他在这里下就可以了。

下车后，他朝人群里走去。耳边听到了周围人的议论。

"面馆老板说是他杀了小太保？"

"是啊，听说早上警察传唤了他妹妹和另外一个男人，要调查案子，肯定就是小太保的案子了。没想到一直跟小太保混的那个小流氓路过，那个瘸子直接冲出来拿菜刀把人架进去了。"

"他不是瘸子吗？"

"是瘸子啊，他是拿菜刀突然冲出来的，那小流氓根本不敢反抗，就被他拖进去了。"

"他到底想干吗？"

"他跟警察说是他杀了小太保，不关他妹妹的事，要警察把人放回来，他跟警察走。"

"人真是他杀的啊？"

"不知道啊，如果是他杀的，那警察怎么会抓了他妹妹跟另外一个男人呢？如果不是他杀的，他这么搞也没用啊，警察肯定会调查清楚的啊。"

听到这儿，骆闻突然心头一沉：朱福来啊朱福来，你到底要搞什么？你妹妹跟郭羽又不是被正式逮捕，只是传唤走了，这一切，我早就跟他们说过了，他们不招，很快就会回来了，你这是添什么乱啊！

骆闻费力地往前挤，总算挤到了警戒线前，警察站在线内，不让人进去。

朱福来持刀扣着张兵，退到面馆最里面的收银台后面。门口，两个警察正在朝里面说着什么，大约是在做思想工作。

这时，对面的人群起了一阵骚动，随后人群撤散到了四周，几辆警车开了进来。

第一辆警车上，赵铁民和严良走了出来。第二辆车上，下来了朱慧如和郭羽，他们没有戴手铐，显示是自由身，警察仅仅对他们传唤调查而已。后面的车上，下来了更多的警察，其中一个提着长条形的黑箱，骆闻一看就知道是狙击手。

朱慧如哭着朝面馆大叫："哥，你在做什么！"她想往前跑，不过赵铁民伸出手臂，阻止了她。

　　严良跟赵铁民说了几句，接着，赵铁民低头向手下吩咐了些什么，随后，严良走到了面馆门口，让原本的警察走到一旁，他和里面的朱福来攀谈了起来。

　　赵铁民不动声色地站在原地，冷眼瞧着狙击手熟练地在汽车引擎盖上放好防滑垫，然后架上了狙击枪。

　　周围群众难得近距离见到警方狙击手出动的场面，纷纷拿出了手机拍照。

　　赵铁民让手下把警戒线范围拉得更开些，然后转头看着朱慧如，冷声问了句："人绝对不可能是你哥杀的，现场证据很容易就排除了一个瘸子。看到他这样，你还不承认吗？"

　　"我……"朱慧如咽了下唾沫，随后还是摇摇头，"你们肯定搞错了。"

　　"是吗？"赵铁民面无表情地瞥了眼身后的狙击手，道："这是突发事件，如果警方就此击毙了你哥，恐怕——"

　　突然，面馆里传出一个响亮的声音："小太保是我杀的，跟我妹妹完全无关，我现在就把命还给你们！"

　　瞬时，骆闻心中紧紧抽动了一下，他在这一刹那明白了朱福来这个智慧并不高的普通人的用意。

　　朱福来即便再笨，也该知道，警察把他妹妹传唤走了，他挟持人质，即便让警方把他妹妹暂时放回来，警方肯定还是会追着调查的，这么做根本没用。

　　那他想干吗？

　　他想自杀！

他想自杀，死前说人是他杀的，最后让警察来个死无对证，也录不到他的口供，以此来保护朱慧如，让朱慧如脱险。

他是个很普通的人，智慧很低，如果他不这么闹，朱慧如反而没事。

可是他却偏偏做出了挟持人质的事！

骆闻心中一阵懊悔，他自认是聪明人，帮助朱慧如和郭羽的计划很完美，即便被警方怀疑了，警方也没证据能治他们的罪。

可是他千算万算，没有算到朱福来这一个环节。

他只是觉得多一个人知道真相，多一分危险，所以他一直叮嘱朱慧如，不要让她哥知道情况。

可是他并没算到，朱福来看着警察接二连三地调查他妹妹，而且案发当晚他看到妹妹带着那把水果刀出去了，并且妹妹回来时的状态很怪，他心里已经清楚人是他妹妹杀的。他也从来没有明说，否则会让他妹妹更担心。

他不过是心里默默祈求着，妹妹不要被抓。

可是当他看到警察传唤他妹妹时，他这个没见过世面的人以为这就是正式逮捕了，妹妹没办法翻身了，于是，他这个一点都不聪明的人，情急之下想出了这样一个糟糕的主意，挟持人质，自杀，试图来换妹妹的清白。

任何一个有点常识的人都不会这么做，因为这么做根本不可能救得了他妹妹，他这个笨蛋，偏偏选择了这条最愚蠢的路！

可是这能怪他吗？

恐怕还是怪我，我千算万算，漏算了亲情这一条吧。

他对朱慧如的感情，不是正如我对老婆孩子的感情一般吗？

"住手！"两个声音同时冒了出来，严良和在警戒线外的骆闻同时喊了出来。

但骆闻还有接着的一句："人是我杀的，不是你杀的！"

顿时，所有人都朝骆闻看了过去。朱福来的菜刀，在要挥向自己脖子的那一瞬间停住，又架回到了张兵脖子上。

赵铁民瞧见了骆闻，嘴角隐隐浮现出一抹冷酷的笑容，这家伙总算还是招了。

严良回头看骆闻的表情，充满了各种复杂情绪。

骆闻往前走，民警拦住，赵铁民喊了句："让他进来。"

骆闻朝他微微点头致意，径直走到面馆门口，看了眼严良，随后走了进去。

他看了眼浑身抖动着的朱福来，以及吓得面无人色，脖子皮肤已经被菜刀划破，流出血的张兵，随后，他侧身半朝着面馆外，望着远处流着泪却是一副惊慌失措表情的朱慧如，大声说了起来："你是不是以为徐添丁是你妹妹杀的，所以想用这招来替她顶罪？真是莫名其妙，哈哈，莫名其妙。人是我杀的好不好！你添什么乱！"

严良、赵铁民、郭羽、朱慧如、朱福来，还有那个被挟持着的张兵，以及很多警察，纷纷张开嘴，惊讶地看着他。

骆闻继续放大了嗓门说道："假如人真是你妹妹杀的，你这么做能改变什么？能改变现场？你以为警察都像你这么笨吗？你说是你杀的就是你杀的，他们都不调查了？笑话，哈哈，笑话！我实在看不下去了，才走出来承认，人是我杀的，跟你一个屁的关系都没有！"

"我为什么杀徐添丁？因为他虐待狗。张兵，你家收到过恐吓信吧？没错，也是我弄的。因为你们两个虐待狗，太可恶了！你们把那条狗虐待成什么样了？它差点被你们活活拖死！幸好那条狗后来被我收养了，但我那个时候就决定了，非得宰了你们两个不可！"

严良吃惊地听着骆闻的表述，难道他……

"你很走运，先死的那个是徐添丁，本来我准备接着杀你，不过警察查得紧，我没下手的机会。不光如此，市公安局的同志听好了，在杀徐添丁之前，我还杀了五个人，就是你们一直在查的那些案子！关于我的犯罪证据，实在太多了，六起命案现场的一切都跟我吻合。我有一辆奥迪车，车子右前轮胎里面的铝轴上，我用胶带纸粘了所有犯罪工具，包括两根没用过的绳子、一根电棒、杀徐添丁时用的一把水果刀，还有一副印着其他人指纹的特制手套，你们可以去搜出来。还有历次犯罪中用的纸张，都是普通的办公用纸，我从单位拿的，上面打印的字，也是我用了单位有间会议室里的打印机，你们可以去比对油墨。"

这话一说，所有刑警都张大了嘴。物证就藏在他的轮胎里，难怪上一次没找到。只要找到轮胎里的物证，那么就铁证如山了！然后他们又看向了郭羽和朱慧如，心里想着，本来就觉得这两个小孩子不可能是凶手，果然不是。到现在也没有任何关于这两个小孩的犯罪证据，倒有很多能证明不是他们犯罪的证据。

骆闻深深吸了一口气，转过头，脸上带着冷峻的一抹怪异笑容，看向朱福来："我都承认了，你想要替我顶罪吗？呵呵，我不会感谢你的。还不快把人质放了！"

朱福来感到一阵头晕目眩：难道……难道人不是慧如杀的，我一直替她白担心了？竟然……竟然是他杀的？可我居然持刀挟持了人质。

他顿时感到一阵害怕，手中的刀不自觉地松开了，张兵一把推开他，跑了出去。

同一时间，门外的警察蜂拥而入，但他们刚跑进面馆，又停住了。

因为骆闻一把夺过了朱福来的菜刀，架在了他自己的脖子上，退到了墙角。

"骆闻，你不能这样！你一死了之，是懦夫！"严良紧张地看着他，厉声喝道。

骆闻张嘴干瘪地笑了一下，随后，眼神一晃，仿佛失去了颜色，空洞地看着前方，随后，又把视线停在了严良的身上，缓声道："人真是我杀的，跟其他人无关，我车子的轮胎里，铁证如山。我家还有条狗，狗粮快吃完了，如果可以的话，找个愿意收养它的人。"他微微一停顿，吸了口气："本来我家也有一条长得差不多的狗，只是后来……不见了……"

说完这句，他奋力一刀朝脖子划了上去，鲜血笔直喷出，直接溅到了天花板上。

所有警察一齐冲了上去，口中大喊着："快叫救护车。"然后有人用衣服去裹他的脖子，试图不让血流出来。

严良没有冲上去，他只是痛苦地抱头跪在了地上，他知道，没人比骆闻更懂得人体结构，骆闻自杀，注定是救不活的自杀。

现场一片混乱，他只感到身旁无数警察在蜂拥走动着，传来嘈杂的声音。

"报告，凶手死了，救不活了。"

"这下可怎么办？"

"这也算是结案了吧？"

"凶手畏罪自杀。"

"那么先去拿他车子轮胎里的证据吧。"

一片混乱过后，有人轻轻拍了拍严良的肩膀，他抬头，看到赵铁民。

赵铁民抿抿嘴，想说什么，最后还是没说，把他拉了起来，朝外走去。

朱福来被几个警察押上了警车，不管人是不是他杀的，持刀挟持人质，都是刑事罪。

朱慧如站在警车外，朝里大叫着："哥！哥！"旁边跟着郭羽。

赵铁民看到他们俩，对严良道："他们两个——"

朱慧如瞧见赵铁民，连忙转身跑过来，直接跪在他面前，哭诉道："人是我杀的，请放了我哥，请放了我哥！"

"不，人是我杀的，是我！"郭羽一把拦在朱慧如面前，也跪了下来。

突然，严良冲到两人面前，对着两人狠狠地分别甩了一巴掌，斥责道："你们这两个小孩子是不是没见过死人，没见过这么多血？被吓傻了吧！说什么胡话呢！人是骆闻杀的，已经清清楚楚了。快滚回去吧！你哥挟持人质，再怎么样也不会放的。快滚！"

他站起来，拉着赵铁民就要走。

赵铁民脚步没动，望着严良，皱眉道："五年前的教训，你还要重复吗？"

严良一愣，松开手，哼了声，一个人夺路走出。

赵铁民盯着跪在地上的朱慧如和郭羽，看了几秒，最后，抿了抿嘴，转过身掏出一支烟，点起，往前走，朝其他警察喊着："现场赶紧处理干净，朱福来先带走再说，围观群众不要让他们靠近，骆闻的证物快去提取……"

他正远离他们而去，谁知，身后的朱慧如却再度开口："人真的是我杀的，那位大叔帮我掩盖了罪行！但人，是我杀的！"

"不不，不是的，是我们杀的，不是你一个人杀的！"郭羽喊道。

赵铁民停下了脚步，他发现其他警察此刻也注意到了这两个年轻人。他微微咬了下牙，没有转身，只是用力咳嗽一声，朝远处道："杨学军，把两名嫌疑人也带回去！"

朱慧如和郭羽被戴上了手铐，这意味着这次不是传唤，而是正式逮捕了。

他们俩的眼睛中充满了恐惧和绝望，这是他们从未经历过的。

终究，还是这样了……

只不过，在走向警车的过程中，两个人的手，第一次碰到了一起。

图书在版编目（CIP）数据

无证之罪：修订新版 / 紫金陈著 . -- 长沙：湖南文艺出版社，2023.6
ISBN 978-7-5726-1198-8

Ⅰ.①无… Ⅱ.①紫… Ⅲ.①推理小说-中国-当代 Ⅳ.①I247.5

中国国家版本馆 CIP 数据核字（2023）第 087618 号

上架建议：畅销·悬疑推理

WU ZHENG ZHI ZUI：XIUDING XINBAN
无证之罪：修订新版

著　　者：紫金陈
出 版 人：陈新文
责任编辑：刘雪琳
监　　制：毛闽峰　刘　霁
策划编辑：张若琳
文案编辑：朱东冬
营销编辑：杨若冰　刘　珣　焦亚楠
出 品 方：极地小说
出 品 人：张雪松
出版统筹：郑本湧　胡一圣
封面设计：介末设计
版式设计：梁秋晨
插 画 师：壹零腾 OTEN
出　　版：湖南文艺出版社
　　　　　（长沙市雨花区东二环一段 508 号　邮编：410014）
网　　址：www.hnwy.net
印　　刷：三河市百盛印装有限公司
经　　销：新华书店
开　　本：875 mm × 1230 mm　1/32
字　　数：242 千字
印　　张：10.25
版　　次：2023 年 6 月第 1 版
印　　次：2023 年 6 月第 1 次印刷
书　　号：ISBN 978-7-5726-1198-8
定　　价：55.00 元

若有质量问题，请致电质量监督电话：010-59096394
团购电话：010-59320018